Sabine Giebken

Wolkenherz
Ein Schimmern am Horizont

Band 1: Wolkenherz – Die Spur des weißen Pferdes
Band 2: Wolkenherz – Eine Fährte im Sturm
Band 3: Wolkenherz – Schatten im Wind
Band 4: Wolkenherz – Ein Schimmern am Horizont

Sabine Giebken

WOLKENHERZ

Ein Schimmern am Horizont

magellan

H2Oooh

»Da vorne ist es!«

Jola machte sich groß und reckte den Hals, aber es war gar nicht so einfach, durch die dichten Farne und Sträucher zu gucken, die ihr bis unter die Nase wuchsen. Entweder stand das Gestrüpp zu hoch oder Colorado war zu klein. Oder beides.

»Wo? Ich sehe nichts.«

Katie trabte Keira an und sofort zockelte Colorado hinterher. Das alte Pony hatte einen Wackeltrab, den man schlecht aussitzen konnte, besonders wenn er keinen Sattel trug. Jola krallte beide Hände in die Mähne und ließ Colorado einfach hinterherlaufen. Etwas anderes konnte sie auch nicht machen, da sie weder Zügel noch einen Strick hatte, mit dem sie ihn hätte lenken können. Ein absolut seltsames, unwirkliches Gefühl! Auf einmal riss Colorado den Kopf hoch und galoppierte hinter Keira her.

»Katiiieee! Mach langsam!«

Katie stoppte ein paar Pferdelängen vor ihr mitten im hohen Gras und zum Glück blieb auch Colorado ganz von selbst stehen. Jola rutschte von seinem Rücken und blickte sich um.

»Und wo?«

»Na, hier!« Katie sprang ebenfalls zu Boden. Mit den Absätzen ihrer Reitschuhe trampelte sie einen Pfad durchs Gras, bis – bis sich die Halme plötzlich zur Seite neigten und einen Uferweg freigaben, der sich in verschlungenen Bogen um einen Weiher wand. Das Wasser schimmerte im Glitzerlicht der Sonne moosgrün und aus dem Schilf quakte ein Frosch.

»Oh, wow!« Jola zog im Gehen ihre Schuhe aus, trat ans Ufer und tauchte ihre Zehen in das kühle, weiche Wasser. »Das ist ja total schön!«

»Hab ich dir doch gesagt.« Katie wollte ebenfalls zum Ufer, aber Keira weigerte sich mit weit aufgerissenen Nüstern, dem seltsamen Riesenwassergraben näher zu kommen. »He, was soll das denn? Du bist ein Buschpferd, schon vergessen?«

Hinter ihnen raschelte das Gras und Miley und Taylor schoben ihre blonden Köpfe ins Sonnenlicht. Zwischen ihnen hüpfte Minnie aus der Wiese, doch als sie das Wasser bemerkte, stürmte sie wie ein kleines Kind hinein. Die beiden Haflinger kümmerten sich null um den Weiher, sondern fingen sofort an zu grasen. Stefan und Anna sprangen von ihren Rücken und lachten sich zu. Die Ponys Bonnie und Clyde folgten und mühten sich ab, um die kleine Kutsche durch das Gras zu ziehen, aber dann hatten auch sie es geschafft, und Helen und Jolas Vater luden Picknickdecken und Kühltaschen ab. Helen drehte den Kopf. Sie hatte die Stirn besorgt in Falten gelegt, aber Jola wusste, dass alles gut war, denn Opa Max war bei ihm – und bei ihm konnte ihm gar nichts passieren!

»Wolkenherz«, flüsterte sie, und schon teilten sich die Grashalme zum letzten Mal, und der weiße Hengst trat auf den Weg, anmutig und leise wie eine Erscheinung. Opa Max hatte die Augen geschlossen, aber nun, als Wolkenherz anhielt, machte er sie langsam wieder auf und stöhnte leise.

»Papa«, rief Helen. »Alles in Ordnung? Warte, ich helfe dir!«

Opa Max warf Jola einen Blick zu und sie verstand – es ging

ihm gut, er wollte nur nicht runter. Er wollte am liebsten auf Wolkenherz' Rücken sitzen bleiben, für immer und ewig, und den Bildern zusehen, die der Hengst ihm schickte! Aber Helen schleppte eine Kühlbox an und stellte sie so, dass Max ganz einfach darauf absteigen konnte.

»Also ehrlich«, schimpfte sie sanft und stützte ihn mit beiden Händen. »In deinem Alter fängst du das Reiten an!«

»Ich bin schon als Kind geritten«, entgegnete er und lehnte sich gegen den Hengst. »Ich war sogar richtig gut darin!«

»Das ist ja wohl ein paar Jährchen her. Außerdem hast du ein schwaches Herz und Wolkenherz – na, der ist immerhin ein Hengst.«

Aber Opa Max lachte nur. »Glaub mir, Helen, es gibt kein besseres Pferd als ihn. Nicht für mich.« Er hob die Hand und streichelte Wolkenherz, sacht, vorsichtig. Immer noch ungläubig.

Jola warf Katie einen Blick zu und die grinste. Sie hatten es geschafft – Max und Wolkenherz waren wieder vereint! Eigentlich war ihre Mission damit erfüllt. So hatten sie es sich zumindest gedacht. Aber Wolkenherz war immer noch hier, so als ob seine Geschichte noch nicht auserzählt wäre! Etwas fehlte, um das Rätsel zu lösen – oder besser gesagt: Jemand fehlte. Opa Max hatte ihnen von dem Mädchen erzählt, das die Vergangenheit von ihm getrennt hatte, von seiner großen Liebe: Lotte. Und Jola war sich längst sicher, dass diese Lotte der Schlüssel zu allem war, der wahre Grund, warum Wolkenherz bei Max im Stall aufgetaucht war. Max sollte dieses Mädchen von damals wiederfinden!

Bei der ganzen Sache gab es nur ein Problem: Opa Max war sehr alt, schon beinahe neunzig Jahre. Es konnte gut sein, dass diese Lotte einfach nicht mehr am Leben war.

»Komm schon«, rief Katie und packte Jola am Arm. »Willst du ewig da herumstehen?«

Sie schälten sich aus ihren Klamotten und rannten los, ins Wasser, wo Minnie bereits wie verrückt herumplanschte. Zum Glück hatten sie die Badesachen gleich drunter angezogen. Das Wasser war kühl und herrlich frisch und Jola tauchte ein Stück und ließ ihre Finger durch den schlammigen Grund gleiten. Das letzte Mal geschwommen war sie im Südpazifik, mit Delfinen am Horizont. Klares blaues Salzwasser statt grünem Moosweiher. Trotzdem hätte sie keine Sekunde lang getauscht – sie wollte hier sein, mit diesen Leuten an diesem Ort und nirgends sonst! Zu Hause. Lächelnd tauchte sie auf, schloss die Augen und drehte ihr Gesicht zum Himmel. Eine Weile trieb sie so dahin, bis sie plötzlich eine Bewegung neben sich spürte. Als sie die Augen aufschlug, schwamm Colorado neben ihr und blubberte sie freundschaftlich an.

»He, du kannst ja schwimmen!«

»Klar!« Katie kraulte auf seine andere Seite. »Als ich klein war, sind wir dauernd hier baden gegangen. Mit ihm habe ich schwimmen gelernt! Genau wie Mama.«

»Meinst du, Helen ist böse auf mich?«, fragte Jola. »Weil ich deinen Opa habe reiten lassen?«

»Ach, Quatsch.« Katie griff nach Colorados Mähne und das Pony zog sie ein Stück durchs Wasser. »Das war echt lustig, wie du plötzlich auf Colorado angeritten kamst. So ohne Zügel und alles. Das hätte Niko mal sehen müssen!«

Jola musste grinsen. »Nein, lieber nicht. Sonst zwingt er mich, bloß noch so zu reiten.«

Katie ließ Colorado los und schwamm zu Jola hinüber. »Du …

diese Bilder, die du immer siehst, mit Wolkenherz … glaubst du, Opa sieht sie auch?«

»Erinnerungen«, flüsterte Jola. Sie warf einen Blick zum Ufer, wo die Erwachsenen und Anna das Picknick ausbreiteten. Nur Opa Max stand abseits, an Wolkenherz gelehnt, und schaute gedankenverloren hinaus auf den Weiher. »Oh ja. Er sieht sie. Er ist süchtig danach! Aber sie machen ihn traurig, genau wie mich.«

»Nie und nimmer lebt diese Lotte noch«, murmelte Katie. »Nicht jeder wird so alt wie Opa!«

»Sie lebt«, beharrte Jola und sah zu Wolkenherz, der jetzt am Ufer graste. »Jede Wette! Sonst … hm. Ich glaube, sonst wäre er nicht mehr hier.«

»Wie meinst du das?«

»Überleg doch mal. Wir dachten die ganze Zeit, er ist wegen deinem Opa auf dem Ginsterhof. Aber Max konnte ihn zuerst nicht sehen und dann wollte er ihn nicht sehen. Jetzt haben sich die beiden gefunden und Wolkenherz – also, er ist nicht verschwunden oder so. Er ist noch nicht fertig, seine Mission ist noch nicht erfüllt!«

»Puuuh.« Katie drehte sich auf den Rücken und streckte die Arme aus. »Diese ganze Geisterpferdesache ist so verrückt, so was würde uns echt keiner glauben!«

»Aber Max glaubt sie. Und Wolkenherz!« Jola schaufelte eine Ladung Wasser in Katies Gesicht. Katie kreischte auf, und sofort war eine wilde Wasserschlacht im Gange, bei der auch Minnie begeistert mitmachte. Nur Colorado hatte keine Lust, er strampelte in aller Ruhe in die Mitte des Weihers und schüttelte die Libellen weg, die auf seinem Schopf landen wollten.

Später saßen sie alle zusammen auf der Picknickdecke, aßen Brezen mit selbst gemachtem Frischkäse oder Obazdem und dazu Fleischpflanzerl mit Senf und scharfen Radieschen. Jola beobachtete ihren Vater, der so entspannt und zufrieden aussah wie schon lange nicht mehr – er hatte sogar seine Kamera dabei und knipste Minnie, die sich im Uferschlamm wälzte, und Colorado, wie er sich ein Radieschen klaute. Helen saß an Stefan gelehnt da und lächelte vor sich hin. Anna hatte ihre Gitarre mitgebracht und spielte die langsame Melodie von »Schatten im Wind«. Nur Opa Max sah aus, als wäre er in Gedanken weit, weit fort.

»Wie lange habt ihr jetzt noch Schule?«, fragte Helen, als Anna den Song beendet hatte. »Sieben Wochen, oder?«

»Ja. So cool! Keira ist topfit, ich habe uns schon für drei Turniere gemeldet. In den Sommerferien kann ich dann endlich …«

»Katie«, fiel Stefan ein. »Du übertreibst es. Das ist ihre erste Saison!«

Aber Katie zuckte nur mit den Schultern. »Wie soll sie es denn lernen, wenn sie immer nur zu Hause über dieselben Baumstämme springt? Ihr werdet schon sehen. Im Winter ist Keira ein echtes Buschpferd!«

»Was hast du vor, Jola?« Helen sah sie an. »Hast du Pläne für den Sommer?«

Jola warf Opa Max einen schnellen Blick zu. »Ich … äh, also … zuerst muss ich noch ein Projekt für die Schule fertig machen. Die Sache mit … Ostpreußen.«

Der Großvater blinzelte, dann schaute er sie an und lächelte ganz leicht. Er hatte verstanden, was sie damit meinte!

Helen lächelte ebenfalls. »Sehr fleißig von dir. Und – also, ich meine, für die Sommerferien? Hast du da schon Pläne?«

Jola merkte, wie ihr Vater unruhig wurde. Er räusperte sich und Helen sah schnell zu Boden.

»Nein«, sagte sie unsicher. »Noch nicht. Warum?«

Aber Helen schüttelte den Kopf. »Nur so. Vergiss es! Ich wollte nur … Aber zuerst kommt die Schule, du hast völlig recht.«

Jola beobachtete ihren Vater, der plötzlich gar nicht mehr so entspannt aussah. Geheimnisse lagen in der Luft, und anscheinend waren Katie und sie nicht die Einzigen, die etwas verbargen.

Anna packte ihre Gitarre weg und stand auf. »Also, Leute, wer hilft mir, Minnie ins Wasser zu werfen? So nehmen wir das kleine Schlammschwein jedenfalls nicht mit nach Hause!«

Stefan sprang auf und dann Jolas Vater und nach kurzem Zögern streifte auch Helen ihr Sommerkleid ab und stürzte sich ins grüne Wasser. Minnie folgte ihnen begeistert. Colorado, der immer noch Radieschenkrümel spuckte, stapfte hinter ihnen her.

Katie und Jola tauschten einen Blick. Dann hockten sie sich links und rechts von Opa Max auf die Decke, so als müssten sie aufpassen, dass er sich nicht davonmachte.

»Na«, sagte Katie und lehnte ihren Kopf an seine Schulter. »Ist lange her, dass du mit uns hier warst, Opa.«

Opa Max lächelte. Er legte einen Arm um Katie und dann den anderen um Jola, als würde sie dazugehören, zu seiner Familie, zu seinem geheimnisvollen Leben.

»Was war es?«, fragte Jola leise. »Was hat er Ihnen heute gezeigt?«

Opa Max stöhnte leise. Jola spürte das tiefe Beben, das durch den Körper des alten Mannes lief, seinen Herzschlag, der sich plötzlich beschleunigte. Die Bilder von Wolkenherz konnten so lebendig sein, dass sie die Gegenwart veränderten – sie wusste das doch selbst nur zu gut!

»Ein See … unser See. Im Mondschein. Wir sind hingeritten, in einer Vollmondnacht, nur wir beide. Auf Wolkenherz. Er war silberschwarz damals, schimmernd wie die Nacht um uns. Die schönste Nacht der Welt.« Seine Augen wurden trüb, aber nicht vor Traurigkeit. Er lächelte wieder, obwohl ihm Tränen über die Wangen liefen. »Das ist so lange her … ich hätte es beinahe vergessen. Oh, Lotte! Was ist nur mit dir geschehen?«

Jola schluckte schwer. Als sie zu Katie schaute, sah sie, dass es ihr genauso ging. Sie schloss die Augen. Leichter Wind kam auf und blies ihr in den Nacken, und sie merkte, wie sie eine Gänsehaut bekam.

Lotte.

Wie schwer konnte es schon sein? Sie hatten immerhin einen Namen. Es musste einfach möglich sein, sie zu finden!

Traumfänger

Am Montagmorgen weckte Jolas Vater sie mit Rührei und Speck und setzte sich damit zu ihr auf die Schlafcouch. Jola zog die Vorhänge zur Seite und rappelte sich hoch.

»Hmm. Was ist los?«

»Ich hab dir Frühstück gemacht.«

»Aber das machst du doch sonst nie.«

»Hallo? Ich bin dein Vater, ich brauch doch wohl keinen Grund, um dir Frühstück zu servieren!«

Jola grinste und probierte einen Bissen Ei. »Musst du schon zum Maierhof? Was macht der Hopfen?«

»Wächst.« Ihr Vater schob sich eine zu volle Gabel Speck-Rührei in den Mund und die Hälfte purzelte zurück auf den Teller.

Jola musste lachen. »Also ehrlich, du könntest dir bei Minnie ein paar Benimmregeln abgucken.«

Ihr Vater lachte auch mit, aber plötzlich wurde er ganz ernst und legte die Gabel auf den Teller. »Jola, ich …«

Auch Jola ließ die Gabel sinken. Etwas verstopfte auf einmal ihre Kehle, ein Gefühl – eine Ahnung. »Was?«

»Also, die Hopfenernte steht demnächst an, aber danach … Das Schuljahr ist bald um. Und wir können nicht ewig als Gäste auf dem Ginsterhof bleiben.«

Jola schluckte. Kein Wort brachte sie heraus. Sie wusste, was kam. Sie hatte es die ganze Zeit gewusst und trotzdem verdrängt.

Stumm sah sie ihren Vater an, der jetzt unsicher seine Speckstreifen herumschob.

»Ich könnte für eine Hilfsorganisation arbeiten. In Peru. Es gibt Schulen dort, auf die du gehen könntest, und wir wären auch nicht die ganze Zeit unterwegs, so wie in Neuseeland. Wir würden eine ganze Weile am selben Ort bleiben. Du könntest neue Freunde finden und in den freien Wochen erkunden wir zusammen das Land und ich kann endlich meinen Bildband … Jola?«

Aber Jola hörte ihn gar nicht mehr richtig. Ihr Blick war durchs Fenster gewandert, zur Koppel hinüber, wo Wolkenherz stand. Der schöne Hengst hatte den Kopf gehoben und sah sie an, fast so, als hätte er jedes Wort mitbekommen. Jola hatte das Gefühl, er würde von ihr wegrutschten, kleiner werden, wie ein Traum, den man mit aller Macht festzuhalten versucht und doch niemals fangen kann. Sie schluckte, aber das Gefühl in der Kehle blieb.

»Wir haben darüber geredet«, sagte ihr Vater sanft. »Der Ginsterhof war immer nur eine Zwischenlösung. Es wird Zeit, Jola. Zeit, wieder auf eigenen Beinen zu stehen. Für mich, aber auch für dich. Sieh mal, in Peru gibt es auch tolle Pferde! Wenn das so wichtig für dich ist, werden wir dort drüben eine Möglichkeit finden, dass du reiten kannst. Versprochen!«

Jola nickte langsam. Sie wollte ihrem Vater nicht alles kaputtmachen, doch genauso wenig wollte sie hier wieder weg. Und Peru? Das würde ja doch kein Zuhause werden. Nirgendwo auf der Welt würde sich ihr Vater an einen Ort binden. Das Speck-Ei auf ihrem Teller wurde kalt, aber das war ihr egal. Sie brachte jetzt sowieso keinen Bissen mehr herunter.

»Wann?«, brachte sie mühsam hervor. »Wie lange bleiben wir noch hier?«

Ihr Vater lächelte. »Im September geht es los. Du hast also noch den ganzen Sommer Zeit, um mit Katie Abenteuer zu erleben.«

Jola nickte langsam und stand auf. Sie schob ihrem Vater den vollen Teller hin.

»Danke für das Frühstück«, sagte sie leise, dann huschte sie ins Bad, schloss die Tür hinter sich und sank auf den Boden, wo sie sitzen blieb und ihre Beine umklammerte.

September! Viel Zeit war das nicht. Im letzten September war Wolkenherz plötzlich im Stall aufgetaucht, wie aus dem Nichts, und hatte alles durcheinandergewirbelt. Sie würde hier nicht weggehen, ehe sein Geheimnis gelöst war – und das hieß, sie musste sich jetzt doppelt und dreifach beeilen, diese Lotte aufzuspüren!

Als sie aus dem Haus trat, war Katie gerade dabei, Keira zu satteln. Verwundert lief Jola zu ihr hinüber.

»Was hast du denn vor?«

»Bei dem schönen Wetter habe ich echt keine Lust auf den Schulbus.« Katie grinste. »Keine Sorge. Ich weiß einen Stall in der Nähe der Schule. Der ist ausbruchsicher. So was wie beim letzten Mal passiert uns nicht mehr!«

Jola schulterte ihren Rucksack. »Okay. Und wen soll ich reiten?«

Die Stalltür knarrte und Opa Max streckte den Kopf heraus. »Dein Pferd ist gleich fertig, Jola.«

Überrascht sah Jola zu, wie Opa Max den Sattelgurt um Wolkenherz' Bauch festzog und zufrieden einen Schritt zurücktrat. Wolkenherz kam zu ihr und blies ihr gegen die Wange, so als wüsste er genau, was sie bedrückte. Hastig legte sie ihre Hände um seinen Hals und drückte ihr Gesicht in seine Mähne.

»Muss das sein, Katie?« Helen kam mit einer vollen Schubkarre aus dem Durchgang von der Koppel und blieb vor dem Stall stehen. »Du kannst doch den ganzen Nachmittag reiten.«

Opa Max schmunzelte. »Soll ich dich daran erinnern, wer früher immer zur Schule geritten ist? Sogar heimlich, ohne Erlaubnis?«

Helen wurde rot und murmelte etwas und Katie zwinkerte ihrem Opa verschwörerisch zu. »Wir sind dann mal weg. Bis später!«

Es tat gut, Wolkenherz' weiche, fließende Bewegungen unter sich zu spüren. Er trug sie durch die Welt, und Jola wünschte, sie könnte ewig so weiterreiten.

Katie plapperte die ganze Zeit gut gelaunt, erzählte von einem Turnier, das bald anstand, von Lea, die mit ihr laufen gehen wollte, und Opa Max, der so cool und locker geworden war. »Er ist schon ganz früh im Stall aufgetaucht und hat sich einfach nur in den Auslauf gesetzt, um Wolkenherz anzusehen. Mama hat gefragt, ob ihm etwas fehlt. Da hat er nur gelacht!«

Jola hätte ihr gern von Peru und ihrem bevorstehenden Abschied erzählt, aber irgendwie fand sie keine Gelegenheit, und Katie hatte so sprudelnd gute Laune, dass sie ihr den Morgen auch nicht vermiesen wollte. Auf einem Feldweg trabten sie an, und als der Boden weich und sandig wurde, galoppierten sie schließlich, richtig schnell, und Wolkenherz streckte sich und schnaubte, als hätte er sich seit Wochen nicht bewegen dürfen. Auch er war verändert – genau wie Opa Max. Ihre Begegnung hatte sie endlich zu Verbündeten gemacht.

Dafür fiel es Jola an diesem Tag unglaublich schwer, dem Unterricht zu folgen. In Mathe rechnete sie solchen Unsinn, dass Jonas ihr schließlich das Heft wegzog und die richtigen Ergebnisse hinter ihre Gleichungen kritzelte. In Bio wurde sie abgefragt, aber obwohl sie gelernt hatte, fiel ihr einfach nichts mehr zu Sporenpflanzen ein, und der Lehrer entließ sie mit einem müden Kopfschütteln und verkündete, dies sei wohl nicht ihr Tag.

Die letzten beiden Stunden hatten sie Englisch, und Jola war froh, weil Herr Ernst sie für gewöhnlich in Ruhe ließ. Gedankenverloren starrte sie aus dem Fenster. Immerhin kamen diesmal keine wild gewordenen Haflinger über den Schulhof galoppiert, zertrampelten das Blumenbeet und kackten in das Hüpfspiel am Boden – so eine Aktion konnte sich Katie nicht noch einmal erlauben! Nein, Wolkenherz und Keira standen sicher in einem ehemaligen Kuhstall gleich um die Ecke und mümmelten ihr Heu. Nach dem Malheur vom letzten Mal hatte Helen darauf bestanden, die Pferde einzusperren, während sie in der Schule waren.

Wolkenherz. Sie malte den Namen in verschlungenen Buchstaben auf ihren Block, zeichnete Wolken drum rum, in denen ein M und ein L schimmerten, und umrahmte alles mit einem riesigen Herz. Eigentlich musste sie Katie gar nichts von Peru erzählen, auch sonst keinem – es würde ja doch nichts ändern. So konnten sie sich wenigstens auf ihre Aufgabe konzentrieren, und sie wollte die verbleibende Zeit auch gar nicht mit Trauermiene erleben, sondern Spaß haben, reiten, schwimmen und die letzten Wochen mit Katie genießen! Genau. Peru kam im September, aber der Ginsterhof war jetzt, hier, Gegenwart – nur das zählte doch, oder?

»… oder was meinst du, Jola?«

Jola fuhr zusammen. »Ähm, Entschuldigung. Was?«

»Was meinst du dazu?« Herr Ernst stemmte die Hände in die Hüften. »Let us know your opinion on this topic, please.«

Jola biss sich auf die Lippe und schaute Hilfe suchend zu Jonas, aber Herr Ernst stellte sich genau vor ihren Tisch, und so konnte Jonas ihr auch nichts auf seinen Block kritzeln.

»Sorry«, murmelte Jola kleinlaut. »I was dreaming.«

»I know.« Herr Ernst starrte sie mit gerunzelter Stirn an. »And I don't like to waste my time. Please, Jonas, let her know what I just told you. Jola will write an essay about it until tomorrow.« Damit wandte er sich von ihr ab und Jola sank in ihrem Stuhl zusammen. Die restliche Stunde versuchte sie, nicht mehr aus dem Fenster zu schauen, obwohl ihre Gedanken immer noch abschweiften und die Stimme des Lehrers in ihrem Kopf leiser und leiser wurde.

»He«, fing Katie sie nach dem Gong ab. »Was war denn mit dir los?«

»Ach, ich hab nur …« Jola verstummte, weil Katies Blick auf ihren Block fiel und ein wissendes Lächeln auf ihre Lippen huschte. »Ich muss dauernd an Max und Lotte denken«, flüsterte sie schnell.

»Dann komm mal mit. Ich weiß nämlich, wer uns helfen kann.« Sie packte Jola am Arm und zerrte sie mit sich, nach vorn zum Lehrerpult, wo Herr Ernst seine Sachen zusammenräumte. Katie wartete, bis der Lehrer aufsah, und räusperte sich.

»Ähm … Herr Ernst, wir hätten da eine Frage. Wo sucht man jemanden, der im Zweiten Weltkrieg verschollen ist? Wenn man nichts von ihm weiß, also, was aus ihm geworden ist.«

Herr Ernst legte seine Tasche aufs Pult und sah Katie überrascht an. »Gibt es da einen Fall in deiner Familie, Katie?«

»Also, nicht direkt … oder doch. Irgendwie schon.«

»Habt ihr einen Namen?«

Jola und Katie tauschten einen Blick. Sie wollten dem Lehrer nicht zu viel erzählen, das hätte sich irgendwie falsch angefühlt. Also nickten sie nur.

»Dann solltet ihr es beim DRK probieren. Das Deutsche Rote Kreuz hat nach den Kriegsjahren einen Suchdienst eingerichtet, der Familien und Angehörige wieder zusammenführt.« Er runzelte die Stirn. »Wenn ihr mir sagt, um wen es sich handelt, könnte ich euch …«

»Danke«, warf Katie schnell ein, und Jola fügte hinzu: »Das ist sehr persönlich, wissen Sie? Aber vielen Dank. Jetzt wissen wir Bescheid!«

Wer sucht …

Sie ritten nicht gleich nach der Schule nach Hause, sondern folgten der Hauptstraße bis zum Reiterladen und von dort weiter in den kleinen Ortskern von Steinbach. Keira, die es nicht kannte, über Pflastersteine zu laufen, scheute vor jedem Gullideckel und machte einen höllischen Aufstand, als sie an einer Litfaßsäule vorbeigehen sollte.

»Guck mal, da!« Jola streckte den Arm aus. »Ein Konzert mit Sunset Barn, präsentiert von Radio Active. Ich wusste gar nicht, dass sie …«

Die Bilder in ihrem Kopf explodierten so plötzlich, dass Jola erschrocken die Luft einsog.

Kopfsteinpflaster. Sie ritt durch eine zerstörte Stadt, eine enge Gasse, Leute, die vor seinen Hufen herumliefen und ihm den Weg abschnitten. Ein Gefühl durchströmte sie, eine bange Hoffnung – dann ein Junge, der Wolkenherz festhielt und vor sich hin pfiff, ein Trab über harten Boden, hallend, schnell, immer schneller …

»Jola, he! Was ist denn los? Du bist ganz weiß um die Nase.« Katie sprang von Keiras Rücken und versuchte, die aufgeregte Stute zu der Plakatsäule zu führen. »Wenn ich es nicht besser wüsste, würde ich sagen, du hast einen Geist gesehen.«

»Haha. Sehr witzig.« Jola schüttelte den Kopf. »Lotte … Ich glaube, ich habe gerade Lotte gefühlt! Sie hat Wolkenherz geritten. Aber ich konnte nicht sehen, wo. Da lagen überall Trümmer, alles war kaputt und irgendwie … grau. Macht das Sinn?«

»Na ja. Es war Krieg, oder? Das könnte überall gewesen sein.« Katie hob die Schultern. »Los, reit noch mal zurück und komm wieder her! Vielleicht passiert es wieder und du kannst die Stadt erkennen.«

Jola wendete Wolkenherz, der weder mit Gullideckeln noch mit Litfaßsäulen ein Problem hatte, und ließ ihn in einem Bogen auf Keira zugehen. Aber diesmal strömten keine Bilder auf sie ein, gerade so, als hätte sie einen Film gesehen, der nun zu Ende war.

»Wäre ja auch zu einfach gewesen.« Katie schaute Keira streng an. »Komm schon, du kleine Irre. Auf zur Eisdiele! Du kriegst auch ein Stück Waffel ab.«

»Wo wart ihr denn so lange?« Stefan kam aus seiner Werkstatt, als sie durch das Tor auf den Hof ritten.

»Eisessen reiten«, berichtete Katie gut gelaunt. Auf dem Heimweg hatte sich Keira wieder vorbildlich benommen und war sogar mit Katie über einen kaputten Gartenzaun gesprungen. Das reichte Katie als Aussöhnung, sie glitt aus dem Sattel und streichelte die Stute ausgiebig.

»Dann hättet ihr ja fast Helen getroffen. Die ist eben auch zur Eisdiele gefahren.« Stefan trat an Wolkenherz heran und schob die Hand unter seinen Sattel. »Jetzt habe ich ihn extra so gebaut, dass ich ganz leicht nachpolstern kann. Aber Wolkenherz hat sich überhaupt nicht verändert.«

»Kann er doch auch nicht«, platzte es aus Jola heraus. Als Stefan sie verwirrt anguckte, wurde sie rot und schüttelte schnell den Kopf. »Ähm, ich meine … so wie wir uns um ihn kümmern …«

»Er hätte aber längst Muskeln aufbauen müssen durch euer Reittraining.« Stefan machte einen Schritt zurück und musterte Wolkenherz eingehend. »Seltsam. Jedes Pferd verändert sich, wenn es eine Zeit lang unter dem Sattel läuft.«

Katie und Jola tauschten einen Blick und Jola biss sich auf die Lippe. Sollten sie Stefan einweihen? Aber würde er ihnen glauben oder sie nur auslachen?

Katie schüttelte ganz leicht den Kopf, dann fragte sie: »Warum fährt Mama allein in die Eisdiele?«

Stefan warf noch einen letzten kritischen Blick auf Wolkenherz, blinzelte dann und lächelte. »Nicht allein. Sie trifft sich dort mit dem Leiter vom Kreisjugendring. Wegen dem Zeltlager, das kurz vor den Sommerferien hier stattfinden soll.«

»Dieses Indianerzeug?« Katie verdrehte die Augen. »Machen wir doch lieber noch ein Turnier!«

»Das Indianerzelten ist eine feste Institution. Helen hat den Ginsterhof dafür angeboten, weil es doch hier spuken soll.« Er schmunzelte und rollte mit den Augen. »Was glaubt ihr, wie sich die Kids gruseln werden?«

Jola musste sich auf die Lippe beißen, um nicht laut loszulachen.

Besagter Geist steht vor dir, dachte sie, und er ist alles andere als gruselig!

»Na, von mir aus«, brummte Katie. »Die Geisternummer kriegen wir hin, was, Jola?«

Sie sattelten und trensten die Pferde ab und führten sie hinter den Stall, wo Katie einen langen Gartenschlauch ausrollte und beide mit Wasser abspritzte. Keira warf den Kopf hoch und versuchte, die Tropfen mit der Zunge zu fangen, während Wolkenherz völlig ruhig stand und die kühle Dusche kaum wahrzunehmen schien.

»Ob er das Wasser nicht fühlen kann?«, fragte Jola flüsternd.

»Dann würde er es ja auch nicht merken, wenn man ihn anfasst.« Katie wendete Keira, lief dann aber noch mal zum Stall und kam mit einer Dose Fliegenspray zurück. Keira hasste es, eingesprüht zu werden. Sie tanzte so lange um Katie herum, bis sie aus dem Führstrick einen Knotensalat gezwirbelt hatte.

Als Katie mit der Dose auf Wolkenherz zutrat, schüttelte Jola den Kopf.

»Warum? Glaubst du, es schadet seiner Aura?«

»Er braucht es nicht.«

»Was?«

»Fliegen. Also, sie meiden ihn. Er braucht das Spray nicht.«

Katie starrte Wolkenherz an. »Echt jetzt?«

»Ja, schon immer. Im Winter habe ich das vergessen, aber es ist mir im Herbst schon aufgefallen. Die Fliegen stürzen sich immer nur auf mich, wenn ich mit ihm zusammen bin.«

»Dann sprühen wir eben dich das nächste Mal damit ein!« Kopfschüttelnd stellte Katie das Spray weg und sie brachten die Pferde auf die Koppel. Sofort ließ sich Keira im Paddock in den Sand fallen und puderte sich ein. Ein pferdischer Fliegenschutz – und trotzdem musste sie ständig den Kopf schütteln, als sie zu grasen begann, weil die Fliegen um ihren Kopf schwirrten und ihr in die Ohren krabbelten.

Wolkenherz brauchte kein Sandbad. Er fing in aller Ruhe an zu fressen, und sein Fell sah so wolkenweich aus, als hätte es nie eine Dusche gegeben. Sein Schweif zuckte ein wenig, aber er schwang nicht hin und her wie bei den anderen Pferden, und egal, wie genau sie auch hinsahen – nicht eine einzige Mücke verirrte sich auf Wolkenherz' strahlend weißes Fell.

»Manchmal ist er mir unheimlich«, verkündete Katie, als sie den Laptop auf dem Esszimmertisch aufklappten und hintereinander auf die runde Bank rutschten. »Dir nicht?«

»Nein«, meinte Jola. »Nie.«

»Genau wie Opa.« Katie wartete, bis der Laptop hochgefahren war, und tippte das Passwort ein. »So. Also wie hieß diese Suchseite noch mal?«

»DRK«, murmelte Jola. »Deutsches Rotes Kreuz.«

Katie rief den Browser auf und tippte. Sofort der erste Treffer zeigte den Suchdienst des DRK an, wo Angehörige nach Vermissten suchen konnten, die sie durch Flucht, Vertreibung oder Krieg in ihrem Heimatland verloren hatten. Es gab sogar eine Seite für Verschollene aus dem Zweiten Weltkrieg. Katie klickte darauf, und Jola lief es kalt den Rücken hinunter: »Der Zweite Weltkrieg und seine Folgen haben unzählige Menschen in Mitleidenschaft gezogen: Viele verschwanden spurlos und nach wie vor sind allein 1,3 Millionen deutsche Schicksale ungeklärt.«

Sie waren nicht die Einzigen, im Gegenteil – es suchten immer noch Leute nach Familienangehörigen, die sie im Zweiten Weltkrieg verloren hatten! Und es gab eine richtige Datenbank, in der die Namen all der Leute gesammelt waren, die in den Kriegsjahren eine Suchkarte ausgefüllt hatten. Ob sie diese Lotte hier finden würden? Wenn sie die Flucht aus Ostpreußen überlebt und hier ein neues Zuhause gefunden hatte, für sich und für Wolkenherz – dann musste sie doch versucht haben, Max zu finden! Auf einmal war Jola so aufgeregt, dass sie kaum noch still sitzen konnte.

»Es gibt ein Online-Formular.« Katie klickte weiter und hob die Hand. »Aber viel wissen wir nicht über sie, oder? Nur dass sie Lotte hieß.«

»Lotte Thaler.« Jola zog den Laptop zu sich heran und tippte erst den Familiennamen und dann den Vornamen in die Suchmaske. Ein rotes Sternchen markierte alle Pflichtfelder, die man ausfüllen musste. »Geburtsdatum? Oje.«

»Ich frage Opa!« Katie stemmte sich auf die Sitzbank hoch, lief über die Kissen und sprang hinter dem Tisch zu Boden. Nur fünf Minuten später kehrte sie außer Atem zurück und ließ sich wieder neben Jola plumpsen. »Er weiß es nicht«, keuchte sie. »Aber sie war zwei Jahre jünger als er, also muss sie 1930 geboren sein!«

Jola tippte das Geburtsjahr ein und setzte an die Stellen, die sie nicht wussten, ein X. »Grund der Suche … Das ist leicht.«

»Unglückliches Geisterpferd sucht seine Besitzerin.« Katie kicherte.

Jola versetzte ihr einen Knuff. »Jetzt bleib doch mal ernst! Wie schreiben wir das am besten?«

»Hmm.« Katie schaute zum Fenster. »Vielleicht: verlorene große Liebe. Das sagt doch alles, oder?«

»Genial.« Jola tippte, und ihr Herz klopfte so laut dabei, dass sie es hören konnte. »Seine große Liebe …«

»Schreiben wir was von Wolkenherz?«

»Warum sollten wir?«

»Na, falls Lotte das liest! Sie muss doch wissen …«

Jola sah Katie zweifelnd an. »Glaubst du im Ernst, sie meldet sich bei uns, wenn wir behaupten, ihr verstorbenes Pferd hätte uns zu ihr geführt?«

Katie grinste. »Nee. Wahrscheinlich eher nicht.«

»Also.« Jola klickte auf Weiter. »Jetzt noch Angaben zum Antragsteller! Soll ich dich nehmen? Immerhin bist du Max' Enkelin.«

Katie nickte abwesend und Jola schickte das Formular ab. Anschließend schauten sie beide auf den Bildschirm, so als würde die Antwort auf ihre Frage, ihren Suchauftrag, jeden Moment wie durch Zauberhand dort erscheinen.

»Und jetzt?«, fragte Katie nach einer Weile.

»Warten«, seufzte Jola und klappte den Laptop zu. »Mehr können wir ja gerade nicht tun.«

… der findet

Niko fragte, ob Jola am Wochenende mit auf den Ausritt kommen wolle. »Es sind so viele Kinder dabei, die zum ersten Mal im Wald reiten. Katie ist doch auf ihrem Turnier, und mir wäre echt wohler, wenn noch jemand dabei ist, der mitschaut.«

Voller Stolz hatte Jola zugesagt – sie, die vor einem Jahr selbst noch blutige Anfängerin gewesen war, sollte nun die Aufsichtsperson spielen? Vor lauter Aufregung konnte sie in der Nacht auf Samstag kaum schlafen, und als der Morgen endlich anbrach (nur der Hahn war vor ihr wach und scheuchte seine Hennen herum), war sie die Erste im Stall. Sie mistete den Paddock ab – ohne die volle Schubkarre umzuwerfen –, verteilte Heu in den Raufen und sammelte die Eier heil aus dem Hühnerstall. Helen grinste nur, als sie Jola dort fand.

»Du bist ja schlimmer als meine Tochter. Wobei Aufregung bei ihr selten in Arbeitswut umschlägt. Wo ist sie überhaupt? Sag bloß, sie schläft noch.«

Jola legte den Kopf schräg. »Im Stall habe ich sie heute noch nicht gesehen.«

»Na, wenn sie kommt, sag ihr, ich fahre schon mal den Hänger raus.« Helen wandte sich um, blieb dann aber noch mal stehen und zögerte. »Jola, ich wollte mal mit dir reden. Wegen …«

»Guten Morgen!« Katie hüpfte durch das Stalltor und umarmte ihre Mutter. »Na, Mamilein? Startklar?«

Helen warf Jola einen entschuldigenden Blick zu und schob ihre Tochter von sich. »Ja, gleich. Bedank dich bei Jola, sie hat die ganze Arbeit allein gemacht.«

»Danke, Jola!« Katie tanzte einmal um sie herum, dann schnappte sie sich einen Führstrick und verschwand pfeifend nach draußen.

»Wir reden ein andermal«, murmelte Helen, und Jola sah ihr nach, wie sie das Scheunentor aufschob und den Pferdehänger ein Stück ins Freie zog.

Als Helen mit Katie und Keira im Anhänger davongefahren war, legte sich eine wohlige Ruhe über den Ginsterhof. Jola frühstückte auf den Stufen vor dem Haus in der Morgensonne und kraulte Minnie, die sich neben ihr ausstreckte und zufrieden grunzte. Was hatte Helen mit ihr besprechen wollen? Ob sie von Peru wusste? Oder ging es um Wolkenherz, durfte sie ihn am Ende nicht mehr reiten? Wollte Helen den Hengst vielleicht lieber mit Katie auf den Turnieren sehen? Schließlich war Keira noch jung und unerfahren. Auf einmal wurde die Hitze unerträglich, und sie war froh, als Niko endlich angeknattert kam und sie die Pferde von der Weide holen konnten.

Im Wald war es herrlich kühl und die Luft roch nach Erde und Moos. Unzählige Schatten tanzten durch die Wipfel der Bäume. Die Pferdehufe machten kein Geräusch auf dem weichen Boden, nur das aufgeregte Geplapper der sieben Reitschulkinder hallte durch die grüne Luft.

Jola hielt sich ein Stück hinter der Gruppe, damit sie alle Ponys im Blick hatte. Eigentlich machten sich alle gut, nur das Mädchen, das unbedingt Billy haben wollte, musste ziemlich kämpfen.

Der Sturkopf blieb andauernd stehen und fing an, am Wegrand zu grasen. Wenn Jola ihn dann weiterscheuchte, machte er einen Satz, sodass seine Reiterin fast zu Boden segelte. In einer Kurve fiel ihm plötzlich ein, von der Gruppe weg in die entgegengesetzte Richtung zu laufen. Aber Wolkenherz hatte schon verstanden, was seine Aufgabe war, und schnitt dem gefleckten Pony gekonnt den Fluchtweg ab.

»Soll ich dich lieber an den Strick nehmen?«, bot Jola dem Mädchen an, aber es winkte nur lachend ab. Ihr machten Billys Eskapaden wohl auch noch Spaß.

»Wer will traben?«, rief Niko von vorn und erntete ein vielstimmiges »Oh jaaaaa!«.

Jola versuchte, genau hinter Billy zu reiten, so dicht, dass er gar nicht auf die Idee kam, wieder Blödsinn zu machen. Wolkenherz schüttelte ganz leicht den Kopf und trabte los. Für ihn war das Tempo viel zu gering, Jola merkte, wie die Energie durch seinen Körper strömte. Und dann – dann war sie plötzlich nicht mehr im Wald, sondern auf einer Wiese, umrahmt von wogenden Gräsern, die sich flüsternd im Wind wiegten. Ein altes, halb verfallenes Haus stand dort – ein Haus wie aus einem Traum. Das Pferd unter ihr hob den Kopf und spitzte die weißen Ohren. Dieser Ort sah so friedlich aus, dass sie wie verzaubert darauf zu trabte. Ein alter Eichenbaum streckte sich schützend über das Dach und überall blühten wilde Blumen. Sie stellte sich in die Steigbügel, um besser sehen zu können, lauschte auf Geräusche, aber sie hörte nur …

»Billyneeeeiiiin!«

Der Schrei riss Jola aus der Erinnerung, Gräser wurden zu Ästen, Bäumen, Wald. Sie sah nur noch einen grau-schwarzen Blitz an der Gruppe vorbeidüsen und um die Kurve verschwinden. Jola parierte Wolkenherz durch und sprang von seinem Rücken. Das Mädchen, das Billy geritten hatte, lag zusammengekrümmt auf dem Boden. Dicke Tränen kullerten über ihre Wangen.

»Ist dir was passiert?«, fragte Jola und legte vorsichtig den Arm um ihre Schultern.

»Nein«, schniefte das Mädchen und rappelte sich hoch. »Aber kacke ist das!«

»Mach dir nichts draus«, tröstete Jola. »Was glaubst du, wie oft ich schon von Billy runtergeflogen bin?«

»Aber ich hab ihn doch so lieb«, heulte die Kleine. »Immer bring ich ihm was mit, was Superleckeres!«

Niko lief auf sie zu, Taylor am Zügel. Erschrocken schaute er Jola an. »Was ist passiert?«

Jola merkte, dass sie rot wurde. Oje! Da hatte er sie als Aufpasserin mitgenommen, und ausgerechnet als ein Mädchen vom Pferd fiel, hatte sie – ja, was? Geträumt? Es hatte sich so echt angefühlt, so real, als würde sie wirklich auf diesem schwarzen, energiegeladenen Pferd sitzen, voller Aufregung, was die Gestalt bei dem Haus wohl sagen würde …

»Jola?« Niko sah sie stirnrunzelnd an.

»Ich …«

»Billy hat plötzlich angefangen zu bocken«, berichtete das Mädchen am Boden. »Ich hab nix falsch gemacht!«

Jola nickte vage. »Ja, so war es«, bestätigte sie schwach.

Niko seufzte. »Na super. Dann musst du jetzt wohl Taylor reiten.«

»Und Billy?«, fragte das Mädchen erschrocken. »Fängst du ihn gar nicht ein?«

»Sicher nicht.« Niko streckte ihr die Hände hin und half ihr auf. Zum Glück hatte sie sich nicht verletzt, nur ihre Ellbogen waren ein wenig aufgeschrammt. Niko legte ihr die Hand auf die Schulter. »Keine Angst, er kennt den Weg. Ein Pferd läuft immer heim zu seinem Stall, weißt du?«

Das Mädchen nickte. Dann wischte sie sich die Tränen ab und fragte scheu: »Und wie sollen wir noch mal traben, wenn du kein Pferd mehr hast?«

Niko musste lachen und Jola lachte ebenfalls. Größtenteils vor Erleichterung, weil nicht mehr passiert war.

»Weißt du, was? Du kannst bei mir aufsteigen. Wolkenherz kann uns auch beide tragen.« Und wenn noch jemand auf seinem Rücken sitzt, kommen die Bilder vielleicht nicht zurück, dachte sie. Sosehr sie diese Erinnerungsfetzen liebte – auf diesem Ritt brauchte sie einen klaren Kopf!

Auch Helen war erleichtert, dass dem Mädchen nicht mehr passiert war, aber sie schimpfte ein bisschen mit Billy, der natürlich in aller Seelenruhe unter den Quittenbäumen gestanden und Gras gefuttert hatte, als sie am Hof ankamen.

Katie hatte beim Turnier den zweiten Platz belegt und verkündete beim Abendessen lautstark ihre Pläne für die restliche Saison. Jola war froh, dass der Tag für sie gut gelaufen war … so gut, dass Helen nun bestimmt nicht auf die Idee kommen würde, Katie mit Wolkenherz auf den Turnieren starten zu lassen!

Nach dem Essen half Jola beim Abwasch, weil sie hoffte, mit Helen sprechen zu können, aber Stefan schnappte sich ein Bier aus dem Kühlschrank und berichtete so lang und breit von seinem Kundentermin am Nachmittag, dass Jola beschloss, lieber

Wolkenherz noch ein wenig Gesellschaft zu leisten. Sie wollte gerade zur Tür hinaus, als Katie nach ihr rief.

»Jola, Jola, komm schnell her!«

Jola streifte ihre Sneakers wieder ab und lief ins Esszimmer, wo Katie vor dem Laptop hockte. »Was ist denn los?«

»Wir haben Antwort.« Katie drehte den Bildschirm so, dass Jola mit darauf schauen konnte. »Vom DRK. Der Suchdienst!«

»Echt?« Jola biss sich vor Aufregung auf die Lippe. »Und? Haben sie Lotte gefunden?«

Katie las die Nachricht und runzelte dabei immer mehr die Stirn. »Ach, Mist! Die schreiben, es gibt niemanden mit dem Namen, auf den unsere Angaben passen. Wie kann das sein, Jola? Warum ist sie dort nicht vermerkt? Meinst du … oh Gott.«

Jola starrte sie an. »Was?«

Katie war käseweiß geworden. »Sie ist doch mit Wolkenherz geflohen, oder? Das wissen wir von Opa. Sie war die Letzte, die mit ihm zusammen war. Danach verliert sich ihre Spur. Und anscheinend hat sie nicht versucht, Opa über den DRK-Suchdienst zu finden, sonst müsste ihr Name hier auftauchen! Ich fürchte, es gibt nur eine Erklärung dafür!«

»Jetzt sag schon!«

»Wolkenherz!«

»Hä?«

»Es ging ihr die ganze Zeit nur um ihn! Überleg mal, sie war ein Stallmädchen auf einem riesigen Gut, ein Handlanger, und plötzlich beschert ihr das Schicksal diesen supertollen Hengst, von dem niemand so recht weiß, wem er gehört, weil die Papiere natürlich verschollen sind. Sie wäre doch schön dumm, wenn sie seinen wahren Besitzern ihren Aufenthaltsort verrät! Die wären doch sofort gekommen und hätten ihn abgeholt und was hätte sie dann noch gehabt?«

Jola schüttelte ganz langsam den Kopf. »Nein, Katie. Niemals! Dein Opa hat doch gesagt, sie war seine erste große Liebe. Niemals hat sie ihn wegen einem Pferd aufgegeben, auch nicht für Wolkenherz!«

Katie schnaufte entrüstet. »Pah. Und warum findet man sie dann nirgends? Ich sag dir, warum. Entweder deine tolle Theorie stimmt nicht, und sie ist längst tot, oder sie hat Wolkenherz für sich behalten, und danach war es ihr zu peinlich, nach Opa zu suchen, weil sie ein schlechtes Gewissen hatte oder Angst vor den Konsequenzen oder so!«

»Das glaube ich einfach nicht!«

»Sie hat Wolkenherz eben mehr geliebt als Opa.« Katie drückte die Nachricht weg und starrte missmutig auf den Bildschirm. »Wir ändern jetzt unsere Strategie, Jola. Das hätten wir längst machen sollen! Wir suchen nach dem Reiter, diesem Neumann. Und ich weiß auch schon, wo!«

Jola sah zu, wie Katie auf die Website einer Pferdezeitschrift surfte. Von genau der lagen unzählige Exemplare in ihrem Zimmer verstreut. In ihrem Kopf drehte sich immer noch alles.

Lotte, dachte sie. Niemals hast du Wolkenherz klammheimlich für dich behalten! Wäre er sonst hier? Was für eine Mission sollte das sein – seine Rache? Wurde am Ende doch noch ein böser Geist aus ihm?

»Die Zeitschrift gibt es schon eeewig«, murmelte Katie, während sie tippte. »Die haben auch immer Turnierlisten abgedruckt. Ich frage die einfach, ob der Name Ch. Neumann mal irgendwo aufgetaucht ist.«

Ein Gedanke schlich durch Jolas Kopf, die ganze Zeit schon. Aber er versteckte sich, immer wenn sie glaubte, ihn irgendwo zu entdecken. Sie sah aus dem Fenster, wo Wolkenherz im weichen Abendlicht stand und in die Ferne sah, und versuchte, sich Lotte vorzustellen, aber in der Reflexion der Scheibe sah sie nur sich selbst.

Ein einfaches Mädchen, das plötzlich ein wertvolles Pferd besitzt. Was würde ich machen?, dachte sie. Ich würde denken, dass man nach ihm sucht. Und nicht nach mir.

Katie lehnte sich auf der Bank zurück. »So, abgeschickt. Jetzt heißt es also wieder warten.«

»Wolkenherz!« Jola sprang auf. »Mensch, sind wir dämlich!«

»Hä?«, machte Katie.

»Wir haben nur nach Lotte gefragt. Aber was, wenn sie gar nicht ihren Aufenthaltsort auf die Suchkarte geschrieben hat … sondern den von Wolkenherz?«

»Du meinst …«

Jola setzte sich wieder hin, zog den Laptop zu sich heran und rief erneut den Suchdienst des DRK auf. Diesmal tippte sie bei »Gesuchte Person« nicht Lottes Namen in das Feld, sondern »Wolkenherz«.

»Wir müssen wie Lotte denken. Das war eine andere Zeit damals und sie war ein junges Mädchen und vielleicht ganz allein … Nie und nimmer hat sie daran gedacht, das Pferd heimlich für sich zu behalten! Sie hat dafür gesorgt, dass Max genau das finden würde, was er in ihren Augen am meisten suchen würde – und das war Wolkenherz!«

Lotte
1955

Nebel hüllte ihren Kopf ein, schlang sich um ihren Hals und verschleierte ihre Augen. Sie konnte nicht atmen, nicht sehen, nicht denken. Sie fühlte tiefen Schmerz, und dann fühlte sie die Hand, die ihre Finger umschloss. Eine zitternde, große Hand, eine Hand, die nicht losließ, auch nicht, als der Nebel schwerer und dichter wurde und ein Lichtschimmer sie fortlocken wollte.

»Komm zurück«, flüsterte eine Stimme. »Komm zu mir zurück, Lotte!«

Es war schwer, den Nebel abzuschütteln. Aber als sie einmal entschieden hatte, nicht dem Lichtschimmer zu folgen, ging es immer leichter. Atmen, ein und aus. Die Müdigkeit wegblinzeln, bis ihre Gedanken in den Raum drangen, der sie umgab. Weiß, weich, leise. Ein Hauch von Friedlichkeit. Die Hand drückte ihre Finger, die Stimme verwandelte das Flüstern in einen Ruf, doch dann – dann kehrte mit einem Schlag die Erinnerung zurück. Die Macht des Schocks raubte ihr erneut die Kraft.

»Bleib hier, Lotte! Du hast es fast geschafft!«

Eine Frage. Sie musste es wissen, und es war egal, was danach mit ihr geschah. Sie war noch am Leben, so viel hatte sie begriffen. Aber sie würde nicht in diesem Leben bleiben, nicht ohne Wolkenherz. Wenn er auch fort war, wenn er … bei Max war, dann würde sie ihnen folgen, hier und jetzt. Sie würde dem Nebel erlauben, sie zu verschlucken, und dann wären sie endlich wieder alle zusammen.

Sie blinzelte erneut, kämpfte, um ihre Augen zu öffnen. Der Raum nahm Kontur an, Wand, Tisch, Stuhl, ein Gestell, an dem ein Beutel hing … und Klaus, ihr Mann. Tränen liefen über seine Wangen. Sie hatte ihn noch nie weinen sehen! Am liebsten hätte sie die Hand ausgestreckt, um ihn zu trösten, aber der Nebel lag bleischwer auf ihrem Arm.

Frag. Frag ihn schon!

»Wolken…herz«, wisperte sie. Ihre Lippen formten das Wort, sie hörte sich kaum.

»Es tut mir so leid«, flüsterte Klaus zurück. Er beugte sich über sie und streichelte über ihre Stirn. »So unendlich leid!«

Schmerz, hart und schwer, auf ihrer Brust. Sie schüttelte den Kopf. Nein, nein – es durfte nicht sein, sie hatten das Eis überlebt und den Hunger und die Kälte und die Einsamkeit, es durfte so nicht zu Ende gehen!

»Er ist tot.« Kein Wispern, kein Stolpern. Diesmal kamen die Worte ganz klar aus ihrem Mund.

Klaus richtete sich ein Stück auf. Plötzlich lächelte er und dann schüttelte er heftig den Kopf.

»Nein. Lotte, nein, das ist er nicht! Er war sehr schwer verletzt. Aber er lebt, genau wie du. Hörst du, Lotte? Du musst gesund werden. Wolkenherz braucht dich!«

Als sie die Augen diesmal schloss, wurde sie nicht von Nebel umfangen. Sie sank in einen tiefen, erholsamen Schlaf.

Berührungspunkte

Jeden Morgen, wenn Jola aufwachte und die Vorhänge zurückzog, sah sie Katie mit ihrer Stute Keira auf dem Platz trainieren. Manchmal blieb sie eine Weile am Fenster sitzen, ehe sie aufstand, schaute ihr zu und stellte sich vor, sie wäre es, die für ein Turnier trainierte, genau wie ihre Mutter es getan haben musste. Ab und zu ging sie sogar hinaus und ließ sich von Katie erklären, was sie da machte – »Ich gymnastiziere sie, damit sie ein besseres Körpergefühl bekommt!« –, oder spazierte mit Minnie zum Wald hinauf, damit Katie sich nicht so beobachtet fühlte. Sie bewunderte den Ehrgeiz und das Durchhaltevermögen ihrer Freundin, die bestimmt zwei Stunden früher aus dem Bett krabbelte als all ihre Klassenkameraden – mit Ausnahme von Lea, die jeden zweiten Morgen mit ihrem Vater laufen ging. Einmal kam sie sogar vor der Schule herüber und verschwand mit Katie im Wald, Lea in knallroten Laufschuhen, Katie noch in Reitklamotten und mit Sneakers. Niemand fragte, ob Jola mitkommen wollte, aber das war okay. Vielleicht spürte Katie auch, dass Jola sich innerlich schon langsam verabschiedete. Für Lea und Katie würde das Leben weitergehen, so wie sie es kannten. Schule, Ginsterhof, Turniere und die Pferde … Es war so leicht, glücklich zu sein! Und wie immer würden alle neidisch sein auf sie, auf ihr Abenteuer, ihre Reise, die Befreiung von der Schulpflicht und die tollen Bilder, die ihr Vater schießen würde. Aber Fotos waren Momentaufnahmen, und ein guter Fotograf verstand es, nur die schönsten Augenblicke einzufangen. Bilder erzählten immer nur die halbe Wahrheit.

Die Woche verstrich, ohne dass sie Antwort vom DRK-Suchdienst erhielten. Am Wochenende machte sie mit Katie und Niko einen langen Ritt zu einem Biergarten, wo sie sich mit ein paar Leuten aus der Schule trafen, darunter auch Milla, die Tochter des Brauereibesitzers, die jetzt in einem anderen Stall ritt und Videos von ihrem supertollen Pflegepferd herumzeigte. Das Pferd war groß und schlank und sah ein bisschen aus wie Wolkenherz in Schwarz, und einen Moment lang glaubte Jola, es schon einmal gesehen zu haben, in ihren Träumen … Aber natürlich war es ein anderes Pferd, ein lebendiges Pferd, das irgendwem gehörte und nur zufällig dieselbe Farbe besaß wie das Pferd ihrer Mutter.

Am Montag kam Niko zum Mittagessen vorbei – Helen hatte Blaubeerpfannkuchen mit Sahne angekündigt – und schäkerte ewig lange mit Anna herum, die an einem neuen Song bastelte.

»Was ist mit ›Schatten im Wind‹?«, wollte er wissen. »Läuft er nicht gut?«

»Doch«, seufzte Anna. »Zu gut! Das ist ja das Problem. Der neue Song muss mindestens genauso gut werden, aber ich hab überhaupt keine Idee dafür!«

Niko nickte mitfühlend. »Woher hattest du denn die Idee für ›Schatten im Wind‹?«

Anna wurde ein bisschen rot und wechselte einen schnellen Blick mit Jola. »Das war … so was wie ein Familiending.«

»Dir fällt schon noch was ein!« Katie zersäbelte das letzte Stück Pfannkuchen und schob sich die erste Hälfte davon in den Mund.

»Die Idee kommt bestimmt ganz von allein, wenn du aufhörst, darüber nachzugrübeln.«

»Ich muss aber darüber nachgrübeln«, murmelte Anna. »Die von Cloudy Records wollen ja Vorschläge haben.«

»Mach doch eine Fortsetzung«, schlug Jola vor. »So was wie … ›Lichter im Wind‹ oder so!«

Anna legte den Kopf schräg und sah Jola nachdenklich an. »Hm. Das ist gar nicht so blöd, Jola. Aber wie geht es weiter? Was passiert mit den Schatten?«

Jola lächelte ganz leicht. »Das weiß ich auch noch nicht, leider.«

Wie aufs Stichwort kündigte der Radiosprecher den nächsten Song an und kurz darauf erfüllte Annas langsame Singstimme die Küche. Jola fand es schön, dass endlich wieder die alte, leicht traurige Version von »Schatten im Wind« gespielt wurde. Niko drehte das Radio lauter, und sie alle lauschten, bis der Song vorüber war.

»Erleben Sie Sunset Barn live beim Radio-Active-Sommerfest, meine lieben Zuhörer, und treffen Sie Anna zu einem persönlichen Meet & Greet! Wenn Sie jetzt anrufen …«

Niko drehte wieder leiser und Anna grinste. »Na, wollt ihr schon mal ein Selfie mit mir? Noch kriegt ihr die umsonst!«

Katie zog eine Blaubeere aus ihrem letzten Pfannkuchenstück und warf sie nach ihrer Schwester, die quiekend auswich. »Krieg jetzt bloß keine Allüren, sonst schiebst du Stalldienst, bis du wieder normal bist!«

Später kam Sanne zum Reiten vorbei und Katie verschwand mit ihr in den Wald. Niko gab zwei Privatstunden auf dem oberen Reitplatz, und Jola schaute eine Weile zu, aber bald wurde es ihr langweilig, und sie schlenderte zum Stall zurück. In solchen

Momenten fühlte es sich an, als wäre sie schon halb verschwunden, als würde sie sich langsam auflösen und zu einer Erinnerung werden, die niemandem fehlte, wenn sie erst fort war. Und vielleicht war das auch besser so. Der Abschied würde ihnen allen leichter fallen.

Jola kickte ein Steinchen vor sich her und schob beide Hände in die Taschen ihrer Shorts. Ach, Mist war das! Sie wollte nicht weg vom Ginsterhof! Aber wem half es, wenn sie jetzt jammerte und alle traurig machte? Ihr Blick huschte zur Koppel hinüber, wo Wolkenherz neben den Ginsterbüschen stand und döste. Oh, Wolkenherz! Doch, vor ihm durfte sie jammern. Er würde sie sogar verstehen, nicht wörtlich natürlich, aber auf seine ganz besondere Pferdeart.

Sie kletterte über den Zaun, ließ sich auf der anderen Seite herunterplumpsen und duckte sich unter dem Stromdraht durch, ohne hängen zu bleiben. Immerhin das hatte sie inzwischen gelernt! Wolkenherz hob den Kopf, als sie auf ihn zulief. Er brummelte sacht und setzte sich in Bewegung. Mitten auf der Koppel trafen sie sich und Wolkenherz blies ihr die Haare aus dem Gesicht. Jola musste lachen, und dann musste sie plötzlich weinen, einfach so, weil alles so schön und so traurig zugleich war. Wolkenherz stand ganz still, und sie streichelte ihn, seine lange Mähne, die weiche Unterseite an seinem Hals, und sie hatte das Gefühl, er verstand ihren Kummer auch ohne Worte.

Ein Lufthauch wirbelte durch Wolkenherz' Mähne, und Jola glaubte, ein Flüstern zu hören, verborgen im Wind. Sie hob den Kopf und sah eine Gestalt auf der Heuraufe sitzen, halb im Schatten. Jola keuchte auf, aber da bewegte sich die Gestalt und winkte, und Jola erkannte Opa Max. Was machte der denn hier? Hatte er sie weinen sehen? Schnell wischte sie die Tränen weg und lief zu ihm und Wolkenherz folgte ihr ganz von allein.

»Guten Tag, Jola. Bedrückt dich etwas?«

Jola biss sich auf die Lippe. Nein, Opa Max hatte eigene Sorgen – ihm würde sie ganz bestimmt nichts von Peru erzählen!

»Sie waren gar nicht beim Essen«, sagte sie stattdessen und versuchte zu lächeln. »Es gab Blaubeerpfannkuchen, Sie haben was verpasst!«

»Ich hatte schon unzählige Blaubeerpfannkuchen in meinem Leben.« Der alte Mann schmunzelte. »Aber ihn hier«, er deutete auf Wolkenherz, »ihn habe ich so viele Jahre nicht gesehen, dass ich am liebsten jede Sekunde bei ihm sitzen würde.«

»Dabei ist er schon so lange hier!« Jola ließ sich neben Opa Max auf die Heuraufe fallen. »Schon seit Helen ein Baby war.«

Opa Max lächelte versonnen und streckte die Hand aus. Sofort machte Wolkenherz den Hals lang und schmiegte sich an ihn. »Weißt du, wann ich den Brief geschrieben habe? Den Brief, den Anna im Geheimkeller gefunden hat? Ich glaube, die kleine Helen war keine zwei Wochen alt. Die ganze Zeit war da dieser Schmerz – wie ein Loch, tief in mir drin. Es gab so vieles, was ich niemandem sagen konnte. Henni zum Beispiel, die immer gut zu mir war. Die akzeptiert hat, dass ich manchmal allein sein musste. Ich wollte ihr nichts von Lotte erzählen, weil ihr das sehr wehgetan hätte. Und dann … dann war da plötzlich dieses Wunderwesen! Ein Baby verändert dich, es macht alles … lebenswerter. Auf einmal hatte ich eine Aufgabe, die so wichtig war, dass ich mich von meinen Schatten verabschieden musste. Also habe ich Lotte diesen Brief geschrieben. Ich habe mir noch eine Nacht voller Träume und Traurigkeit erlaubt, oben auf dem Dachboden, ganz allein. Und am nächsten Morgen habe ich beschlossen, von nun an niemals mehr an Lotte und Wolkenherz und an meine Vergangenheit zu denken.«

Wolkenherz hob den Kopf und sah sie an. Das war fast schon unheimlich – als ob er etwas sagen wollte!

»Wahrscheinlich ist er in dieser Nacht gestorben«, überlegte Jola laut. »Als Sie sich von ihm verabschiedet haben. Er ist gestorben und zu Ihnen gekommen, aber weil Sie beschlossen hatten, nicht mehr an ihn zu denken, konnten Sie ihn nicht sehen. Und seitdem versucht er, Ihre Aufmerksamkeit zu gewinnen.«

Opa Max lehnte sich vor. Er sah Wolkenherz in die Augen und fragte: »Stimmt es, was sie sagt, alter Junge? Bist du wirklich schon so lange bei mir?«

Wolkenherz senkte den Kopf und drückte sich wieder gegen den alten Mann. Sein Fell war so weiß, dass es Jola in den Augen wehtat, im Sonnenlicht länger darauf zu gucken. Niko hatte schon wieder eine neue Reitschülerin, und oben am Wald sah sie Katie und Sanne zurückkommen, aber hier, bei Wolkenherz, schien die Zeit stillzustehen. Jola lehnte sich gegen die Stallwand und machte die Augen zu. Friedlich, still und ruhig war es hier.

Und dann fing Opa Max an zu erzählen, mit leiser Stimme, und Jola war gar nicht sicher, ob er mit ihr oder mit Wolkenherz redete, aber im Grunde war es egal, denn sie saß da und lauschte und stellte sich vor, sie wäre an all den Orten, von denen er erzählte – auf der langen Allee zwischen den Pferdekoppeln, im hellen Stall mit den großen Boxen, über dem Lotte mit ihrem Vater gewohnt hatte. Sie lief mit Max' Stimme durch das schöne herrschaftliche Anwesen seiner Eltern, betrat die geflieste Küche, wo er immer vor dem Ofen gesessen und seine Schularbeiten gemacht hatte, rannte mit ihm hinaus zum Reitplatz, wo Lotte sich hinter dem Haselstrauch versteckte und ihm heimlich beim Training zusah, stieg mit ihm auf eines der anmutigen Trakehner Pferde, das sich so leicht und fließend bewegte, dass er es mit den Spitzen seiner Finger lenken konnte. Sie hätte gern noch mehr gehört und gesehen, aber die Stalltür flog auf, und sie riss jäh die Augen auf und blinzelte ins grelle Sonnenlicht.

»Mensch, Jola, ich such dich schon überall!« Katie, mit dem Laptop unter dem Arm, bremste vor der Heuraufe und runzelte die Stirn. »Opa! Was machst du denn hier?«

»Die Sonne genießen. Soll ich euch zwei allein lassen?« Opa Max machte Anstalten aufzustehen, aber Katie schüttelte den Kopf.

»Nein, bleib. Eigentlich ist es sogar gut, dass du auch hier bist. Schließlich geht es irgendwie ja um dich.« Sie klappte den Laptop auf und stellte ihn ihrem Großvater auf die Knie. »Hier, schaut mal. Ist gerade eben angekommen.«

Jola klappte das Display ein Stück herunter, damit sie im hellen Licht überhaupt was erkennen konnten. Das E-Mail-Programm war offen … und die Nachricht war vom DRK-Suchdienst!

Liebe Frau Weber,

zu Ihrer Suchanfrage freue ich mich, Ihnen mitteilen zu dürfen, dass wir eine Übereinstimmung finden konnten. Anbei erhalten Sie eine Kopie der originalen Suchkarte aus dem Jahr 1945, wie sie bei uns in der Datenbank hinterlegt ist. Sollten Sie Hilfe bei der weiteren Recherche zu Ihren Angehörigen benötigen, wenden Sie sich gern an mich.

Mit freundlichen Grüßen
M. Herzig

Opa Max sah von dem Bildschirm hoch. Seine Unterlippe zitterte ganz leicht. Dann las er den Text noch einmal und schüttelte ungläubig den Kopf.

»Ich verstehe das nicht, Kinder, ich habe wirklich überall nach ihr gesucht«, flüsterte er mit zittriger Stimme. »Wie …?«

»Wir haben nicht nach ihr gesucht«, verkündete Katie und zwinkerte Jola triumphierend zu. »Sondern nach Wolkenherz!«

Ihr Großvater hob wieder den Kopf. Seine Augen glitzerten vor lauter ungeweinter Tränen. »Wolkenherz?«

»Sie muss geglaubt haben, dass Sie nach ihm suchen würden«, erklärte Jola leise. »Und nicht nach ihr.«

»Aber warum sollte ich nicht nach ihr suchen?« Opa Max verbarg das Gesicht in den Händen. »Sie war meine große Liebe, sie muss doch gewusst haben … oh, Lotte!«

»Vielleicht hatte sie Angst«, vermutete Jola. »Immerhin war er ziemlich wertvoll, oder? Man hätte denken können, sie hätte ihn gestohlen.«

Opa Max schüttelte wieder den Kopf. Dann schaute er Katie an. »Steht auf der Suchkarte tatsächlich, wo Lotte … wo sie ist?«

»Ach so.« Katie klickte auf den Anhang der Mail und drehte den Bildschirm wieder so, dass Jola und Max daraufsehen konnten. »Leider ist es nicht viel. Aber ich würde sagen, jetzt haben wir endlich eine richtige Spur!«

Jola und Max mussten sich weit vorbeugen, um auf dem spiegelnden Bildschirm noch etwas zu erkennen. Ein Stück Papier, das einmal gefaltet gewesen sein musste. Das »h« von Wolkenherz versteckte sich im Falz. Trotzdem war der Name noch gut lesbar, und dahinter stand in Klammern: Pferd! Jola sog scharf die Luft ein. Sie hatte recht gehabt – sie hatten Lottes Suchkarte tatsächlich gefunden! Schnell las sie weiter, aber viel mehr stand nicht auf der Karte, nur eine Adresse und darunter ein Stempel des DRK-Suchdienstes in Flensburg.

»Flensburg«, flüsterte Max. »Oh mein Gott.«

»Das ist irgendwo oben, oder?«, fragte Katie und zog ihr Handy aus der Tasche.

»Ja, ganz oben«, klärte Jola sie auf. »An der Ostsee. Aber dort hat sie nicht gelebt.« Sie deutete auf den Ort, der auf der Suchkarte angegeben war. »Das klingt eher … nach einem Dorf.«

»Kann ja nicht so schwer sein!« Katie brauchte nur ein paar Sekunden, dann hatte sie den Ortsnamen auf ihrem Handy eingetippt. »Hm, das sind über siebzig Kilometer! Wieso hat sie dann nicht …«

»In Flensburg war die Suchdienststelle.« Opa Max richtete sich auf. »Glaubt ihr, sie ist mit Wolkenherz … also, sie war dort?«

Sie sahen sich an, nach der Reihe, und Jola spürte, wie ihr Herz schneller klopfte. Ein Mädchen auf einem Pferd, in den Straßen einer zerstörten Stadt … Hatte sie Lotte gespürt, in Wolkenherz' Erinnerung?

»Kannst du rauskriegen, wo dieses Dorf ist? Gibt es die Straße vielleicht noch?« Jola sprang auf und quetschte sich neben Katie. Sie mussten beide ihre Hände über das Display halten, um etwas darauf lesen zu können.

Katie zoomte die Karte mit den Fingern näher heran und änderte die Ansicht. Jetzt sah man nicht nur Straßen wie auf einer Landkarte, sondern richtige Häuser, von ganz oben, so wie wenn man mit dem Flugzeug darüberflog. »Hmm … das sieht aus wie ein Hof – ein Bauernhof oder so was!«

»Und finden wir die Telefonnummer raus?«

»Aber klar!« Katie tippte etwas herum und grinste triumphierend. »Na bitte! Gerd Linzer vom Linzerhof. Ein Biobetrieb. Moment … und da ist auch die Nummer.« Sie streckte ihrem Großvater das Handy hin. »Willst du gleich mal anrufen?«

Die Mädchen schauten Max an, der plötzlich käseweiß geworden war. »Was – jetzt?«

»Na klar. Hast du nicht lange genug auf diesen Moment gewartet?«

Max schluckte. Jola konnte sich vorstellen, dass all diese Informationen plötzlich zu viel für ihn waren. Sie setzte sich wieder neben ihn und legte sacht den Arm um seine Schultern.

»Wir können auch später anrufen«, schlug sie vor. »Oder morgen. Oder … möchten Sie ihr lieber einen Brief schreiben?«

Max sah auf einmal so verzweifelt aus, dass Jola sich wünschte, sie hätten die E-Mail erst einmal allein gelesen. Was, wenn sie jetzt dort anriefen und Lotte war … Nein, Lotte war nicht tot. An so was durfte sie nicht einmal denken!

Aber da hatte Katie schon das Handy am Ohr. Sie zwinkerte Jola zu und trat ein paar Schritte zurück, und Jola konnte spüren, wie Max sich versteifte. Auch Jola bekam feuchte Hände. Würden sie wirklich gleich mit Lotte sprechen? Hatte Max seine verlorene Liebe wiedergefunden?

Nach einer Weile ließ Katie das Handy sinken.

»Geht keiner dran«, murmelte sie, aber ihre Augen blitzten. »Opa, weißt du, was? Du schreibst wirklich einen Brief. Und ich weiß auch schon, welchen: denselben, den du ihr schon einmal geschrieben hast, nur anders – du richtest ihn diesmal nicht an eine Erinnerung, sondern an die echte, die lebende Lotte!«

Meindein Geheimnis

Auch die Lehrer schienen Jola bereits zu vergessen. Ihr Mathelehrer gab die Arbeiten zurück, hatte aber ausgerechnet ihre verschludert. In Bio sollte sie nur schnell ein paar Utensilien ins Lager räumen, doch als sie zurückkam, war die Klassenzimmertür abgeschlossen, und sie musste die ganze Pause lang ausharren, bis endlich ein Lehrer kam und den Raum wieder aufsperrte. Und in Geschichte musste sie fast eine Viertelstunde an der Tafel stehen und warten, während Herr Ernst etwas ungemein Wichtiges zum neuen Schuljahr erklärte, bis sie endlich mit der Zusammenfassung des Stoffs anfangen durfte. Der Einzige, der wirklich Notiz von ihr nahm, war Jonas. Er hatte in Bio »Schiffe versenken« gespielt und bettelte so lange, bis er heimlich ihren Hefteintrag kopieren durfte.

Jola war froh, als die letzte Stunde endlich um war, doch bevor sie nach draußen hasten konnte, rief Herr Ernst sie noch einmal zurück.

»Na, Jola, wie hat dir dein Schuljahr bei uns denn gefallen?«

»Ganz gut.« Jola schulterte ihren Rucksack und bohrte die Hände in die Hosentaschen. »Ich mag es, in die Schule zu gehen. Also, ich meine … ich mag es lieber, als allein zu lernen.«

Herr Ernst sah sie nachdenklich an. »Ich hatte letzte Woche ein Gespräch mit deinem Vater. Bestimmt weißt du, worum es dabei ging.«

Jola schluckte, dann nickte sie. Klar wusste sie das.

»Ich finde das sehr schade«, begann Herr Ernst. »Eine Schülerin wie dich wünscht man sich in seiner Klasse.«

Obwohl ich Ihre Stunden in letzter Zeit immer verträume? Aber das sagte Jola nicht laut. Sie lächelte nur höflich. Was sollte sie auch sonst machen?

»Ich habe versucht, mit deinem Vater zu reden.« Herr Ernst lächelte jetzt ebenfalls. »Am Ende haben wir ganz schön laut diskutiert! Ich wollte ihm klarmachen, was es für ein junges Mädchen bedeutet, ständig von einem Ort zum anderen ziehen zu müssen. Dass Wurzeln wichtig sind und ein solides Umfeld ebenso.«

Jola hielt den Atem an. Herr Ernst hatte sich für sie eingesetzt? Ganz ohne ihr Zutun? Aber er hatte ihren Vater bestimmt nicht davon überzeugen können, seine Peru-Pläne aufzugeben, niemals – oder etwa doch?

Das Lächeln auf Herrn Ernsts Gesicht erlosch. »Aber ich sehe ein, dass eure Situation besonders ist. Dein Vater ist ohne Eltern in einer Pflegefamilie aufgewachsen und auch du hast früh deine Mutter verloren. Es gibt immer zwei Seiten einer jeden Geschichte. Dein Vater liebt dich sehr, Jola, er würde alles für dich tun. Nur das zählt. Daher unterstütze ich euer Vorhaben und biete dir an, dass du dich jederzeit an mich wenden kannst, wenn du Fragen zum Stoff hast oder meinen fachlichen Rat brauchst.« Das Lächeln kehrte zurück auf sein Gesicht. »Und wer weiß? Möglicherweise verschlägt es euch eines Tages zurück nach Steinbach. In diesem Fall bist du an unserer Schule selbstverständlich wieder herzlich willkommen!«

Jola musste gegen die Tränen kämpfen, die sich aus ihren Augen rollen wollten. Sie schluckte und nickte und lächelte tapfer weiter, als hätte Herr Ernst ihr gerade einen Riesengefallen getan.

»Danke schön«, brachte sie hervor, wirbelte herum und verließ fluchtartig das Klassenzimmer.

Katie stand draußen am Busparkplatz mit Lea und Sanne und lachte aus voller Kehle. Zögerlich ging Jola zu ihnen.

»Was war denn?« Lea schaute sie prüfend an. »Hast du jetzt Stress gekriegt, weil du Jonas abschreiben lässt? Der soll mal selber seinen Arsch hochkriegen und sich nicht immer auf dich verlassen.«

Ich bin schließlich nicht mehr lange da, dachte Jola, und wieder fühlte sie sich den Tränen beschämend nah. Lea sagte noch etwas, aber Jola war mit ihren Gedanken schon ganz woanders. Die Busse ließen ihre Motoren an und sie schlurfte auf ihren Bus zu. Katie rührte sich nicht vom Fleck.

»Kommst du nicht mit?«, fragte Jola leise.

Katie sah sie verwirrt an. »Nee. Ich geh gleich mit zu Sanne. Wir basteln ein Banner für Lea.«

»Was für ein Banner?«

»Heute ist doch der Zehnkilometerlauf, für den sie trainiert hat.« Sanne hob die Arme. »Darüber reden wir doch schon die ganze Zeit!«

»Oh. Ach so.« Jola kaute auf ihrer Lippe herum und wartete, ob jemand sie einladen würde, auch mitzubasteln, aber Sanne packte Katie am Arm und flüsterte irgendwas, also wandte Jola sich ab und stieg allein in den wartenden Bus.

»He, du kommst doch zuschauen, oder?« Lea tippte auf ihre Sportuhr. »Um fünf geht's los, der Start ist hier an der Schule.«

»Na klar«, rief Jola schnell, dann schloss sich schon die Tür, und der Bus fuhr ruckelnd an.

Am Ginsterhof herrschte eine gespenstische Ruhe. Helen war ausreiten mit ihrer Hausfrauenstunde und vor Stefans Werkstatt parkte ein dicker Geländewagen. In der Küche lagen ein frisch gebackener Laib Brot und daneben ein Zettel mit der Aufschrift »Guten Appetit!«, unter die Anna nur gekritzelt hatte, dass sie sich im Freibad Pommes holen würde und spät nach Hause käme.

So ganz allein hatte Jola auch keinen Hunger. Sie suchte nach ihrem Vater und fand ihn am Ententeich, wo er die Füße ins Wasser baumeln ließ und seine Kamera über ein Seerosenblatt hielt.

»Na«, machte sie nur und setzte sich neben ihn. »Wenn du auf Enten wartest – es gibt keine.«

»Das ist ja auch kein Ententeich!«

Etwas quakte und Jola beugte sich weit über den Rand des Stegs vor. Ein winziges, glänzendes Wesen hüpfte von dem Blatt und der Verschluss der Kamera klickte mehrmals hintereinander. »Sondern ein Froschteich?«

Ihr Vater lachte. »Na ja. Eigentlich ein Löschteich. Früher hatte jeder Hof so einen, damit man im Fall eines Feuers schnell das Haus löschen konnte.«

»Kann man darin baden?«

»Ich weiß nicht.« Ihr Vater schaute sie an. Langsam legte er die Kamera auf den Steg und grinste. Dann griff er blitzschnell nach ihrer Hüfte, packte sie und riss sie mit sich in das kühle braungrüne Teichwasser. »Ja, ich glaube, man kann drin schwimmen!«

Jola strampelte sich prustend von ihm los, ging aber gleich wieder unter, weil sie so sehr lachen musste. »Na toll! Das war meine Schulhose. Jetzt ist sie glibbergrün!«

»Und voller Froschschleim.«

»Du willst mich wohl blamieren in meinen letzten Wochen hier, was?«

»Nein. Nur abkühlen!« Ihr Vater spritzte ihr eine Ladung Froschwasser ins Gesicht und sie tauchte kreischend unter. Dann spritzte sie zurück, bis plötzlich ein Minifrosch auf seinen Haaren hockte und laut quakte. Jola kraulte an den Rand des Weihers und griff nach der Kamera, um den Moment einzufangen, doch dabei sah sie aus den Augenwinkeln eine Bewegung am oberen Reitplatz. War Helen schon zurück? Nein. Aber da ging ein Pferd, ein einzelnes. Groß und weiß. Und jemand saß auf seinem Rücken.

Für einen Moment stockte ihr der Atem. Das war Max! Sie blinzelte, aber das Bild verschwand nicht. Max ritt auf Wolkenherz. Der Hengst trug einen richtigen Sattel mit Steigbügeln, nicht nur den Fellsattel, den sie am Anfang immer auf seinen Rücken gelegt hatten. Wie war Max da hochgekommen? Etwa ohne Hilfe?

»Ähm, Jola … ich glaube, der Frosch ist jetzt weg.« Ihr Vater streckte die Hand nach seiner Kamera aus und legte sie vorsichtig zurück auf den Steg. »Alles klar bei dir?«

»Ich … ja.« Jola stemmte sich hoch. Die Klamotten klebten an ihrem Körper und mit einem Schlag war ihr schrecklich kalt. Wolkenherz galoppierte im Kreis, und etwas in seinen Bewegungen erinnerte sie an Katies ersten Ritt auf ihm, als er plötzlich über den Zaun gesprungen und losgelaufen war – ein Gefühl, dass gleich etwas geschehen würde, etwas Großes … Mit einem Satz hatte sie wieder festen Boden unter den Füßen. »Tut mir leid, ich muss … ich hab da was gesehen!«

»Jola, warte!« Ihr Vater stemmte sich ebenfalls aus dem Froschtümpel. »Hier ist noch was für dich!«

Jola drehte sich noch mal zu ihm um. »Was denn?«

Unter einem Stein lagen zwei große Briefkuverts. Eines davon war aufgerissen. Ihr Vater griff nach dem verschlossenen Kuvert und zog es heraus.

»Hier, für dich. Oder für euch.« Er schmunzelte. »Ach, Jola.«

Der Umschlag war adressiert an »Katie und Jola Weber«. Jola griff danach und sah ihren Vater überrascht an. »Das war keine Absicht, wenn du das denkst! Die müssen da was falsch …«

»Schon gut«, murmelte er und strich ihr zwei nasse Haarsträhnen aus dem Gesicht. »Wir reden später, ja?«

Jola drehte den Umschlag herum. Er kam von der Pferdezeitschrift. Komisch. Wer schickte denn heute noch seine Antwort mit der Post? Auf jeden Fall war der Umschlag ziemlich dick. Sie hielt ihn ein Stück von sich weg, damit er nicht nass wurde, und rannte zum Reitplatz hinauf.

Max hielt die Augen fest geschlossen, aber Wolkenherz bemerkte sie sofort. Die seltsame Energie, die eben noch von ihm ausgegangen war, flimmerte wie eine Erinnerung in der Sommerluft. Jola blieb am Zaun stehen, und Wolkenherz wandte den Kopf, fiel in Schritt und kam zu ihr. Der Großvater seufzte leise und öffnete die Augen äußerst widerwillig.

»Alles okay bei Ihnen?«, fragte Jola ihn.

Opa Max antwortete nicht. Er sah blass aus, aber Jola ahnte, dass es nichts mit dem schnellen Ritt zu tun hatte.

»Was haben Sie gesehen?«, flüsterte sie.

Opa Max schluckte, und Jola sah, dass nun er es war, der mit den Tränen kämpfte. »Ein wunderschönes Haus«, murmelte er. »Eine Frau in einem langen Kleid. Und Pferde … so viele Pferde!«

»Meinen Sie, es war Lotte?«

Der alte Mann nickte. Er wirkte so selig, als habe er seine alte Liebe eben im Arm gehalten. »Ganz sicher war sie es. Sie hat gelächelt, Jola. Sie sah so glücklich aus!«

»Konnten Sie sonst noch was erkennen?« Jola biss sich auf die Lippe. »Hm … was für ein Haus es war? Oder wo es stand?«

»Nein«, murmelte Opa Max. »Nur sie, ich habe nur sie angesehen …«

Oje. Anscheinend empfing Max andere Bilder als sie, viel detaillierter – oder lag es daran, dass er nach diesen Bildern verlangte? Sie hatte sich nach ihrer Mutter gesehnt, also hatte Wolkenherz ihr dabei geholfen, sich an sie zu erinnern. Max allerdings … Max suchte nach den Erinnerungen, die Wolkenherz in sich trug, nicht seine eigenen. Aber vielleicht klappte das bei ihr ja auch? Hatte sie wirklich immer nur ihre Mutter gespürt? Oder vermischten sich die Bilder? Wurden Wolkenherz' Erinnerungen mit der Zeit womöglich immer stärker?

Stimmen sirrten durch die Luft, flüsternd erst, dann lauter, deutlicher. Rufe und Lachen. Wolkenherz hob den Kopf und sah zum Wald.

»Das ist Helen«, krächzte Max. »Schnell, Jola, hilf mir! Sie darf mich so nicht sehen, sie will nicht, dass ich allein reite.«

Jola ging vor Wolkenherz in die Hocke und der Hengst verstand und knickte mit den Vorderbeinen ein. Sobald er im Sand lag, konnte Opa Max gefahrlos von seinem Rücken steigen.

Er strich Wolkenherz sacht über die Mähne und zwinkerte Jola zu. »Na los, rauf mit dir! Macht einen schönen Ausflug. Du brauchst keine Angst zu haben. Wolkenherz wird gut auf dich aufpassen.«

Jola ließ Wolkenherz über einen grünen Pfad traben und schloss die Augen, als der Wind ihr Tränen in die Augen trieb. Zuerst hatte sie zum Hof zurückreiten wollen, um sich trockene Sachen anzuziehen und den Brief ins Haus zu legen, aber der Wiesenweg hatte so einladend ausgesehen, dass sie ihm einfach folgte. Ihre Hose roch nach Teichwasser und klebte am Sattel fest, und die Steigbügel waren auch viel zu lang für sie. Aber auch das störte sie nicht. Sie klemmte sich den Brief unter den Arm, nahm die Zügel in eine Hand und schloss die Augen, als Wolkenherz angaloppierte.

Eine Sommerwiese voller bunter Blumen, Hufe, die durch das Gras pflügten, das Brausen des Windes in ihrem Gesicht. Schnell, so schnell! Sie spürte seinen Herzschlag – oder war es ihr eigener? Das Pferd unter ihr war weiß, und dann, ganz plötzlich, war es schwarz – aber das Gefühl blieb dasselbe, die Wiese blieb dieselbe, der Wind blies aus derselben Richtung, nur das Pferd, das Pferd war …

»Wolkenherz«, rief Jola und machte die Augen auf. Wolkenherz bremste, bis sie im Schritt gingen, auf den Waldrand zu. Links und rechts raschelten Ähren im leisen Wind. Sie war gar nicht über eine Wiese galoppiert – aber die Bilder hatte sie ganz deutlich gesehen! Ein weißes und ein schwarzes Pferd. Auf derselben Wiese. Wie passte das zusammen? Weil Wolkenherz einmal schwarz gewesen war, silberschwarz? Aber dann hätte sie das dunkle Pferd doch zuerst sehen müssen und dann zum Schluss das weiße.

»Ich kapiere es nicht«, murmelte Jola. »Waren das nun meine Erinnerungen oder deine?«

Sie ritt zurück auf den Weg, am Wald entlang und immer weiter, und plötzlich konnte sie in der Ferne die Häuser und den Kirchturm von Steinbach entdecken. Lea fiel ihr wieder ein, der Zehnkilometerlauf und das Banner, das Katie und Sanne basteln wollten. Sollte sie hinreiten? Warum eigentlich nicht – es hatte keinen Streit gegeben. Und sie konnte es Sanne schlecht verübeln, wenn sie Katie ab und zu für sich beanspruchte, schließlich waren sie schon ewig Freundinnen gewesen, bevor Jola dazugekommen war. Sie würden auch noch Freunde sein, wenn sie fort war.

Drei Spuren

Die Straßen von Steinbach waren so voller Menschen, dass Jola mit Wolkenherz nicht mal in die Nähe der Schule reiten konnte. Außerdem hatte die Polizei große Gitter aufgestellt, damit keine Autos mehr ins Dorf fuhren – hier würden in wenigen Minuten die Läufer durchkommen, und alle Fahrzeuge mussten solange draußen bleiben.

Jola suchte sich eine Stelle, wo sie Wolkenherz auf einer Anhöhe grasen lassen konnte und einen guten Blick auf die Strecke hatte. Dort stieg sie ab und hockte sich neben ihm ins Gras. Die Bilder wollten ihr einfach nicht mehr aus dem Kopf. Das weiße und das schwarze Pferd. Wenn sie doch nur wüsste, wessen Erinnerungen das waren! Aber die Frage beantwortete Wolkenherz ihr natürlich nicht, er streckte seine Nase ins Gras und benahm sich wie das allernormalste Pferd der Welt.

Seufzend zog sie den Brief hervor und strich ihn glatt. Er war ein bisschen nass geworden und roch nach Froschteich. Sie überlegte eben, ob sie ihn allein aufreißen sollte, als die ersten Läufer über die Strecke rannten und die Leute wie verrückt anfingen, zu klatschen und zu rufen. Wo war Lea? Ach so, bei den schnellsten war sie wohl nicht dabei. Aber jetzt kamen immer mehr Läufer, schnaufend und schwitzend, und die Leute an den Gittern hielten Fahnen und Plakate hoch und pfiffen und jubelten ihnen zu.

Jola stieg zurück auf Wolkenherz' Rücken und klemmte den

Brief wieder unter ihren Arm. Von hier hatte sie einen besseren Überblick. Wenn die Läufer an der Schule gestartet waren und danach eine Runde um Steinbach herum gedreht hatten, musste der Zieleinlauf gleich um die Ecke sein! Sie reckte den Hals, aber die Gesichter verschwammen vor ihren Augen, und sie musste blinzeln, um überhaupt noch etwas zu erkennen. Auf einmal drehte einer der Läufer den Kopf und sah sie an, so direkt, dass Jola eine Gänsehaut bekam. Der Läufer verließ den Pulk, löste sich aus der Masse und kam auf die Absperrung zugelaufen. Etwas schlenkerte in seiner Hand, ein langes Seil, das an einem Stab hing und den er nun anhob und auf Wolkenherz richtete. Die Absperrung löste sich auf, all die Menschen lösten sich auf, nur noch der Läufer mit dem Seilstab existierte und mit ihm ihre Angst, nein, Wolkenherz, nein, er wird dir wehtun, er darf dich nicht berühren, ich beschütze dich, ich bin da, ich bin hier und passe auf dich auf! Der Läufer streckte die freie Hand nach Wolkenherz aus und Jola schrie auf …

… und auf einmal war alles wie zuvor, der Läufer verschwand um die Kurve, zusammen mit all den anderen, einen harmlosen Müsliriegel in der Hand, und nur ein paar Zuschauer hatten sich noch zu ihr umgewandt und schauten sie verwundert an.

Wolkenherz schnaubte und Jola schüttelte sich. Nein, so klappte das nicht! Sie rutschte wieder von Wolkenherz' Rücken und stellte sich ein paar Schritte von ihm weg.

Die Läufer, die jetzt kamen, schnauften deutlich mehr als die ersten. Wo blieb nur Lea? Hatte sie sie verpasst? Jola hockte sich ins Gras und Wolkenherz stupste sie in den Rücken. Ihr Blick fiel wieder auf den Umschlag. Sollte sie nicht auf Katie warten? Aber schließlich stand ihr Name auch darauf, also konnte sie ihn genauso aufmachen! Sie ratschte den oberen Rand weg, klappte den Umschlag auseinander und kippte sich einen Stapel Blätter auf den Schoß. Es waren Fotokopien von Seiten aus der Pferdezeitschrift, mit Artikeln, die teilweise markiert worden waren. Da hatte sich jemand ganz schön Mühe gemacht. Jola hockte sich bequem hin, lehnte sich gegen Wolkenherz' Bein und begann, den Stapel durchzublättern.

Der erste markierte Absatz handelte von einem Reiter namens Christoph Neumann, der als Springreiter aktiv gewesen war. Es gab etliche Artikel über ihn und sein Pferd, das aber Marquis hieß und ein Rappe war. Trotzdem konnte er ja Wolkenherz ebenfalls geritten haben – ausgeschlossen war das nicht! Jola blätterte weiter. Christine Neumann war 1959 mit drei Pferden allein durch Frankreich geritten, quer durchs Land bis ans Meer. Reporter der Pferdezeitschrift hatten sie besucht und immer wieder kurze Tagebucheinträge und Fotos von ihr veröffentlicht. Jola versuchte, auf der ziemlich schlechten Fotokopie die Pferde genauer zu erkennen. Da, das Handpferd mit den Packtaschen – das war eindeutig weiß! Leider war die Kopie zu schlecht, um sicherzugehen, ob es Wolkenherz war oder nicht. Voller Aufregung blätterte sie weiter. Der dritte Artikel, der markiert war, handelte von einer jungen Frau, die in den olympischen Kader aufgenommen worden war, eine Art Steckbrief mit Fotos, einem Interview und einer Tabelle all ihrer Erfolge. Die Frau hieß Tanja Weller, und ihr Pferd war eine unscheinbare braune Wald- und Wiesenmixstute, weshalb sie als kleine Sensation galt – aber Jola entdeckte überhaupt keine Parallelen zu dem gesuchten Ch. Neumann. Am besten probierte sie es zuerst einmal mit den anderen beiden Namen.

Wolkenherz schnaubte und Jola hob den Kopf. Nur noch vereinzelte Läufer keuchten mit roten Gesichtern über die Strecke. Die Polizisten begannen bereits, die Absperrungen wegzutragen, damit der Verkehr wieder durch die Straßen rollen konnte. Schnell stopfte Jola die Fotokopien zurück in den Umschlag und rappelte sich hoch.

»So ein Mist, jetzt haben wir sie verpasst! Na, macht nichts. Komm, Wolkenherz, lass uns nach Hause reiten.«

Aber Wolkenherz rührte sich nicht vom Fleck. Er hielt den Kopf hoch und die Ohren nach vorn gerichtet, als ob er auf etwas lauschte. Jola stellte sich neben ihn und schaute in dieselbe Richtung, und wirklich, nach wenigen Augenblicken kamen Katie und Sanne um die Kurve gelaufen, falsch herum auf der Strecke, aber weil die letzten Läufer sehr langsam waren und von überall Leute auf die Strecke strömten, störte es niemanden mehr.

»Katie!« Jola winkte wild mit der freien Hand. »Sanne!«

Katie blieb überrascht stehen, als sie Wolkenherz entdeckte, aber Sanne spurtete gleich den Hügel zu ihr hoch. »Oh super, Jola, dass du hier bist. Hast du Lea gesehen?«

Jola schüttelte den Kopf. »Nein. Ich dachte, sie ist längst im Ziel, ich hab … nicht so wirklich hingeguckt.«

»Verdammt, das gibt's doch nicht!« Sanne warf beide Arme in die Luft. »Lea ist nicht im Ziel angekommen, wir haben auf sie gewartet, aber …«

»Lass mich mal.« Katie drängelte sich an Jola vorbei und griff nach Wolkenherz' Zügeln. »Ich finde sie schon!«

Ein Gefühl durchzuckte Jola, eine Erinnerung. Der Läufer mit dem Stab und dem starren Blick. Instinktiv packte sie den Zügel fester. Katie stellte einen Fuß in den Bügel, aber in dem Moment drehte Wolkenherz sein Hinterteil von ihr weg, und sie verlor das Gleichgewicht und plumpste zu Boden.

»Was … spinnst du jetzt, oder was?«

»Ich suche sie.« Jola fasste die Zügel nach und stellte selbst den Fuß in den Bügel. Diesmal blieb Wolkenherz still stehen, bis sie im Sattel saß. Beinahe sofort flimmerte es vor ihren Augen, und sie nahm eine Hand wahr, die sich nach den Zügeln ausstreckte. Rasch blinzelte sie das Bild weg und versuchte mit aller Kraft, im Hier und Jetzt zu bleiben. »Gestartet ist sie sicher, oder?«

Sanne nickte und schaute unsicher zwischen ihnen hin und her.

Katie kniff die Augen zusammen und starrte Jola grimmig an, aber Jola wendete den Hengst einfach und ritt in flottem Trab von dem Hügel hinunter.

Erst als sie die Polizisten und die zur Seite geräumten Absperrgitter hinter sich gelassen hatte, konnte sie wieder klar denken. Was war da eben passiert? Sie hatte Wolkenherz nicht hergeben wollen, auf gar keinen Fall – das war ein Gefühl gewesen, als müsste sie ihn … beschützen? Aber das war voll absurd, was sollte Katie ihm denn schon tun? Sie wäre mit ihm Lea suchen gegangen, genau dasselbe, was sie nun auch tat. Jetzt war Stress mit Katie gewiss. Oweia, und in all dem Tumult hatte sie auch noch den Umschlag fallen lassen, den Brief vom Pferdemagazin! Sie stoppte, ließ Wolkenherz einmal im Kreis tanzen – aber dann ritt sie doch weiter. Nein. Nur ein paar Blätter Papier, die waren nicht so wichtig. Sie musste jetzt Lea finden, bevor die Autos wieder durch die Straßen von Steinbach rollten!

Wolkenherz' Schritte hallten laut auf dem Asphalt. Die Leute wandten sich nach ihr um, ein paar Kinder kamen gelaufen und versuchten, ihn im Vorbeireiten zu streicheln, aber Jola hielt nicht an. Sie fragte, ob jemand eine Läuferin gesehen hatte, ein Mädchen mit dunklen, kurzen Haaren, aber die Leute schüttelten den Kopf. Ein Radler war hinter dem letzten Läufer hergefahren, da kam jetzt niemand mehr.

»Wo kann sie nur abgeblieben sein?« Jola drehte den Kopf und schaute die leere Straße entlang. Überall lagen Bananenschalen, Pappbecher und ausgewrungene Wasserschwämme herum, die von den Läufern einfach fallen gelassen worden waren. Sie folgte der Spur bis zu einer der Verpflegungsstationen und sah, dass sich die Straße hier gabelte. Ohne zu zögern, lief Wolkenherz in den zweiten Weg hinein.

»Lea«, rief Jola laut. »Lea, Lea!«

Weit brauchten sie nicht zu gehen, dann blieb Wolkenherz stehen und schnaubte. Ein rotes Stück Stoff klebte an einem Baum. Oder war das der Zipfel eines Trikots? Sie ließ Wolkenherz um den Baum herumgehen und verschluckte sich fast an ihrer eigenen Spucke. Lea saß blass und verheult an den Stamm gelehnt und schaute aus tief liegenden Augen zu ihr auf.

»Mensch, wir suchen dich überall!« Jola sprang zu Boden und ließ Wolkenherz einfach los. »Was ist passiert? Bist du gestürzt?«

Lea schüttelte langsam den Kopf. Ihre Lippen bebten und in ihren Augen sammelten sich schon wieder Tränen. So hatte sie die toughe Lea ja noch nie erlebt!

Jola kniete sich neben sie und strich ihr sacht über den Arm. »Jetzt sag schon. Was ist los?«

Lea musste schlucken, bevor sie sprechen konnte. »Ich … hab mich … verlaufen!«

»Was?« Jola musste an die Absperrungen denken. An die vielen

Gitter, die Polizisten, die Menschenschlangen. »Aber wie kann man sich denn auf so einer Strecke verlaufen?«

»Weiß ich doch auch nicht«, heulte Lea wieder los. »Scheiße, Mensch! Da war dieser blöde Jogger vor mir, und ich war so gut in der Zeit, ich wollte den unbedingt kriegen, also bin ich an ihm drangeblieben, und dann ist der aber nicht links, sondern rechts gelaufen, und ich dachte, er weiß schon, was er macht, ich hab einfach nicht auf die doofe Markierung geachtet, und dabei – dabei gehörte der gar nicht zu dem Lauf, das war nur irgendein Jogger. Wie kann man nur so dumm sein, echt, so, so dumm!«

Jola ließ sich nach vorn fallen und umarmte Lea fest. »Mensch, Lea. Wir dachten, dir ist was Schlimmes zugestoßen!«

»Das ist schlimm!«

»So schlimm auch wieder nicht.« Jola rückte ein Stück von ihr ab. »Warum bist du nicht einfach umgekehrt, als du gemerkt hast, dass der Jogger in die falsche Richtung läuft?«

Lea grummelte vor sich hin. »Weil meine Zeit da schon im Eimer war.«

»Oh Mann.« Jola verdrehte die Augen. »Du und Katie, ihr passt echt gut zusammen!«

»Die suchen mich?« Lea rappelte sich hoch und wischte sich die Tränen aus dem Gesicht.

»Klar suchen sie dich, Dummchen!«

»Dann gehen wir mal besser. Aber eins muss ich dir noch sagen, Jola!«

»Hm?«

Lea verzog das Gesicht. »Du riechst wie ein Fischladen!«

Sie liefen zur Strecke zurück, und Lea streckte die Hand aus, um Wolkenherz zu streicheln.

»Wie hast du mich eigentlich gefunden?«, fragte sie.

»Er hat dich gefunden.« Jola griff wieder nach den Zügeln. »Keine Ahnung, wie er das angestellt hat. Es war … als wüsste er, wonach ich suche.«

»Seltsames Pferd«, murmelte Lea und zog die Hand zurück, als hätte Wolkenherz sie gebissen. »Er hat so eine Aura – irgendwie gespenstisch, findest du nicht?«

Jola biss sich auf die Lippe und schüttelte ganz leicht den Kopf. »Nee. Keine Ahnung, was du meinst.«

Katie hielt den Brief in der Hand, den Jola verloren hatte, aber sie knickte ihn achtlos und schob ihn sich in den Bund ihrer Hose, so als interessiere er sie überhaupt nicht, und dann verkündete sie kurzerhand, dass sie bei Lea übernachten würde. Für Jola hatte sie nur einen schnellen Blick übrig: »Sagst du Mama Bescheid? Danke.«

Als Jola wenig später an der Landstraße entlang nach Hause ritt, fühlte sie sich so allein wie seit Ewigkeiten nicht mehr. Natürlich hätte sie gar nicht bei Lea bleiben können, sie musste ja Wolkenherz zurückbringen. Aber niemand hatte gefragt, und jetzt war Katie auch noch sauer auf sie – es gab Tage, an denen ging einfach alles daneben!

»Was ist passiert?«, fragte sie den Hengst und lehnte sich weit nach vorn, um in seine Ohren flüstern zu können. »Wovor musste Lotte dich beschützen?«

Ein Bild zuckte durch ihren Kopf – ein Strick, der an einem Halfter hing. Jemand zerrte daran, dann knallte eine Peitsche. Jola fuhr zusammen. Oh nein! Hatte man ihr Wolkenherz weggenommen? War er deshalb zu Max gekommen und nicht zu Lotte, wusste er vielleicht selbst nicht mehr, wo sie war?

Wolkenherz warf den Kopf herum und Jola ließ ihn angaloppieren. Auf dem Seitenstreifen neben der Fahrbahn jagten sie dahin, und schon bald standen Tränen in ihren Augen, vom schnellen Ritt, vom Gegenwind und von all den Emotionen, die in der letzten Zeit auf sie eingeprasselt waren wie riesige, unkontrollierbare Regentropfen.

Wir finden sie schon, dachte Jola und schickte diesen Gedanken mit aller Kraft an das Pferd unter ihr. Wir finden deine Lotte, ich verspreche es dir!

Aktivradio

Am Wochenende startete Katie auf einem kleinen Vielseitigkeitsturnier bei einem Reitverein in der Nähe. Keine große Sache, wie Stefan verkündete – und nach dem letzten grandiosen Ergebnis brauchte Katie sich sowieso keine Sorgen zu machen!

Aber Katie machte sich Sorgen. Sie war zappelig und vergoss orangefarbenen Frühstückssaft auf ihre frisch gewaschene weiße Turnierreithose. Danach brauchte man sie gar nicht mehr anzusprechen, und Jola war froh, als der Hänger mit Keira darin endlich vom Hof rollte. Sie half Helen, den Paddock abzumisten und Hühnereier einzusammeln, dann machte sie den Hof sauber und räumte den Putzschrank aus und wieder ein.

Als es nichts weiter zu tun gab, schnappte sie sich das Telefon und verzog sich damit in die verwaiste Küche. Sie suchte im Anrufspeicher nach der Nummer, die zu dem Bauernhof gehörte – dem Bauernhof, auf dem Lotte damals gewohnt haben musste. Katie hatte die Nummer jetzt schon so oft gewählt, dass sie gleich zuoberst in dem Speicher angezeigt wurde. Jola drückte auf Wählen, aber wie immer tutete das Telefon bloß so, als ob die Spur in die Vergangenheit führte und dort längst niemand mehr wohnte. Frustriert gab sie es auf und starrte missmutig auf den Hörer.

Wenn sie schon hier nicht weiterkam, konnte sie sich wenigstens neue Bilder holen! Vielleicht fand sie ja doch früher oder später den entscheidenden Hinweis darin? Aber als sie in den Stall kam, fehlte die Hälfte der Pferde, auch Wolkenherz. Anscheinend hatte Helen Nikos Ausritt übernommen und war selbst mit dem Hengst geritten. Klar, auch Helen hing an ihm! Selbst wenn sie keine Ahnung hatte, warum. Niemand außer Katie, Max und ihr wusste, dass Wolkenherz schon seit fast fünfzig Jahren auf dem Ginsterhof hauste. Ob sie ebenfalls Bilder empfing?

Jola kickte ein paar Steinchen aus dem Weg und schlurfte so lange in Kreisen über den Hof, bis ihr schwindelig wurde. Was nun? Sie könnte nach den Namen googeln, die das Pferdemagazin geschickt hatte. Aber Katie hatte den Brief mitgenommen und Jola wollte nicht einfach in ihr Zimmer gehen und danach wühlen. Wie hatte der Springreiter noch mal geheißen? Christoph Neumann, mit Pferd Marquis. Das konnte doch nicht so schwierig sein!

Jola lief in den Anbau und setzte sich im Schlafzimmer vor den Laptop ihres Vaters. Diesmal gestaltete sich die Spurensuche einfach: Christoph Neumann hatte einen Enkel, der sehr aktiv im Pferdesport war und ein Pferd ritt, das Marquis IV hieß und angeblich ein Nachkomme des berühmten Marquis war. Dieser Enkel betrieb eine Facebook-Seite und stellte ständig Bilder von sich und seinen Turnierteilnahmen online. Jola schickte ihm eine Nachricht: Konnte er seinen Opa vielleicht fragen, ob der damals noch ein anderes Pferd auf Turnieren geritten hatte? Einen Trakehner Hengst namens Wolkenherz? Während sie wartete, startete sie die Suche nach Christine Neumann und ihre Frankreich-Durchquerung, aber dazu ließ sich überhaupt nichts finden. Leider gab es den Namen auch so oft, dass sie nicht einfach alle Christine Neumanns kontaktieren konnte. Vor allem musste diese Frau ja auch schon über siebzig sein, falls sie noch am Leben war!

Sie machte die Augen wieder zu. Dieses Haus, von dem Opa Max letztens geredet hatte … Was, wenn das in Frankreich stand? Wenn diese Christine Neumann wirklich Wolkenherz auf ihrer Tour dabeigehabt hatte? Aber wen sollte sie da fragen? Vielleicht den Reporter der Pferdezeitschrift, der damals die Bilder gemacht hatte. Wenn er sich nur an die Namen der Pferde erinnerte! Jola schrieb eine E-Mail an den Verlag und bedankte sich für die Kopien. Dann setzte sie noch ihre Bitte darunter und schickte die Nachricht weg. An den dritten Namen, den von dieser Kaderreiterin, erinnerte sie sich nicht, aber weder Reiterin noch Pferd schienen irgendwas mit Wolkenherz zu tun zu haben, also war diese Spur vielleicht gar nicht so wichtig.

Als sie die Maus über den Desktop bewegte, fiel ihr ein Ordner ins Auge, ganz oben rechts im Eck des Bildschirms. Er hieß »Peru«, und Jola zögerte einen Herzklopfmoment, dann klickte sie darauf. Es war eine riesige Sammlung an Dokumenten, Links, Bildern und Notizen, die teilweise schon vor Jahren erstellt worden waren. Sie öffnete ein PDF und fand den Antrag für ein Visum, dann eine Anmeldung für eine Schule in einem Ort, dessen Namen sie kaum aussprechen konnte. Auf einmal wurde ihre Brust eng, als ob etwas von innen dagegendrücken würde. Ihre Finger wurden klamm und sie stürzte zum Fenster und öffnete es weit.

Warme Sommerluft strömte ins Zimmer, und das Gefühl der Atemnot schwand, als sie zur Koppel sah und Wolkenherz dort entdeckte. Helen musste zurück sein, auch die anderen Pferde dösten im Schatten der großen Eiche. Ihr Vater hatte versprochen, dass es dort auch Pferde geben würde und dass sie weiterhin reiten durfte.

Sie hockte sich wieder vor den Bildschirm und googelte den Namen des Ortes, schaute sich alle Bilder an. Fand Kühe, Schafe, Ziegen und Hühner. Aber nicht ein Pferd. Und überhaupt – irgendein Pferd war nicht Wolkenherz. Sie würde doch sowieso nie ein anderes Pferd so sehr lieb haben können wie ihn!

Sie wollte den Laptop gerade zuklappen, als sie in dem Peru-Ordner ein Dokument entdeckte, das nur mit »M. 2003« betitelt war. Sie zögerte einen Moment, dann klickte sie darauf. Und ein neuer, schreckkalter Schauder lief ihr den Rücken hinunter.

»Lieber Jan, das ist verrückt – aber Peru war auch schon immer mein Traum! Mein Vater hat dort eine Weile gelebt, als er jung war, und er hat so von diesem Land geschwärmt, dass ich unbedingt einmal dorthin wollte. Allerdings entspräche mein Reisestil nicht ganz dem deinen. Ich will Peru zu Pferd durchqueren. Lach nicht! Ich mache das nämlich wirklich. Vielleicht treffen wir uns ja dort, wer weiß? M.«

Jola musste schlucken. Sie schloss die Augen, versuchte zu verstehen, was sie soeben gelesen hatte – Peru zu Pferd? Ein Traum? Schon immer? Sie machte die Augen wieder auf, scrollte weiter. Es gab noch etliche weitere Nachrichten, ähnlich knapp und aus dem Zusammenhang gerissen wie die erste. Das mussten Kopien sein von Chatfenstern oder Sicherungen von Textnachrichten, digitale Briefchen. Aber von wem stammten sie? Jola überflog die Texte, es war einfach zu viel, um alles zu lesen.

Eine Nachricht enthielt eine Beschreibung der Route, eine weitere erläuterte ausführlich, warum man nicht einfach sein Pferd packen und mit ihm losreiten konnte, dass so was Vorbereitung brauchte und viel, viel Training. Ihre Augen flogen weiter, aus

Peru allein mit Pferd wurde Peru zu zweit, mit Pferd und Rad, und dann war das Fenster zu Ende. Die letzte Nachricht war sehr kurz und knapp und ließ keinen Zweifel daran, von wem die Nachrichten stammten: »Jan, tut mir leid. Peru muss warten. Es ist etwas passiert … Keine Angst! Etwas sehr, sehr Schönes. Ich wollte es dir eigentlich sagen, wenn wir uns wiedersehen – aber ich halte es ja doch nicht mehr aus. Ich bin schwanger Jan, schwanger! Wir bekommen ein Baby!! M.«

Es klopfte an der Tür und Jola fuhr zusammen. Schnell klappte sie den Laptop zu und atmete tief durch, bevor sie aufstand und die Tür öffnete.

Helen stand davor und sah sie erstaunt an. »Nanu, alles klar mit dir? Du siehst aus, als hättest du ein Gespenst gesehen.«

So was in der Art, dachte Jola und biss sich schnell auf die Lippe. Sie konnte Helen auf gar keinen Fall von diesen Nachrichten erzählen!

»Ich wollte fragen, ob du uns begleiten willst.«

»Wohin?«

»Na, zum Radio-Active-Sommerfest. Sunset Barn spielen doch als Hauptact! Vor über tausend Zuschauern!«

»Ach, stimmt ja.« Jola sah an sich herunter. Stallshirt und staubige Shorts. Aber sie musste ja nicht auf einer Bühne stehen, sie war nur eine von über tausend. »Kann ich so gehen?«

»Natürlich.« Helen lächelte. »Jola … worüber ich noch mit dir reden wollte …« Ein Hupen unterbrach sie und sie seufzte leise. »Stefan ist da. Na komm, gehen wir!«

Sie ließen Minnie im kühlen Flur zurück und traten hinaus ins gleißend helle Sonnenlicht. Stefan hatte die Fenster des Zebraautos heruntergelassen und sah ziemlich leidend drein. »Sechs Stunden in der Sonne herumstehen ohne ein Fleckchen Schatten. Ich an Keiras Stelle hätte heute auch den Arbeitsverweigerer gespielt.«

»Oje«, seufzte Helen und ließ sich auf den Beifahrersitz fallen. »Nicht gut gelaufen?«

Stefan schüttelte den Kopf. »Sie wurde disqualifiziert.«

»Autsch.«

»Wo ist denn Katie?«, fragte Jola, als sie auf die leere Rückbank rutschte. »Kommt sie nicht mit?«

»Nee.« Stefan ließ den Motor an. »Lasst sie mal, die muss jetzt etwas für sich sein.«

Sie rollten durch das Tor und unter den Blätterdächern der Pappeln hindurch, bis sie die Hauptstraße erreichten. Jola kam sich seltsam vor, so allein mit den Webers im Auto zu fahren. Anstelle von Katie, die eigentlich hier sein sollte. Die Sonne brannte aufs Autodach, und im Nu war sie schweißgebadet, obwohl sie sich überhaupt nicht bewegte.

»Ach, übrigens, da war ein Anruf von einem Herrn Linzer.« Helen stellte die Lüftung auf volle Power und drehte sich zu ihrem Mann. »Hast du versucht, den anzurufen?«

»Linzer?« Stefan schüttelte den Kopf. »Bist du sicher? Ich warte auf den Anruf von einem Herrn Linner.«

»Vielleicht habe ich mich ja verhört.« Helen streckte den Arm aus dem Fenster und ließ den Fahrtwind durch ihre Finger pusten. »Mensch, ich bin ja so gespannt auf Anna!«

Jola lächelte. Mit den Gedanken war sie immer noch in Peru, in dem Dorf voller Kühe und Ziegen und der Schule mit dem seltsamen Namen. Vielleicht konnte sie Wolkenherz ja mitnehmen? Wenn sie Lotte gefunden hatten und seine Mission erfüllt war, wer weiß, was dann mit ihm geschah? Sie könnte …

Auf einmal wurde ihr heiß. Und kalt. Und beides gleichzeitig. Sie fuhr in ihrem Sitz hoch, bis der Sicherheitsgurt sie bremste. »Wolkenherz!«

»Was?« Stefan drehte sich zu ihr herum und schmunzelte. »Wollte er mit aufs Konzert? Das hättest du mir sagen müssen, bevor ich den Hänger abgekoppelt habe.«

»Wie hieß der Anrufer noch mal?« Jola war so aufgeregt, dass sie herumzappelte. »Linzer? Vom Linzerhof?«

Helen warf ihr im Rückspiegel einen schnellen Blick zu. »Ja, ich glaube, so hieß er. Hast du ihn angerufen?«

»Ja«, nickte Jola schnell. »Katie und ich, wir, also – hm.« Ihr fiel wieder ein, dass Katie böse auf sie war. Und vielleicht gar nicht mehr mit ihr weitersuchen wollte. Sie biss sich auf die Lippe und sagte lieber nichts mehr dazu.

»Ist alles in Ordnung?« Helen runzelte die Stirn. »Jola?«

»Ja klar!« Jola lächelte tapfer. »Es geht nur um … also, wir hatten eine neue Spur, wo Wolkenherz … wo er hergekommen sein könnte.«

»Oh.« Helen blinzelte. »Ach so. Na, dann folgt mal eurer Spur. Und falls ihr etwas herausfindet, möchte ich das sofort erfahren, okay, Jola?«

»Natürlich.« Jola nickte abwesend. Verflixt, wieso besaß sie kein Handy? Und ausgerechnet jetzt musste Katie schmollen. Sie hätte sich in den Hintern beißen können, dass sie das Telefon nicht gehört hatte! Aber jetzt war es zu spät, jetzt waren sie hier, um Sunset Barn zuzujubeln.

Und eigentlich, dachte Jola, ist das auch so was wie mein Abschiedskonzert. Wer weiß, ob ich »Schatten im Wind« noch einmal live hören werde, bevor ich nach Peru muss?

Die Menge tobte, als Harry, der Programmchef und Moderator von Radio Active 104.9, Sunset Barn als nächsten Act ankündigte. Er fuhr sich mit beiden Händen durch die abstehenden Haare und wartete grinsend, bis der Applaus verebbt war, bevor er anfing, von der Band zu erzählen. Davon, wie alles angefangen hatte, wie Jonas ihm seine Version von »Schatten im Wind« zugespielt und der Track wochenlang im Radio gelaufen war, rauf und runter, ohne dass jemand Sunset Barn kannte. Wie zwei Mädchen in sein Studio gekommen und ihn überredet hatten, ein Reitturnier zu sponsern, und im Gegenzug den Kontakt zu Anna Weber hergestellt hatten, der wundervollen Sängerin von Sunset Barn. Der Beginn einer großen Karriere.

Jola stand seitlich der Bühne und fragte sich gerade, ob Harrys chaotische Haare Absicht oder Schlamperei waren, als der Moderator sie entdeckte. Er zwinkerte ihr zu, dann ließ er – mitten im Satz – das Mikro sinken, stürzte auf sie zu und zog sie am Arm mit sich.

Jola sträubte sich und versuchte, sich loszureißen, aber Harry ließ nicht locker, bis sie auf der Bühne stand.

»Jola«, keuchte er und grinste noch breiter. »Du hast dafür gesorgt, dass Sunset Barn einem breiten Publikum bekannt werden. Wie fühlt sich das an?«

»Äh … super!« Jola blickte verstohlen an sich herab. Die Staubshorts, die sie schon bei der Stallarbeit getragen hatte, waren nicht gerade das passende Bühnenoutfit! Am liebsten wäre sie sofort wieder hinuntergestürmt, aber Harry hatte sich so hingestellt, dass er ihr den Fluchtweg versperrte. Also holte sie tief Luft und blickte stattdessen nach vorn, ins Publikum. »Sie haben es verdient. Anna und die anderen und … Jonas. Sie alle! Der Song

›Schatten im Wind‹ ist nämlich besser als alles, was ihr sonst so gespielt habt.«

Ein paar Leute aus dem Publikum lachten und auch Harry sah zufrieden aus. »Tja, ihr Lieben, das ist eben Radio: Wir erreichen Menschen, wir bringen Herzen zusammen! Freut euch nun auf die grandiosen …«

»Moment!« Erst als Harry verstummte und es still wurde, merkte Jola, dass sie laut gerufen hatte. Dabei war der Gedanke so leise gewesen, als er sich in ihren Kopf geschlichen hatte. So unscheinbar und unwirklich.

»Ja?« Harry sah sie erwartungsvoll an.

»Kann ich … noch jemanden grüßen?« Jola biss sich auf die Lippe.

Harry verdrehte die Augen, aber dann reichte er ihr das Mikrofon, anstatt es ihr nur unter die Nase zu halten wie eben noch.

»Mach aber schnell«, zischte er ihr zu. »Wir müssen den Sendeplan einhalten!«

»Ich will jemanden grüßen – und zwar eine Frau namens Lotte Thaler! Lotte, wenn Sie das jetzt hören, sollen Sie nur wissen: Die Vergangenheit lebt! Sie lebt, hören Sie?«

Erst jetzt wurde Jola bewusst, dass über tausend Menschen sie anstarrten und noch viele Tausend mehr sie hörten, über die Live-Schaltung des Radiosenders, und ihr wurde ganz flatterig im Magen. Schnell gab sie das Mikrofon an Harry zurück, der sie nur verdutzt anstarrte, und wollte schon von der Bühne hasten, da fiel ihr noch etwas ein.

Sie drehte sich herum, griff nach dem Mikro in Harrys Hand und rief hinein: »Sie finden uns alle am Ginsterhof!«

Harry zog ihr das Mikrofon aus den Fingern und hob es aus

ihrer Reichweite. »Das war interessant. Aber nun ist es endlich so weit! Viel Spaß mit Sunset Barn!«

Jola duckte sich zur Seite, als Anna, Jonas und die anderen Bandmitglieder die Bühne betraten. Jonas klatschte sie ab, als hätte er ihre Botschaft verstanden – dabei war er der Letzte, dem sie von Wolkenherz und seinem Geheimnis erzählen würde!

Froh, wieder unsichtbar zu sein, verschmolz Jola mit dem Bühnenpfosten und schloss für einen Moment die Augen. Was hatte sie sich nur dabei gedacht? Lotte auszurufen, über das Radio! Andererseits waren sie dumm gewesen, so dumm, dass ihnen das nicht schon früher eingefallen war! Natürlich war Radio Active 104.9 nur ein Lokalsender, der nicht über die Landesgrenze hinaus empfangen werden konnte. Aber wer wusste schon, wer ihre Botschaft hörte – es fühlte sich gut an, sie in die Welt getragen zu haben, ganz egal, was dabei herauskam!

Als die Musik sanft wurde und Anna begann, in leisen Molltönen die ersten Takte von »Schatten im Wind« zu singen, merkte Jola, wie sie eine Gänsehaut bekam. So viele Gedanken, so viele Gefühle steckten in diesen Zeilen! Nur dass es nicht Annas waren, sondern die von Max, ihrem Großvater, der sie an niemand anderen gerichtet hatte als an seine große Liebe – an Lotte.

Du bist das Flüstern im Nebel, das Mondlicht in der Nacht
Ein Umriss im Regen, das Gefühl um Mitternacht
Du bist mein liebstes Geheimnis, wildes Wolkenkind
Silberschwarzes Fernweh – ein Schatten nur im Wind.

Spiegelschimmer

»Wer ist denn diese Lotte?«, wollte Anna beim Frühstück am nächsten Morgen wissen. »Kenn ich die?«

»Nicht persönlich.« Jola warf Katie einen Blick zu, um rauszukriegen, was sie von ihrer Aktion gestern auf dem Konzert hielt. Aber Katie pulte mit gesenktem Blick in ihrer Frühstückssemmel herum und tat, als gehe sie das alles überhaupt nichts an.

»Auf jeden Fall war unser Auftritt der Hammer!« Anna stieß ihre Schwester unsanft mit dem Ellbogen an. »He, was ist? Kannst du auch mal was dazu sagen?«

»Aua!« Katie rieb sich das Schienbein. »Toll für dich, ja, super. Aber das interessiert mich gerade nicht, okay?«

»Ja, alles klar. Du bist sauer, weil du gestern nicht gewonnen hast. Aber man kann nicht immer die Beste sein, Katie. Verlieren gehört genauso dazu.«

»Was weißt du schon davon? Du bist ja gerade der Superstar!« Katie riss den Teller hoch und kippte ihre unangetastete Honigsemmel mit Schwung in den Mülleimer. Dann stürmte sie aus der Küche, ohne sich noch einmal umzudrehen.

»Sie übertreibt ein winziges bisschen.« Anna warf Jola einen vielsagenden Blick zu und verdrehte die Augen. »Am besten machen wir heute alle einen riesigen Bogen um Katie!«

Helen war mit ihrer Vormittagsgruppe zu einem Biergarten geritten, und Stefan begleitete Jolas Vater zu einer Landmaschinenausstellung, wo Jan für ein Magazin Fotos schießen sollte. Katie verschwand mit Keira auf dem überdachten Reitplatz – dort gab es zumindest Schatten – und Anna fuhr zu einem Pressetermin in den Radiosender. Nur Opa Max blieb auf dem Hof und pflückte die ersten Himbeeren vom Strauch unter Jolas Fenster. Er hatte Wolkenherz und Colorado von der Weide geholt und ließ beide frei unter den Quittenbäumen herumlaufen, wo saftiges grünes Gras wuchs. Die Pferde freuten sich über das Sonderfutter, Opa Max pfiff gedankenverloren vor sich hin und Jola schnappte sich den Laptop ihres Vaters und hockte sich damit auf den Steg am Ententeich. Erst nach einer Weile fiel ihr auf, dass sie die leise Melodie kannte: Opa Max summte »Schatten im Wind«!

Der Laptop fuhr hoch, und Jola blinzelte, um etwas auf dem Bildschirm zu erkennen. Sie hatte eine neue Nachricht erhalten – vom Enkel von Christoph Neumann! Er schrieb, dass sein Großvater außer Marquis viele Berittpferde auf Turnieren vorgestellt hatte und sich an jedes einzelne davon erinnern würde. Ein Hengst namens Wolkenherz sei jedoch niemals darunter gewesen und auch kein Pferd, auf das die Beschreibung passte. Dann listete er noch sämtliche Erfolge auf, die sein Großvater in seiner Karriere erritten hatte, aber Jola las nur die Hälfte davon und klickte die Nachricht weg. Christoph Neumann war also nicht Wolkenherz' Reiter gewesen, dessen Name sie in den Jahrbüchern von 1950 entdeckt hatte – aber vielleicht hatte sie ja mit Christine Neumann und den Pferden ihrer Frankreich-Durchquerung mehr Glück?

Jola wollte den Laptop schon herunterfahren, aber dann klickte sie doch noch mal auf den Peru-Ordner und suchte mit dem Mauszeiger nach dem Dokument, das nur »M.« hieß. Sie öffnete es, und schließlich las sie alles noch einmal, von der ersten bis zur letzten Nachricht. Es waren Minitexte, keine richtigen Briefe oder so, aber sie enthielten so viele Träume und Wünsche und Hoffnungen, dass Jola nicht aufhören konnte, darin zu lesen. Das waren alles Gedanken ihrer Mutter gewesen! Und genau wie Opa Max, der versonnen Annas Lied summte, klammerte sie sich an die paar Worte, weil sie einen Spiegel in die Vergangenheit bildeten – sie waren alles, was von ihrer Mutter in dieser Welt zurückgeblieben war.

Und noch etwas wurde Jola jetzt klar. Peru war das Land, von dem ihre Eltern geträumt hatten, bevor es sie gab. Ein Traum, den sie aufgeschoben hatten – ihretwegen. Es war nicht fair, ihrem Vater das jetzt noch mal kaputtzumachen. Und mal ehrlich: Brauchten Katie und Max sie überhaupt noch, um das Rätsel zu lösen? Inzwischen glaubten sie doch fest genug an Wolkenherz, damit er nicht einfach wieder zu einem unsichtbaren Geist wurde, der nachts durch den Stall spukte. Da konnte sie ebenso gut nach Peru verschwinden. Niemand würde sie hier vermissen.

Ein Windhauch fuhr durch ihre Haare und Jola klappte den Laptop zu. Plötzlich fröstelte sie, obwohl die Sonne noch immer vom Himmel brannte. Sie legte den Laptop ins Gras und erschrak, als etwas sie im Genick kitzelte. Als sie herumfuhr, stand Wolkenherz über ihr und sah sie aus tiefschwarzen, großen Augen an.

»Oh Mann. Du kannst einen vielleicht erschrecken!«

Wolkenherz brummelte zur Antwort und legte seinen Kopf in ihren Schoß. Jola kraulte seinen Hals und fuhr mit den Fingern durch die lange, seidige Mähne. Sind wir das in diesem Spiegel?, dachte sie und kraulte weiter. Wer sind wir wirklich?

»Was?« Jola hörte auf, Wolkenherz zu streicheln. Ihre Hand verharrte in der Luft und sie runzelte die Stirn. Ein seltsamer Gedanke – an welchen Spiegel hatte sie da gedacht? Als hätte ihr den jemand zugeflüstert. Aber als sie den Kopf wandte und um sich schaute, war da niemand, natürlich nicht. Nur das vereinzelte Quaken der Frösche aus dem Ententeich und das leise Schnauben, das von Wolkenherz kam.

Ob Katie fertig war mit ihrem Training? Sie hatte ihr noch gar nicht erzählt, dass gestern jemand vom Linzerhof hier angerufen hatte! Aber bestimmt war es unhöflich, am Sonntag zurückzurufen. Die Lösung dieses Rätsels musste also mindestens noch bis morgen warten.

Jola fuhr mit beiden Händen wieder unter Wolkenherz' Mähne und legte ihre Wange an seinen Hals. Früher wollte ich immer sein Spiegelbild sein, dachte sie. Er war perfekt für mich.

Was?

Wieder zog Jola ihre Hände zurück. Wolkenherz schnaubte unwillig, aber ihre Fingerspitzen kribbelten, als hätte sie in einen Ameisenhaufen gelangt. Wessen Spiegelbild wollte sie sein? Das wurde langsam unheimlich. Als ob sie Gedanken dachte, die nicht aus ihrem Kopf stammten!

»Okay«, murmelte sie und beobachtete Wolkenherz genau. Aber der sah drein wie immer, ganz und gar pferdig normal. Bestimmt hatte sie sich das nur eingebildet. Sie schloss die Augen und legte die Hände zum dritten Mal auf seinen Hals.

Ich merke immer mehr, dass unsere Bilder nicht zueinanderpassen, dachte sie sofort. Ich habe ihm vertraut, ihn bewundert und ihm nachgeeifert. Doch was ist richtig? Wer sind wir in diesem neuen Leben?

»Wow!« Jola sprang auf und Wolkenherz riss den Kopf hoch. »He, das … das geht echt zu weit! Hörst du? Das ist gruselig. Hör auf damit! Bilder sind okay, mit Bildern komme ich klar. Aber meine Gedanken gehören schön mir, ja?«

Wolkenherz schüttelte seine Mähne, als wären ihre Worte nur lästige Fliegen. Dann trat er ans Ufer des Ententeichs, senkte den Kopf wieder und trank in langsamen Zügen.

»Also ehrlich.« Jola ging zu ihm, achtete aber darauf, ihn nicht zu berühren. »Wie hast du das gemacht? Hast du mir … Gedanken eingeflüstert oder was? Aber wessen Gedanken waren das? Und wie kannst du mir überhaupt Gedanken zeigen?« Sie machte noch einen Schritt nach vorn, bis sie direkt am Ufer stand. Der Himmel spiegelte sich auf der Oberfläche des Teichs, hauchzarte Schleierwolken, die wie Nebelschwaden in dem Wasser schimmerten … daneben Wolkenherz, der in dem trüben Grünbraun viel dunkler aussah, und daneben …

… eine Frau, blond, mit hohen Wangenknochen und einem besorgten Schimmer in den Augen. Die Haare trug sie zu einem langen Zopf geflochten, der ihr über die Schulter …

Jola keuchte, taumelte rückwärts und fiel über den Laptop, der sich zweimal überschlug und neben ihr im Gras landete. Was war denn jetzt kaputt? War sie auf einmal blond geworden? Sie wickelte eine Haarsträhne auf ihre Hand – nein, dunkel, wie gehabt. Hatte sie sich bloß verguckt? Aber sie trug die Haare offen, nicht geflochten. Und sie hatte sich das Blond nicht eingebildet, ganz sicher nicht!

»Spinne ich jetzt?«, murmelte sie und stand wieder auf. Langsam. Vorsichtig. »Wolkenherz? Was passiert hier?«

Aber der Hengst rührte sich nicht. Er hatte genug getrunken, hob jetzt den Kopf und starrte auf den Teich hinaus, als wäre er ein endlos weites Meer.

Jola atmete tief ein und wieder aus. Dann biss sie die Lippen zusammen, machte einen Schritt, noch einen und noch einen, bis sie wieder am Ufer stand. Sie schloss kurz die Augen, wappnete sich und klappte die Augen wieder auf, um zu sehen, wer die fremde Person …

… aber da schwammen nur ihre eigenen Gesichtszüge in dem Tümpel. Und neben ihr stand Wolkenherz, hell und schimmernd wie eh und je. Ein Frosch sprang aus dem Wasser und brachte das Bild zum Erzittern, und als sich das Wasser beruhigt hatte, blickte Jola wieder in ihre eigenen Augen.

»Mist«, murmelte sie. »Jetzt werde ich nie erfahren, ob ich mir das nur eingebildet habe.«

Sie legte Wolkenherz eine Hand auf den Hals und wartete, ob wieder fremde Gedanken durch ihren Kopf strömen würden. Aber nichts geschah – gerade so, als hätte sie die Botschaften durch ihren Unglauben und ihren Schreck vertrieben.

»Weißt du, was das zu bedeuten hatte?«, fragte sie Wolkenherz. Aber der Hengst schüttelte sich nur, schnaubte einmal, drehte sich um und lief zurück zu den Quittenbäumen.

»Na toll!« Jola sammelte den Laptop wieder ein und stapfte ins Haus.

Eigentlich war die Kühle der alten Mauern angenehm, besonders an so heißen Tagen. Aber Jola hatte noch immer eine Gänsehaut.

Im Flur stieß sie beinahe mit Katie zusammen, die eben aus ihren Stiefeln hüpfte.

»Hey«, begrüßte sie sie. »Wie war dein Training?«

Katies Blick verdüsterte sich. »Bescheiden. Sie verweigert voll die Arbeit. Und das ausgerechnet jetzt!«

»Meinst du, sie hat irgendwas? Ist sie vielleicht krank?«

»Ach Quatsch.« Katie angelte nach dem Telefon auf der Station und drückte darauf herum. »Die hat nur keine Lust. Aber das geht nicht mitten in der Saison, da muss sie jetzt durch!«

»Katie, kann ich mal mit dir reden?« Jola biss sich auf die Lippe. Sie wusste gar nicht, wo sie anfangen sollte – bei Peru, bei Wolkenherz oder den seltsamen fremden Gedanken, die sie neuerdings hatte?

Katie sagte nichts. Sie schaute Jola nur an, und Jola dachte: Genauso hat sie geguckt, als sie mich mitnehmen musste, zur Heunacht, als wir hier angekommen sind. Sie fröstelte.

»Ich … sorry. Wegen letztens. Du weißt schon … Wolkenherz.«

»Hm«, machte Katie unwirsch und schaute zu Boden.

»Ich wollte ihn dir nicht wegnehmen, ich hatte nur … da war so ein Gefühl, dass ich ihn, also, beschützen muss. Das kam von ganz tief drin, von ihm, glaube ich! Ich weiß, wie bescheuert das klingt, Katie. Aber es hatte nichts mit dir zu tun, ehrlich nicht!«

»Beschützen?« Katie hob den Blick. Jetzt sah sie doch wieder neugierig aus. »Meinst du das ernst? Vor wem denn beschützen?«

»Vor einem Mann mit einer … Peitsche.« Jola biss sich auf die Lippe. Und dann erzählte sie Katie von dem Läufer, der plötzlich auf sie zugerannt kam, und von dem Seil und Wolkenherz' Angst. Sie berichtete ihr sogar von dem Spiegelbild im Wasser, das sie gesehen hatte, der blonden Frau – und den fremden Gedanken in ihrem Kopf.

»Wow.« Katie schob sich die Locken aus dem Gesicht. »Das ist mal wieder völlig verrückt, Jola.«

»Ich weiß! Aber ich bin ganz sicher, dass er uns damit etwas sagen will. Wolkenherz! Er findet immer mehr Wege, uns Hinweise zu geben, so als ob …«

»… ihm die Zeit davonlaufen würde«, flüsterte Katie. »Oh mein Gott!«

Sie starrten sich ein paar Momente lang stumm an. Dann machte Katie plötzlich zwei Schritte nach vorn und umarmte Jola.

»Tut mir auch leid«, murmelte sie. »Ich war sauer auf dich, das stimmt. Weil du dich null für Lea interessiert hast und in letzter Zeit immer so abwesend warst, so als wären wir dir gar nicht mehr wichtig!«

»Das hatte nichts mit euch zu tun«, murmelte Jola. »Ihr seid mir wichtig. Sehr sogar!«

»Dann ist ja alles gut!« Katie ließ sie los und marschierte in Richtung Küche. »Kommst du mit? Ich sterbe vor Hunger.«

Jola folgte Katie in die Küche, wo Opa Max gerade dabei war, die frischen Himbeeren in sechs kleine Schüsseln umzufüllen. Katie ließ sich auf einen freien Stuhl fallen, klaute zwei Beeren und steckte sie sich blitzschnell in den Mund, während sie mit der anderen Hand tippte und das Telefon an ihr Ohr drückte.

»Mama hat mir erzählt, dass jemand vom Linzerhof angerufen hat. Aber ich kriege einfach niemanden ans Telefon! Als ob … oh … äh … hallo!« Katie verstummte und riss die Augen auf.

»Was ist?«, fragte Jola flüsternd.

Langsam, fast bedächtig nahm Katie den Hörer vom Ohr und legte ihn auf den Tisch. Sie drückte auf Lautsprecher und beobachtete das Telefon wie ein fremdartiges Insekt.

Ein Knacken ertönte, ein Rascheln und ein Schnaufen. Dann

hörte Jola plötzlich eine Stimme, dünn und geisterhaft, die wie aus dem Nichts zu kommen schien: »Hallo? Wer ist denn da?«

Jola starrte das Telefon an, dann besann sie sich und schaute zu Opa Max. Der saß wie versteinert auf seinem Stuhl, eine rote Beere zerquetscht zwischen seinen Fingern, deren Saft wie Blut an seiner Hand heruntertropfte.

»Hier ist Katie Weber.« Katie winkte Opa Max zu sich, aber er rührte sich nicht. »Ich bin die Enkelin von Max. Max von Weyke.«

Stille am anderen Ende. Jola rutschte näher an den Tisch heran und hielt den Atem an.

»Wer ist da?« Die Stimme klang kratzig und alt – uralt. Eine Gänsehaut lief Jola über den Rücken.

Katie beugte sich über den Tisch, bis sie genau über dem Telefon hing. »Hier ist Katie Weber. Die Enkelin von Max! Spreche ich mit … sind Sie Lotte?«

Lotte
1955

Das Auto hielt auf dem nassen Kies und die Scheibenwischer erstarben mitten auf der Windschutzscheibe. Sie setzte ihr freundlichstes Lächeln auf und wartete höflich, bis der Fahrer ausgestiegen war, erst dann humpelte sie auf ihn zu und streckte ihm die Hand entgegen.

»Guten Tag, Herr Marquart! Hatten Sie eine gute Fahrt?«

»Danke, ja.« Er streifte ihr Bein mit einem neugierigen Blick und griff nach ihrer Hand. »Hallo, Frau Neumann. Ist Ihr Mann gar nicht hier?«

»Er trainiert auf dem Reitplatz. Ich soll Sie hinbringen.« Sie stemmte die Krücke unter ihren Arm und humpelte los. Herr Marquart zögerte kurz, dann folgte er ihr.

»Es hat Sie schlimm erwischt, nicht wahr?«

Eigentlich hatte sie sich darauf gefreut, mit ihm über seine Pferde zu plaudern. Über ihre Trainingsfortschritte, den Sieg auf dem Turnier vom letzten Wochenende. Aber es war immer dasselbe – wo immer sie hinkam, immer hatten die Leute nur mitleidige Blicke für sie übrig, und dann musste sie Fragen zu ihrem Befinden beantworten, und wie immer würde sie so tun, als wäre es nicht schlimm, mit einer Krücke herumzulaufen und allen anderen beim Reiten und Trainieren zuzusehen, sie würde lächeln und freundlich sein, und innerlich würde es sie zerreißen – aber das würde niemand merken, am allerwenigsten jemand wie Herr Marquart, dieser reiche Schnösel, der seine Pferde von Fremden trainieren ließ und dem es egal war, wer auf ihnen ritt, solange sie nur die gewünschten Erfolge auf den Turnieren erzielten. Was sie selbstverständlich auch noch für ihn taten.

»Es geht mir gut«, log sie und humpelte um den Haselstrauch herum. Ihr Herz machte einen Sprung und diesmal war ihr Lächeln ehrlich. »Wolkenherz ist nichts geschehen. Solange es ihm gut geht, kommt alles in Ordnung.«

Herr Marquart blieb vor dem weißen Zaun stehen, der den Reitplatz umrundete. Sein Pferd tänzelte in einer perfekten Traversale quer durch die Bahn und nahm keine Notiz von ihm. Wolkenherz dagegen warf den Kopf hoch und wieherte, als er sie am Zaun entdeckte.

»Herr Marquart!« Klaus kam zu ihnen und reichte ihm die Hand. Wolkenherz machte den Hals lang und prustete ihr ins Gesicht, und sie streckte die freie Hand nach ihm aus – aber Klaus nahm sofort die Zügel an und richtete ihn zwei Schritte rückwärts. »Sie kommen gerade richtig. Wir sind eben mit dem Aufwärmtraining fertig geworden. Meine Frau wird Ihnen berichten, welche Fortschritte wir machen.«

Die beiden Reiter teilten sich die Bahn auf und jeder von ihnen zeigte eine Reihe gehobener Dressuraufgaben. Es kam ihr so vor, als würde Klaus Wolkenherz extra scharf an die Hilfen stellen, damit der Hengst spritziger wurde und wilder wirkte, als er in Wirklichkeit war. Eine Weile folgte sie seinem Treiben stumm mit den Augen. Wolkenherz warf ihr immer wieder verzweifelte Blicke zu, aber sie wagte nicht, Klaus vor Herrn Marquart zurechtzuweisen – immerhin besaß der die drei besten und erfolgreichsten Pferde in ihrem Stall!

Alles gut, schickte sie Wolkenherz in Gedanken zu. Klaus will nur ein bisschen angeben vor diesem Mann. Es geschieht dir nichts, hab keine Angst!

Sie fing an, über das Pferd zu reden, das gerade in der Bahn lief. Herr Marquart hörte ihr zu, ohne sie ein Mal anzusehen, und da merkte sie, dass er gar nicht sein Pferd beobachtete – sondern Klaus und Wolkenherz! Vor Schreck stieß sie gegen die Krücke, die am Zaun lehnte, und die Gehhilfe fiel zu Boden.

Als die beiden Männer ihre Lektionen beendet hatten und die Zügel lang ließen, wollte sie am liebsten sofort zu Wolkenherz in die Bahn klettern. Sie bückte sich nach der Krücke, aber Herr Marquart war schneller als sie, und so musste sie hilflos vom Rand aus zusehen, wie er zu Wolkenherz trat und ihm über die Kruppe strich.

»Was haben Sie mit ihm vor?«, fragte er Klaus. »Wollen Sie jetzt mit ihm starten?«

Klaus warf ihr einen raschen Blick zu und schüttelte dann den Kopf. »Nein. Ich halte ihn nur fit, bis meine Frau wieder reiten kann.«

Herr Marquart schüttelte ungläubig den Kopf. »Solch ein Potenzial! Verschenken Sie das nicht. Er ist prächtig in Form. Wenn Sie ihn verkaufen wollen, mache ich Ihnen ein Angebot.«

Die Krücke war ihr jetzt egal. Sie duckte sich unter der Zaunlatte hindurch und hüpfte auf ihrem heilen Bein los. Wolkenherz trat ihr entgegen und sie stützte sich auf seinen Mähnenkamm. »Wolkenherz ist nicht zu verkaufen. Niemals!«

Klaus nickte ihr unmerklich zu, aber Herr Marquart schien sie überhaupt nicht wahrzunehmen. Er fuhr mit seiner Hand über das Brandzeichen, das Wolkenherz im Fell trug.

»Er stammt vom Hauptgestüt Trakehnen, nicht wahr? Besseres, reineres Erbgut gibt es nicht!« Sein Blick flackerte, und sie fand, er sah jetzt richtig gierig aus. Wie ein Raubtier. Schützend schlang sie ihre Arme um Wolkenherz' Hals.

»Er ist unverkäuflich«, sagte nun auch Klaus. »Allein schon deshalb, weil wir keine Papiere für ihn besitzen.«

Herr Marquart zuckte mit den Schultern. »Im Krieg sind viele Stutbücher verloren gegangen. Ich kenne da ein paar Leute, die helfen können. Ohne Papiere könnt ihr nicht einmal mit ihm züchten!«

Etwas ganz Ähnliches hatte Klaus letztens auch zu ihr gesagt. Anscheinend war Wolkenherz' Erbgut ohne dieses Stück Papier nichts wert, obwohl er doch in Fleisch und Blut vor ihnen stand! Sie presste die Lippen zusammen, als ihr klar wurde, was das bedeutete. Sie musste wieder gesund werden und Turniere mit ihm reiten, und sie musste gut sein, richtig gut! Sonst war Wolkenherz' Leben in den Augen dieser Leute wertlos.

»Wirklich?«, hörte sie Klaus nun sagen. Er stieg ab und übergab ihr die Zügel. Dann ging er mit Herrn Marquart zu seinem Pferd hinüber, das am langen Zügel durch die Bahn schritt.

»Komm«, sagte sie zu Wolkenherz. Die Zügel brauchte sie nicht und auch die Krücke war überflüssig geworden. Wolkenherz stützte sie, und das Bein tat viel weniger weh, solange er bei ihr war. Nur ihr Herz klopfte immer noch heftig vor Aufregung und verletztem Stolz. Wolkenherz, ihr Wolkenherz – nie würde dieser Mann begreifen, welchen Wert ein Pferd besitzen konnte! Seinen wahren Wert. Nicht den, der auf einem Stück Papier stand. Wolkenherz' Hufe sanken weich in den durchnässten Boden. Vor dem Stall hatte sich eine Pfütze gebildet, in der sie ihr Spiegelbild sehen konnte: eine elegante junge Frau mit einem geflochtenen Zopf und sorgenvollen Augen und neben ihr ein müdes, hell schimmerndes Pferd.

»Sind wir das?«, fragte sie Wolkenherz. »In diesem Spiegel?«

Sie blinzelte und das Bild verschwamm. Das Pferd wurde dunkel – silberschwarz – und trug den Kopf stolz erhoben. Ein Mädchen starrte sie an, mit wirrem Haar und dunklen Ringen unter den Augen. Doch ihre Augen leuchteten wie ein Feuer in der Nacht.

»Wer sind wir wirklich?«, flüsterte sie und starrte auf das fremde Spiegelbild. »Ach, Wolkenherz! Früher wollte ich immer sein Spiegelbild sein. Er war perfekt für mich! Und dann habe ich geglaubt, Klaus wäre perfekt, aber ich merke immer mehr, dass unsere Bilder nicht zueinanderpassen. Ich habe ihm vertraut, ihn bewundert und ihm nachgeeifert. Doch was ist richtig? Wer sind wir, in diesem neuen Leben?«

Wolkenherz stupste sie an und das Trugbild schwamm davon und machte wieder Platz für ihr neues Spiegelbild.

»Manchmal wandern wir immer noch über das Eis«, flüsterte sie ihm zu. »Obwohl wir es warm und gemütlich haben und nicht um unser Leben fürchten müssen. Fühlst du das auch? Was soll ich nur tun, Wolkenherz? Wer bin ich denn schon?« Sie seufzte tief. »Ich weiß nur, dass ich alles tun werde, um dich zu beschützen. Du bist das Liebste, was ich habe … du bist alles für mich!«

Stimmgeflüster

Am anderen Ende der Leitung blieb es so lange still, dass Jola schon dachte, die alte Frau habe aufgelegt. Aber dann knackte es plötzlich wieder und sie hielt gespannt den Atem an.

»Tut mir leid«, hörten sie die knorrige Stimme aus der Leitung. »Sie verwechseln mich wohl.«

»Oh!« Katie tauschte einen Blick mit Jola und zog das Telefon schnell wieder zu sich heran. »Sorry. Aber ich bin doch richtig am Linzerhof, oder?«

»Da sind Sie goldrichtig, junge Dame. Bestimmt wollen Sie zu meinem Sohn, aber der ist nicht zu sprechen.«

Enttäuschung kroch in Jola hoch, so bitter, dass sie schlucken musste. Wieder kein Glück … Aber die Adresse auf der Suchkarte war doch eindeutig gewesen! Und wenn diese Frau alt war und dort wohnte, dann hatte sie Lotte womöglich gekannt.

Kurzerhand beugte sie sich über die Sprechmuschel. »Darf ich Sie was fragen? Nach dem Ende des Zweiten Weltkriegs sind viele Leute von Ostpreußen nach Westdeutschland geflohen. Wir suchen nach einer Frau – oder nein, damals war sie ja noch ein Mädchen. Ihr Name war Lotte, Lotte Thaler. Wir wissen … also, es gibt Hinweise darauf, dass sie einmal auf dem Linzerhof gewesen ist. Sie muss damals …« Jola warf Opa Max einen Hilfe suchenden Blick zu, aber der saß immer noch mit weit aufgerissenen Augen auf seinem Stuhl und sah aus, als würde er jeden

Moment umkippen. »Sie war vielleicht sechzehn Jahre alt damals. Können Sie sich an sie erinnern? Haben Sie Lotte gekannt?«

Die alte Frau am anderen Ende seufzte schwer in den Hörer. »Ach, Mädchen, das ist so lange her. Wir hatten damals viele junge Menschen aus Ostpreußen bei uns auf dem Hof. Wir konnten sie ernähren. Ich erinnere mich beim besten Willen nicht mehr an all ihre Namen.«

»Sie hatte ein Pferd dabei«, warf Katie ein. »Einen großen silbergrauen Hengst.«

»Wolkenherz«, rief Jola. »Sein Name war Wolkenherz!«

Diesmal dauerte das Schweigen wieder länger. Jola biss sich auf die Lippe vor Aufregung, da hörte sie die alte Frau leise lachen.

»Wolkenherz«, schnarrte sie. »Oh, an ihn erinnere ich mich gut.«

»Ehrlich?« Katie schrie fast. »Sie haben ihn gekannt?«

»Ich bin oft zu ihm geschlichen. Heimlich. Noch nie hatte ich ein so schönes Pferd gesehen! Ich war noch ein Kind damals, ich wusste nicht, was das arme Mädchen mitgemacht hatte. Sie und dieses Pferd.«

Der Stuhl knarrte, als Opa Max sich von ihm erhob. Er beugte sich über den Tisch, als würden sie dort in einen Bildschirm gucken und nicht auf ein langweiliges schnurloses Telefon.

»Ging es ihr gut?«, fragte er mit bebender Stimme. »Ging es … meiner Lotte gut?«

Die Frau am anderen Ende wunderte sich offenbar nicht darüber, dass sie mit einer ganzen Sippe zu telefonieren schien. Ihre Stimme wurde sehr leise und vorsichtig. »Es ging ihr … den Umständen entsprechend gut. Sie war sehr dünn. Das Pferd auch. Dem Pferd ging es besser als ihr, weil sie sich nur darum gekümmert hat. Sie hat es gehütet wie einen Schatz … und hart gearbeitet. Ich dachte … ich dachte, das Pferd ist alles, was ihr von ihrer Familie geblieben ist. Deshalb hängt sie so sehr an ihm.«

Jola fröstelte. Ihr ganzer Körper zitterte wie im Fieber. Als sie aufsah und Opa Max ins Gesicht schaute, sah sie den großen Schreck in seinen Augen. Seine Lotte hatte noch gelebt und sie war die ganze Zeit mit Wolkenherz zusammen gewesen! Aus einem Impuls heraus ging sie zu ihm und legte den Arm um seine gebückten Schultern.

»Was ist aus ihr geworden?«, fragte Katie aufgeregt.

»Sie blieb zwei Winter bei uns.« Die alte Frau lächelte, das konnte man hören. »Doch eines Tages kam ein Mann, der viel von Pferden verstand. Er sah Wolkenherz und wollte ihn sofort haben. Als wir ihm sagten, dass Wolkenherz dem Mädchen gehört, war er zuerst überrascht. Aber dann hat er beide mitgenommen.«

»Was für ein Mann war das?« Katie runzelte die Stirn. »Wissen Sie den Namen noch? Oder hat Lotte eine Adresse hinterlassen, für … also, falls jemand nach ihr suchen würde?«

Die alte Frau seufzte wieder. Auf einmal klang sie unglaublich müde, so als hätten die vielen Erinnerungen sie erschöpft. »Das weiß ich leider nicht. Wie gesagt, ich war ja noch ein kleines Mädchen. Mein Vater wüsste es bestimmt, aber meine Eltern leben schon lange nicht mehr. Tut mir sehr leid, dass ich euch nicht helfen kann.«

»Sie haben uns schon geholfen«, warf Jola ein. »Sehr sogar. Vielen, vielen Dank!«

Katie warf Jola einen fragenden Blick zu. Sollten sie auflegen und das Gespräch beenden? Jola zuckte mit den Schultern. Diese alte Dame war ihre einzige Verbindung zu Lotte, die einzige

Spur. Doch was konnte sie ihnen schon noch erzählen? Sie wusste nicht, was aus Lotte geworden war. Und diesen Mann – irgendein Mann –, den würden sie im Leben nicht aufspüren, solange sie nicht mal seinen Namen wussten!

Opa Max sank zurück auf seinen Stuhl, das Gesicht weiß, die Augen so voller Schmerz. Jola konnte ihn kaum ansehen. Was hatten sie nur getan? Sie spielten mit der Gesundheit des alten Mannes, so viel war ihr klar. Es würde sie nicht wundern, wenn er hier und jetzt einen Herzanfall erlitt. Besorgt ging sie neben ihm in die Hocke und nahm seine Hand.

»Wartet!«, rief die Stimme aus dem Hörer. »Mir ist doch noch etwas eingefallen.«

Katie hielt inne, den Finger schon über der Auflegen-Taste. »Ja? Was denn?«

»Es gab ein Foto. Mein Vater hat es aufgenommen, von Lotte und dem schönen Pferd und mir. Ich weiß sogar noch, welches Kleid ich getragen habe. Ich hatte mich extra schön gemacht!«

»Ein Foto?«, fragte Jola atemlos. »Haben Sie das noch?«

»Leider nein. Wir haben so viele Sachen wegwerfen müssen, als wir umgebaut haben für die Familie von meinem Sohn. Ich wüsste nicht, wo es sein könnte. Wirklich schade. Das Foto war so eine schöne Erinnerung für mich. Es war wundervoll anzusehen, wie sehr sie dieses Pferd geliebt hat.«

Sie liebte nicht nur das Pferd, dachte Jola. Sie liebte auch Max. Aber wieso ist sie einfach dort weggegangen, ohne einen Hinweis zu hinterlassen, wohin? Oder die Adresse auf der Suchkarte zu ändern? Warum hatte sie es aufgegeben, nach Max zu suchen?

»Danke«, sagte Katie laut. »Sie haben uns trotzdem sehr geholfen. Danke! Machen Sie es gut!«

Bevor sie auflegte, gab sie der alten Frau noch die Adresse des Ginsterhofs, damit sie sich melden konnte, falls ihr doch noch etwas einfiel. Und dann lag das Telefon zwischen ihnen auf dem Tisch, genau wie eben, nur dass es jetzt stillschwieg und keine Geheimnisse mehr preisgab.

»Alles okay?« Katie spurtete um den Tisch herum und kniete sich an Opa Max' andere Seite. »Opa? Geht's dir gut?«

»Lotte«, flüsterte er mit erstickter Stimme. »Oh, Lotte.«

Wieder tauschten Katie und Jola einen Blick. Diesmal brauchten sie keine Worte, ihnen war auch so klar, dass Opa Max eine Pause brauchte, dringend! Sie mussten woanders weiterreden. Denn die Spur endete nicht am Linzerhof – sie fing dort ganz neu an!

Sternenregen

Am Montag darauf schrieben sie einen Deutschtest in der Schule. Die Aufgabenstellung lautete: »Schreibe eine begründete Stellungnahme zum Thema Urlaubsreise in den großen Ferien.«

»Voll daneben«, beschwerte sich Jonas und bohrte sich den Stift in die Nase. »Meine Eltern fahren garantiert nirgendwohin! Wie soll mir da jetzt was Gescheites einfallen?«

»Ich kann dir ein paar von meinen Argumenten abgeben«, murmelte Jola und verzog das Gesicht. »Auf nach Peru!«

»Ist doch mega! Wenigstens fahrt ihr weg.«

Wir fahren nicht nur weg, dachte Jola. Wir bleiben es auch!

Aber Jonas war nicht die Person, mit der sie darüber reden wollte. Sie dachte wieder an das unaussprechliche Dorf mit den Ziegen und Hühnern. Die neue Schule. Und dann dachte sie an die Worte ihrer Mutter, ihre Träume – an all das Schöne, was sie in Peru sah. Und kurzerhand schrieb sie den Aufsatz nicht über ihre eigenen Sorgen, sondern über die Träume ihrer Mutter. Nun würde Herr Ernst denken, dass sie sich auf Peru freute. Aber dafür flossen die Worte nur so aus ihr heraus und sie war eine Viertelstunde vor Abgabe fertig und konnte das Klassenzimmer vor allen anderen verlassen.

»Na«, meinte Sanne, als es gongte und alle auf den Flur strömten. »Worüber hast du so geschrieben?«

»Über … alles.«

Jola biss sich auf die Lippe. Sie hätte Sanne eigentlich gern von Peru erzählt, aber die war mit ihren Augen schon wieder ganz woanders.

»Und worüber hat … also, weißt du, was Jonas in den Ferien so macht?«

»Jonas?«

»Ja, Jonas!« Sanne wurde rot. »Blöd? Du stehst doch nicht auf ihn, oder doch?«

Jola musste lächeln. »Nee. Und du hast Glück: Er hängt die ganzen Ferien zu Hause rum!«

»Echt?« Sanne strahlte. »Ach, das ist cool! Bestimmt wird er oft am Ginsterhof sein, weil Sunset Barn da ja ihren Probenraum haben.«

»Bestimmt.« Jola schluckte. »Soll ich ihn mal fragen, ob er dich auch mag?«

»Was?« Sanne schüttelte erschrocken den Kopf. »Nein, nein, bloß nicht! Oder doch? Ich weiß nicht, was meinst du, hab ich eine Chance?«

»Bestimmt. Der Spinner ist ja eigentlich ein ganz netter Kerl.«

Wie aufs Stichwort verließ Jonas als Letzter das Klassenzimmer und klopfte Jola im Vorbeischlendern auf die Schulter. »He, Jo, kommst du heute auch zum Sternegucken?«

»Zum was?«

»Wir warten auf Sternschnuppen! Angeblich ist die Nacht heute voll davon.« Jonas beugte sich näher zu ihr. »Die erfüllen Wünsche. Aber nur, wenn man echt dran glaubt!«

Auf dem Heimweg mit Katie erzählte Jola von Christoph Neumann, den sie für Wolkenherz' Reiter gehalten hatte. »Nur leider ist er der Falsche. Er lebt noch, aber er kann sich an keinen Trakehner Hengst namens Wolkenherz erinnern.«

»Hm. Also in den Warendorfer Jahrbüchern stand Wolkenherz mit einem Reiter namens Ch. Neumann. Aber wie ist er überhaupt zu diesem fremden Reiter gekommen? Wenn Lotte ihn doch vom Linzerhof mitgenommen hat?«

»Das müssen wir rausfinden.«

»Sie wird ihn doch nicht verkauft haben?« Katie riss die Augen auf.

»Niemals! Du hast doch gehört, was Frau Linzer gesagt hat. Lotte hing an Wolkenherz wie an ihrem Leben. Aber vielleicht hat jemand anders ihn geritten. Gab es damals überhaupt schon Frauen im Turniersport?«

»Puh!« Katie blies sich gegen ihre Locken und zog ihr Handy heraus. Nach ein paar Minuten meinte sie: »Ab Mitte der Fünfziger. Du könntest recht haben, die haben sie bestimmt ganz schön dumm angeguckt, wie sie als Frau mit so einem Pferd daherkam! Wie kriegen wir nur raus, wohin sie gegangen ist?«

»Ganz einfach: indem wir diesen Ch. Neumann finden!«

Katie warf einen Blick in den Himmel. »Du, Jola, das alles muss trotzdem noch ein bisschen warten. Wir haben doch noch den ganzen Sommer Zeit dafür, oder? Ich muss heute echt mit Keira üben. Ich weiß jetzt, was ich machen kann, damit sie wieder motivierter mitarbeitet. Wir müssen nur ...«

Jola biss sich auf die Lippe. Sie hatte eben nicht mehr den ganzen Sommer Zeit! Aber es war egoistisch, Katie deshalb ein schlechtes Gewissen zu machen, also sagte sie nichts dazu.

»Hast du gewusst, dass Sanne auf Jonas abfährt?«

»Was, echt?« Katie kicherte. »Aber der steht doch auf dich!«

»So ein Quatsch! Wie kommst du darauf?«

»Na, immerhin war er letzten Winter ständig bei dir. Zum Lernen, alles klar!«

»Er war ja nicht wegen mir da. Er wollte bloß, dass ich ihn mit Sunset Barn verkupple.«

Katie sah sie mit einem seltsamen Lächeln von der Seite an. »Ich glaube trotzdem nicht, dass Sanne eine Chance bei ihm hat.«

Jola biss sich auf die Lippe. Okay, Jonas sagte immer Jo zu ihr. Sie waren in dem Schuljahr zu so was wie Kumpel geworden. Aber er stand nicht auf sie, da war sie ganz sicher! Und außerdem hatte sie überhaupt keine Lust, in ihren letzten Wochen auf dem Ginsterhof wegen irgendeines Typen wieder Stress mit Sanne zu kriegen.

Der Nachmittag ging vorüber wie im Flug, obwohl Jola das Gefühl hatte, überhaupt nichts zu schaffen. Sie ritt Wolkenherz in der Reitstunde mit Niko, half Helen beim Voltigieren aus, assistierte Stefan, der einen vierhufigen Kunden zur Sattelanprobe dahatte, und marschierte mit Minnie und Colorado in den Wald, damit beide ein wenig Bewegung bekamen. Am Abend fuhr sie mit ihrem Vater nach Steinbach, um Pizza für alle zu holen, und später saßen sie dann alle auf der Obstwiese hinter den Quittenbäumen, tranken selbst gepressten Hollersaft und warteten auf den angekündigten Sternenregen. Anna holte ihre Gitarre und stimmte ein paar alte Cowboylieder an, die jeder kannte und alle mitsingen konnten. Die Nacht brach herein und über ihnen funkelten die Sterne wie winzige, weit entfernte Lampions und malten gelb leuchtende Staubspuren in den Himmel.

»Dort!« Opa Max hob als Erster die Hand. »Habt ihr sie gesehen?«

»Schnell«, flüsterte Helen. »Wünsch dir was!«

»Aber nicht verraten, was!«, schickte Stefan hinterher.

Katie und Jola wechselten einen vielsagenden Blick. Es war nicht schwer zu erraten, was Max sich gewünscht hatte!

»Früher wollte ich bei jeder Sternschnuppe einen Hit im Radio«, verriet Anna und kicherte. »Echt jetzt! Also passt auf, was ihr euch wünscht. Die Dinger funktionieren tatsächlich!«

»Und ich habe mir immer ein wunderschönes weißes Pferd gewünscht«, murmelte Katie leise. »Unheimlich, was?«

»Ja, aber nur, weil du ihn schon kanntest«, gab Jola zurück. »Er war doch damals schon hier.«

»Heute würde ich mir wünschen …«

»Pssst!« Jola hob den Zeigefinger an die Lippen. »Nicht verraten!«

Katie verstummte. Auch ihr Wunsch war ihr an der Nasenspitze abzulesen. Jola ließ ihren Blick über die Erwachsenen gleiten, Helen, Stefan und ihren Vater. Was sie sich wohl wünschten? Sie sah, wie ihr Vater lächelte und einen Moment lang die Augen schloss. Bestimmt hatte er seine Sternschnuppe entdeckt und schickte nun seinen Herzenswunsch ins Universum.

Aber sosehr Jola auch wartete, für sie fiel keine Sternschnuppe vom Himmel. Sie suchte und wartete und kniff vor Anstrengung die Augen zusammen, aber es schien, als ob die Wunschsternchen immer genau dort herabfielen, wo sie nicht hinsah. In Gedanken änderte sie ihren Wunsch und dachte an etwas völlig Harmloses wie Kaiserschmarrn mit Apfelmus, aber auch das half nicht.

»Wow«, murmelte ihr Vater, der seine Kamera auf ein Stativ geschraubt hatte und den Himmel durch sein Objektiv betrachtete. »Das sind Hammerbilder!«

»Sollen wir uns in genau einem Jahr wieder hier treffen?«, schlug Stefan vor. »Jeder merkt sich seinen Wunsch. Und in einem Jahr erzählen wir uns alle und gucken, welche sich erfüllt haben.«

»Ich habe drei gesehen«, verkündete Anna. »Bestimmt vergesse ich, was ich mir alles gewünscht habe.«

»Ich auch«, meinte Katie. »Aber ich hab mir immer dasselbe gewünscht.«

Nur Jola sagte nichts. Sie wollte gar nicht viel, sie wollte doch bloß, dass ihr Vater seine Pläne änderte und sie hierbleiben konnten, bei den Webers und Wolkenherz am Ginsterhof. Aber für Jola hatte der Himmel in dieser Nacht keinen Wunsch übrig.

Heugeister

Das letzte Wochenende im Juni war Superhitzewetter angekündigt, also nutzte Helen die Gunst der Stunde, um sämtliche Wiesen rund um den Ginsterhof zu mähen. Opa Max erzählte Jola, dass Gras für Pferdeheu erst nach der Blüte abgemäht werden durfte. Drei Tage musste der Schnitt trocknen und dabei mehrmals gewendet werden, erst dann konnte man das fertige Heu zu Ballen pressen und ins Lager einholen.

»Und wie kommen die Heuballen ins Lager?« Jola musste an die Vollmondnächte denken, die sie mit Katie, Lea und Sanne auf dem Heuboden verbracht hatte. Da oben gab es noch genug Ballen, um sich ein gemütliches Lager zu bauen, aber längst konnte man die Ballen nicht mehr zu so hohen Verstecken auftürmen wie noch im vergangenen Herbst. Natürlich, schließlich hatten die Pferde im Winter jede Menge Heu gefuttert! Nun, da die große Waldkoppel voll mit frischem Gras war, brauchten sie natürlich weniger davon, auch wenn Helen darauf bestand, den Pferden trotzdem täglich ihre Heuration in die Raufe zu werfen. »Der einzige Zugang führt doch über die schmale Leiter. Gibt es da irgendeinen Trick?«

Opa Max schmunzelte. »Das hat wenig mit Zauberei zu tun, Mädchen. Dafür umso mehr mit harter Arbeit!«

Am Samstag schließlich war es so weit: Helen kündigte an, dass heute das Heu eingebracht werden sollte. Als Jola fragte, ob sie auch mithelfen durfte, lachten alle.

»Heuernte ist wie Stockbrotgrillen. Da muss einfach jeder dabei sein!« Stefan grinste. »Du hast hoffentlich keine Heuallergie, oder, Jola?«

Jola schüttelte den Kopf. »Bis jetzt noch nicht.«

»Heuallergie gilt hier sowieso nicht als Ausrede«, verkündete Niko und zwinkerte ihr zu. »Das kannst du dir also gleich sparen.«

»Dann lasst uns anfangen.« Helen stand vom Frühstückstisch auf und deutete mit dem Kinn zum Fenster. »Bevor uns die große Hitze niederstreckt.«

Zu Jolas Überraschung halfen nicht nur alle Ginsterhofbewohner – inklusive Minnie – mit, auch Sepp Maier vom Maierhof kam angefahren, mit einem langen Anhänger, der ein bisschen aussah wie eine Rutschbahn, wären da nicht die scharfen Krallen gewesen, die von einer Art Förderband aus nach oben ragten. Lea und Sanne rückten im Polizeiauto von Leas Vater an, und Sanne brachte einen Korb voll Erdbeertörtchen mit, die ihre Mutter gebacken hatte.

Nur Opa Max hatte Mitarbeitsverbot bekommen, wegen seines schwachen Herzens. Er holte Wolkenherz von der Koppel, und die beiden hielten ein Schläfchen unter den Obstbäumen, während die Sonne bereits am frühen Morgen unbarmherzig vom Himmel brannte.

Zuerst rückte der Traktor aus und zog einen riesigen, mit Brettern ummantelten Anhänger aus dem Unterstand. Stefan, Jan und Sepp Maier kletterten darauf, während Niko mit den Mädchen am Hof zurückblieb.

»Cool«, meinte Lea und streckte sich. »So macht die Heuernte Spaß!«

»Was passiert da draußen?« Jola reckte den Kopf, aber der Traktor war längst davongerollt.

Sanne gähnte. »Sie bündeln das Heu und werfen es auf den Anhänger.«

»Und wenn sie zurückkommen, fängt für uns die Arbeit an«, verkündete Katie. »Also, wer geht hoch und wer bleibt unten?«

»Ich will hoch«, rief Sanne sofort.

»Mach nur«, winkte Niko ab. »Ich bleibe freiwillig an der frischen Luft. Jola, hilfst du mir?«

Jola hatte keine Ahnung, was auf sie zukam, also nickte sie nur. Katie, Lea und Sanne verschwanden auf den Heuboden, während sie mit Anna und Niko unter der Krallenrutschbahn stehen blieb, bis Katie über ihr den Kopf aus einer Luke streckte, die so geschickt im Holz versteckt gewesen war, dass Jola sie bis eben überhaupt nicht bemerkt hatte. Niko und Anna schoben die Rutschbahn genau in die Luke, und Jola fragte sich, ob man daran wohl hochklettern konnte, aber da hörten sie bereits das Rumpeln des Traktors, und kurz darauf kehrte Helen mit der ersten Fuhre Heu auf den Hof zurück. Sie stellte den Anhänger genau neben der Krallenrutsche ab und fuhr mit einem zweiten, etwas kleineren Anhänger wieder davon.

Nun kam Leben in die Krallenrutsche! Mit einem Stöhnen setzte sie sich in Bewegung, und als Anna den ersten Ballen daraufwarf, war Jola auch klar, wozu das Ding gut sein sollte: ein Förderband, das die Ballen nach oben transportierte! Das war ja einfach. Und sie hatte schon Angst gehabt, dass sie jeden Ballen einzeln über die schmale Leiter balancieren mussten!

Aber schon als der Anhänger gerade mal zur Hälfte leer war, merkte Jola, wie ihr die Arme schwer wurden. Das Herumwuchten und Werfen der schweren Ballen war echt anstrengend! Und kaum hatten sie es geschafft, fuhr Helen schon mit dem zweiten Anhänger auf den Hof, und das ganze Spiel begann von vorn. Erst nach dem dritten Anhänger legten sie eine Pause ein und machten sich hungrig über die Erdbeertörtchen von Sannes Mutter her.

»Nicht schlecht«, lobte Niko Jola und streckte ihr eine Flasche kühle Limo entgegen. »Für den Anfang, meine ich.«

»Dann will ich jetzt nach oben.« Jola leerte die halbe Flasche mit einem Zug und wischte sich den Schweiß von der Stirn. Nichts konnte schlimmer sein als die Plackerei in der sengenden Hitze!

»Och nöö.« Niko spähte zur Luke hinauf. »Ich hab Höhenangst, weißt du.«

»Auch so eine Ausrede, die heute bestimmt nicht gilt.«

Niko lachte leise. »Na gut, ich geh nicht gern auf den Dachboden. Zufrieden?«

»Und warum nicht?«

Niko blies sich eine Haarsträhne aus der Stirn. »Weil es da oben spukt.«

»Was?« Jola konnte nicht anders, sie musste lachen. »Wie kommst du denn darauf?«

»Vor zwei Jahren, ja? Ich hab Heu runtergeworfen. Es war schon dunkel draußen, im Winter, und auf einmal höre ich ein Rascheln, genau hinter mir. Immer wenn ich mich umgedreht habe, hat es aufgehört. Und ich schwöre, ich war allein da oben – ich war allein im ganzen Stall!« Niko fuhr sich mit der Hand über die Augen. »Katie ist doch auch der Meinung, dass es am Ginsterhof spukt.«

»Ja, aber nicht auf dem Dachboden. Nur im Stall hat es gespukt.« Jola legte ihren Arm um Nikos Schultern. »Und keine Angst, der Geist ist völlig harmlos!«

»Haha, sehr witzig.«

»Ehrlich! Und übrigens ist er kein Geist mehr, sondern … hm.« Jola biss sich auf die Lippe. »Egal. Also, kommst du mit nach oben?«

»Nur wenn du mir sagst, was es mit dem Geist auf sich hat.« Niko sah sie ein wenig seltsam von der Seite an. »Komm schon. Katie und du, ihr habt ihn auch gehört, oder?«

Jola schluckte. »Ich kann nicht, Niko. Du würdest uns für total irre halten! Und glauben würdest du uns auch nicht.«

»Das weißt du doch gar nicht!« Niko sah nun richtig neugierig aus. »Los, sag schon! Ich erzähle es auch keinem weiter.«

Jola zögerte. Sollte sie Niko wirklich von Wolkenherz erzählen? Vielleicht hatte er ja eine Idee, wie man Lotte ausfindig machen konnte. Vorausgesetzt natürlich, er lachte sie nicht aus. Aber genau in dem Moment kam Helen mit dem nächsten voll beladenen Anhänger zurück. Jola stand auf und schüttelte den Kopf. »Ein andermal, okay?«

»Versprochen?«

»Ja. Versprochen!«

Lea ging für Jola nach unten und half beim Aufladen, während Jola nun auf dem überhitzten, stickigen Heuboden stand und die Ballen auffing, die Katie ihr zuwarf. Sie und Sanne schichteten die Heuquader zu hohen Türmen aufeinander, und die Luft war durch das wirbelnde Heu so staubig, dass Jola dauernd husten musste. Irgendwann hörte sie auf, Ballen zu zählen, sie wusste nicht einmal mehr, wie viele Anhängerladungen sie bereits nach oben geschafft und verstaut hatten. Sie fühlte nur noch das Kratzen in ihrer Kehle, den brennenden Staub in ihren Augen und die Müdigkeit in ihren Armen. Erschöpft sank sie ins Heu, als das Förderband stoppte.

Hier, genau hier hatte sie in ihrer ersten Nacht auf dem Ginsterhof geschlafen! Damals noch ein Stückchen abseits von Katie und den anderen. Von hier aus war sie nach unten geklettert und hatte in einer der Boxen Wolkenherz entdeckt, ein Pferd, das niemand kannte, zumindest nicht in Wirklichkeit! Blinzelnd versuchte sie, durch das gestreute Sonnenlicht nach unten zu spähen. Ein Schatten fiel auf die Stallgasse, leicht verzerrt – der Schatten eines Pferdes?

Jola keuchte erschrocken auf. Wolkenherz! Aber das war Blödsinn, Wolkenherz war draußen, bei Max. Wie sollte er so plötzlich wieder hier hereingelangt sein? Sie robbte zur Leiter, genau wie damals, in jener ersten Nacht, als sie diese seltsamen Geräusche gehört hatte. Das Rascheln. Die Schritte. Und sofort spielten ihre Ohren verrückt, denn sie hörte genau das Gleiche wieder, Raschelschritte im Stroh, und der Umriss auf dem Stallgang verschwamm, schmolz zusammen und löste sich auf, wie ein Schatten im Sonnenlicht, wenn Wolken über den Himmel zogen.

Jola starrte auf die Stelle. Hatte sie sich das nur eingebildet oder tatsächlich Wolkenherz gesehen? Wenn er nun verschwunden war, wenn Lotte – nein, so etwas durfte sie nicht einmal denken! Lotte lebte, daran mussten sie einfach glauben!

Sie sah sich um. Katie und Lea lieferten sich eine Heuschlacht ganz oben auf dem Quaderturm, die hatten von dem seltsamen Schattenpferd sicher nichts bemerkt. Und auch keine Raschelschritte gehört. Jola guckte nach unten, wo Niko, Lea und Anna auf dem leeren Wagen saßen, die Füße baumeln ließen und kühle

Limo in sich hineinkippten. Nein, auch die sahen nicht so aus, als ob sie etwas Unheimliches gesehen hätten.

»He«, rief sie zu ihnen herunter. »Ist hier – also, habt ihr ein Pferd vorbeikommen sehen?«

Niko lachte zu ihr hinauf. »Ich habe dir doch gesagt, da oben spukt es!«

»Unten mein ich doch. Im Stall!«

»Nein«, gab Anna zurück. »Ganz sicher nicht!«

Aber er konnte ja auch hinten durch den Stall gekommen sein. Jola zog den Kopf zurück und flog förmlich die Leiter hinunter. Der Stall war leer und alle Boxen standen offen. Wolkenherz hätte also einfach hineinmarschieren können. Aber wo war er dann hin? Jola spähte in Keiras Box, den Ort, wo sie Wolkenherz damals entdeckt und eingesperrt hatten. Sie war leer. Das Stroh war aufgewühlt, aber das konnte auch Keira gemacht haben, als Katie sie zum Füttern hereingebracht hatte. Stirnrunzelnd sah Jola sich weiter um und lauschte, aber bis auf das Pfeifen der Spatzenkinder unterm Dach war es still um sie herum. Dann musste sie eben draußen nachsehen – und hoffen, dass sie sich getäuscht hatte, dass es nicht Wolkenherz' Schatten gewesen war, den sie gesehen hatte! Denn so abwegig war der Gedanke nicht. Wolkenherz hatte sich schon einmal aufgelöst, in der Gewitternacht, als Opa Max beinahe gestorben wäre. Er hatte einen Grund, hier zu sein – doch wenn Lotte krank wurde und starb, dann …

Jola schubste die hintere Stalltür auf und stieß beinahe mit Billy zusammen, der genau hinter der Tür gedöst hatte. Das grau gefleckte Pony legte die Ohren zurück, aber Jola schob ihn einfach zur Seite und kümmerte sich nicht darum, dass er ihr nun neugierig folgte. Sie rannte über den Paddock und die angrenzende

Koppel, bis sie das Tor erreichte, kletterte darüber und schirmte die Augen mit der Hand gegen das Sonnenlicht ab. Wolkenherz, wo bist du? Die Quittenbäume bildeten große, schattige Inseln, in einer davon stand sogar noch der Lehnstuhl, in dem Max gedöst hatte. Aber der Stuhl war leer und von dem alten Mann fehlte jede Spur. Genau wie von Wolkenherz.

»Wolkenherz«, rief sie. Und dann, als sie keine Antwort erhielt: »Max! Max, wo sind Sie?«

Hatte er Wolkenherz zurück auf die Weide gebracht? Sie rannte zurück zum Tor, stieg darauf und schob Billy zur Seite, der ihr erneut den Weg versperrte. Atemlos duckte sie sich unter dem Stromzaun hindurch und suchte Wolkenherz' Weide ab, lief in jeden schattigen Winkel, rief, pfiff, aber Wolkenherz blieb verschwunden.

Verzweifelt sah Jola sich um. Die Sonne warf schon lange Schatten, sie hatten den ganzen Tag hart gearbeitet. Und niemand von ihnen hatte auf Opa Max geachtet. Oder auf Wolkenherz.

Für einen Moment war sie einfach nur verzweifelt. Dann besann sie sich. Ein alter Mann konnte sich doch nicht einfach in Luft auflösen. Er musste irgendwo sein! Sie wirbelte herum und rannte in den Durchgang.

Niko sprang vom Wagen, als er sie kommen sah. »Wir haben es gleich geschafft! Helen bringt die letzte Fuhre …«

»Max«, keuchte Jola. »Ich kann ihn nicht finden! Und Wolkenherz auch nicht!«

»Moment mal.« Anna hüpfte ebenfalls zu Boden. »Was soll das heißen? Er wird ja wohl schlecht mit dem Pferd losgeritten sein. Bestimmt hat er sich hingelegt, hast du im Haus schon geschaut?«

Jola schüttelte den Kopf. Nein, das hatte sie völlig vergessen.

»Na, siehst du! Da wird er sein. Beruhig dich mal, du bist ja völlig fertig!«

»Was ist passiert?« Katie streckte den Kopf aus der Luke.

»Max ist verschwunden«, rief Jola ihr herauf. »Mit … Wolkenherz!«

»Was?« Katie starrte sie an. Im Gegensatz zu den anderen wusste sie, dass Max durchaus auf die Idee kommen konnte, mit Wolkenherz loszureiten. »Seit wann?«

»Keine Ahnung! Vorhin, im Stall … also, ich dachte, ich hätte ihn gesehen, aber …« Jola schluckte.

Katie überlegte nicht lang. Sie verschwand aus der Luke und kam kurz darauf aus dem Stall gelaufen, gefolgt von einer verständnislosen Sanne mit Heu in den Haaren.

»Meinst du, er ist mit ihm los?«

»Ich weiß es nicht!«

»Leute«, warf Anna ein. »Er ist ein alter Mann. Wo soll er schon sein? Der liegt im Haus und schläft, jede Wette!«

»Seltsam ist er schon in letzter Zeit«, warf Niko ein. »Oder fällt das nur mir auf? Er redet viel mehr, schleicht ständig raus zu den Pferden. Das hat er doch früher nie gemacht.«

»Stimmt.« Anna strich sich den Schweiß von der Stirn. »Sagt Mama auch dauernd. Er blüht richtig auf. So, als ob … als ob seine Zeit bald um wäre?«

Jola und Katie tauschten einen Blick. Dann rannten sie gleichzeitig los.

»Schaut ihr im Schuppen nach«, rief Katie ihrer Schwester noch zu.

Minnie begrüßte sie aufgeregt winselnd im Flur. Katie schob sie zur Seite, und dann suchten sie das Haus ab, zuerst die Küche, das Esszimmer, das Wohnzimmer, alle angrenzenden Räume. Sie riefen laut und machten richtig Lärm. Jola lief in den Anbau hinüber und hämmerte an Opa Max' Tür, bis Katie mit dem Schlüssel kam und aufsperrte. Die Wohnung war nicht groß, im Nu hatten sie alle Räume durchsucht. Doch auch hier fanden sie keine Spur von dem alten Mann.

»Wolkenherz, ich dachte … ich habe einen Schatten gesehen! Aber der hat sich aufgelöst, genau wie ein …«

»… ein Geist?«, flüsterte Katie und riss die Augen auf.

»Ja. Wie ein Geist.«

Sie starrten sich an. Katies Unterlippe begann zu zittern.

»Wir müssen ihn finden, Jola. Wir müssen ihn einfach wiederfinden!«

Geheimnisbilder

Auf dem Hof waren inzwischen alle in Aufruhr. Auch Jolas Vater half bei der Suche. Der letzte Heuwagen war noch gar nicht wieder zurück, also schwang Katie sich auf Billys blanken Rücken und galoppierte zum Feld raus, um Helen zu benachrichtigen. Inzwischen stellten sie den Hof doppelt und dreifach auf den Kopf, aber Opa Max und Wolkenherz blieben spurlos verschwunden.

»Wie kann das sein?«, regte sich Helen auf. »Er kann doch nirgends hingefahren sein, den Traktor hatten doch wir!«

»Mit dem Auto?«, schlug Lea vor.

»Das steht in der Garage. Außerdem hat er keinen Führerschein mehr.«

Herr Maier rief bei seiner Frau an, um zu fragen, ob Max vielleicht bei ihr aufgetaucht war. Doch auch sie hatte ihn nicht gesehen.

»Haben wir wirklich überall gesucht?«, fragte Stefan zum fünften Mal. »Im Schuppen, im Haus …«

»Ja«, riefen Katie und Anna gleichzeitig. »Mehrfach!«

»Dann suchen wir jetzt noch mal.«

Während die anderen Haus und Hof abliefen, stieg Jola auf den Dachboden. Sie erinnerte sich, dass Opa Max dort oben seinen Brief geschrieben hatte, den Abschiedsbrief an Lotte – den er aber niemals abgeschickt, sondern im Geheimkeller unter dem Stall versteckt hatte. Durch die staubigen Fenster konnte man bis zum

Waldrand sehen. Jola trat an das runde Glas hinter dem alten Sekretär und blies gegen die Scheibe. Ein Herz erschien, so dünn und blass, dass es sich sofort wieder im Dunst auflöste.

Lotte, dachte sie. War Lotte ihm so wichtig, dass er für ein paar Bilder von ihr schon wieder auf Wolkenherz' Rücken geklettert war? Und war der Hengst womöglich mit Max … verschwunden?

Sie verließ den Dachboden und rannte zurück nach unten. Im Flur hörte sie Helens Stimme, die verzweifelt klang.

»Wir müssen Leas Vater anrufen«, sagte sie gerade. »Er muss nach ihm suchen! Was, wenn er verletzt irgendwo liegt? Bei dieser Hitze und seinem schwachen Herz, stell dir nur vor, sein Kreislauf macht schlapp …«

»Okay«, antwortete Stefan ruhig. »Das tun wir auch. Aber zuerst suchen wir selbst nach ihm, in Ordnung? Du weißt doch, dass er gern spazieren geht. Wenn er wirklich in den Wald gelaufen ist, kann er ja nicht weit gekommen sein, allein zu Fuß.«

Jola trat in die Küche. »Er ist nicht allein! Er … Wahrscheinlich hat er Wolkenherz bei sich.«

Helen runzelte die Stirn. »Er wird doch nicht …?«

Jola zog den Kopf ein. »Doch. Ich glaube, er könnte auf ihm geritten sein.«

»Max?« Stefan schüttelte ungläubig den Kopf. »Niemals!«

Aber Helen sah auf einmal gar nicht mehr so sicher aus. Sie ließ die Hand mit dem Telefonhörer sinken und fuhr sich erschöpft übers Gesicht. »Oh Gott, warum tut er mir das an? Kann er sich nicht einfach benehmen wie jeder normale alte Mensch auch?«

Helen tat ihr leid, und Jola wollte hingehen und sie in den Arm nehmen – aber dann fiel ihr Blick auf Minnie. Die Hündin lief unruhig vor der Tür herum und winselte in den höchsten Tönen.

»Minnie, bitte«, stöhnte Helen. »Lass uns doch in Ruhe überlegen!«

Opa Max und Minnie haben auch eine besondere Verbindung, dachte Jola. Vielleicht, weil der Hund ebenfalls spürt, was mit Wolkenherz los ist?

Ohne weiter zu überlegen, machte sie die Haustür weit auf und ließ den Hund hinauslaufen. Minnie bellte einmal, dann stolperte sie hastig die Stufen hinunter und rannte los.

»Minnie«, schrie Jola. »Minnie, warte!«

Helen und Stefan kamen ebenfalls aus dem Haus gelaufen, und sie alle starrten der Hündin hinterher, die schnurstracks in den Durchgang kurvte und darin verschwand.

»Was …?« Katie, die noch immer Billy am Strick hielt, guckte der davonrasenden Minnie mit großen Augen nach. »Sucht sie nach Opa?«

»Vielleicht!« Stefan schnappte sich den Autoschlüssel und griff nach Helens Arm. »Los, kommt. Wir fahren hinterher!«

Auch Niko hatte sich bereits auf sein Motorrad geschwungen und ließ den Motor aufheulen. »Jola, willst du mitfahren?«

»Ich …« Jola sah zu Katie, aber die saß bereits auf Billys Rücken. Es würde zu lang dauern, jetzt noch ein Pferd von der Koppel zu holen, und zu zweit auf Billy waren sie bestimmt zu langsam. »Okay!«

Lea warf ihr einen Reithelm zu, den sie sich auf den Kopf schnallte. Dann stieg sie hinter Niko auf das Motorrad und legte die Arme um seinen Bauch. Stefan war schon losgefahren, Katie ließ Billy dem Auto hinterhergaloppieren, und Niko folgte in einigem Abstand, damit sie notfalls schnell die Richtung ändern konnten.

Minnie lief tatsächlich hoch in den Wald. Zuerst ging es auf Katies übliche Trainingsrunde, aber dann zweigte ein kleiner Pfad ins Unterholz ab, und nach einer kleinen Schnüffelpause entschied Minnie, dass sie dort entlangmussten.

Stefan kurbelte das Autofenster herunter. »Hier komme ich nicht weiter. Ich fahre außenrum und versuche, euch am anderen Ende zu treffen!«

Sie folgten Minnie durch das Unterholz. Hier war Billy klar im Vorteil, mit seinen vier Hufen konnte er problemlos hinterherlaufen. Niko musste einige Umwege fahren, aber schließlich gelangten sie wieder auf einen breiteren Pfad, bei dem er Billy rasch abhängte.

Tief, immer tiefer führte Minnie sie in den Wald hinein. Goldrotes Licht strömte durch die Wipfel der Bäume, und Jola hatte das Gefühl, durch eine Märchenwelt zu fahren. Irgendwann war der Wald zu Ende und grenzte an eine einspurige Straße. Zwischen den Hopfenfeldern ging es hindurch, an einsamen Gehöften vorbei, bis sie schließlich wieder in den Wald gelangten, der jetzt aber dunkler und düsterer wirkte, weil die Sonne langsam hinter den Wipfeln versank.

»Wartet mal«, rief Katie und bremste Billy. »So langsam kenn ich mich nicht mehr aus!«

»Reite zurück«, empfahl Niko. »Na los! Ich komme mit dem Motorrad schon irgendwie zur Hauptstraße. Aber Billy und du, ihr solltet nicht in der Dunkelheit unterwegs sein.«

»Aber …«

»Schon gut!« Jola deutete auf Minnie, die bereits eifrig schnüffelnd weitertrabte. »Wir rufen dich an, wenn wir ihn gefunden haben. Schau lieber, dass du nicht auch noch verloren gehst.«

Katie passte es gar nicht, jetzt aufzugeben und zurückzureiten, das sah Jola deutlich an ihrem Gesicht. Doch es machte keinen Sinn, durch die Dunkelheit zu reiten. Nicht, solange sie Niko und das Motorrad hatten.

Minnie lief weiter, unermüdlich. Die endlosen Felder, die sie durchquerten, verschmolzen mit der aufziehenden Nacht zu einem farblosen Meer. Inzwischen war es schwierig geworden, Minnie zu folgen, weil sie in der Dunkelheit im Nu unsichtbar wurde. Nur wenn Niko sie mit seinem Scheinwerfer streifte, glomm ihr Fell im grellen Lichtstrahl auf.

Jola fragte sich, wie lang ein Hund laufen konnte, noch dazu einer wie Minnie, dem seine kurze, faltige Nase zu schaffen machte, immer wenn es sportlich wurde. Und sie fragte sich, wie lang man eine Spur riechen konnte – wenn man ein Hund war, natürlich. Überlagerten nicht tausend andere Gerüche so einen Duft? Und dann noch auf Asphalt? Aber Minnie schien sich ihrer Sache sicher zu sein. Und eine andere Option hatten sie ja nicht.

»Jola«, meinte Niko nach einer gefühlten Endlosigkeit. »Das bringt nichts. Lass uns Stefan anrufen, damit er Minnie einsammelt. Nie und nimmer ist Opa Max bis hierher geritten!«

»Bitte, Niko! Nur noch ein Stück, bitte! Wenn wir jetzt abbrechen, findet Minnie die Spur bestimmt nie wieder!«

Niko seufzte, aber dann nickte er. Wieder ging es durch ein Waldstück. Und auf einmal fing Minnie an zu rennen. Woher sie die Kraft nahm, nach der Strecke, die sie zurückgelegt hatte, war Jola ein Rätsel. Minnie bellte laut, und dann sprang sie um etwas herum, das auf dem Boden lag, ein Baumstamm oder …

»Max!« Nikos Scheinwerfer beleuchteten den Baumstamm, der ihnen ziemlich lebendig entgegenblinzelte. »Was ist passiert? Geht es dir gut?«

»Niko.« Der alte Mann richtete sich mühsam auf. »Und Jola! Was macht ihr hier?«

Niko und Jola wechselten einen halb erleichterten, halb fassungslosen Blick. »Die Frage ist wohl eher: Was machen Sie hier?« Sie kniete sich neben Opa Max und stützte ihn, sodass er sich aufsetzen konnte.

»Oh, mein Po.« Opa Max stöhnte ein wenig. »Die nächsten Tage werde ich im Stehen essen müssen.«

»Bist du etwa vom Pferd gefallen?« Niko sah sich suchend um. »Wo ist Wolkenherz?«

Auch Jola schaute sich jetzt um. Wenn Wolkenherz nicht hier war, wenn sie vorhin im Stall doch ihn … Aber da schälte sich ein heller Schatten aus dem Dunkel der Bäume. Wolkenherz senkte den Kopf und stieß Max sacht an.

»Der Gute!« Opa Max lehnte seine Wange an Wolkenherz' Stirn. »Er hat auf mich aufgepasst. Ich wollte nur ein wenig auf seinem Rücken sitzen, und dann ist er in den Wald gelaufen, ganz von allein! Es war so schön …« Verträumt lächelte der alte Mann. »… so schön. Ich habe geträumt. Ja, und dann bin ich wohl eingeschlafen. Und hier am Boden wieder aufgewacht.«

»Eingeschlafen?« Niko schüttelte den Kopf. »Das ist ja wohl ein Scherz. Und Wolkenherz ist den ganzen Weg bis hierher mit dir gelaufen? Warum ist er nicht nach Hause gegangen?«

»Ssscht«, machte Opa Max. »Seid mal still. Hört ihr das nicht? Dieses Lied! Ich habe es beinah vergessen.«

»Hä?« Niko stand auf und holte sein Handy aus der Tasche.

»Also, ich rufe jetzt Helen an. Die müssen dich zu einem Arzt bringen, du bist eindeutig auf den Kopf gefallen!«

Während Niko telefonierte, rückte Jola näher an Opa Max heran. »Was haben Sie diesmal gesehen? Wieder dieses Haus?«

Opa Max lächelte versonnen. »Das Haus … und Wolkenherz. Er war schneeweiß, genau wie jetzt. Er lag im Gras, und Lotte war bei ihm und hat für ihn gesungen, ein altes Lied aus unserer Kindheit …«

Jola legte ihm den Arm um die Schultern und kraulte Wolkenherz hinter dem Ohr.

»Wir finden sie schon«, versprach sie ihm. »Aber Sie müssen auf sich aufpassen, okay? Wir brauchen Sie noch! Sie und Wolkenherz.«

Opa Max schlief den ganzen nächsten Tag über. Und Jola hatte so einen Muskelkater im gesamten Oberkörper, dass sie am liebsten dasselbe getan hätte. Zum Glück war Sonntag und somit schulfrei, aber die Arbeiten am Hof mussten trotzdem erledigt werden, die Pferde gefüttert, der Auslauf und der Unterstand gemistet, die Eier eingesammelt, und dann stand auch noch der Sonntagsausritt auf dem Programm, den ein müde dreinblickender Niko anführte.

Katie war schon früh mit Keira auf den Reitplatz verschwunden. Mit der ersten Tageshitze kehrte sie zurück und ließ missmutig den Kopf hängen. »Es ist wie verhext, mit Keira klappt einfach nichts mehr! Ich trainiere jeden Tag, aber ich habe das Gefühl, sie wird immer schlechter statt besser. Vielleicht hab ich mich getäuscht, und sie ist doch nicht das Traumpferd, das ich immer haben wollte.« Katie seufzte. »Wie geht es Opa?«

»Schläft.« Helen stellte frisch aufgebackene Semmeln auf den Frühstückstisch. »Und ihr lasst ihn heute bitte in Ruhe, klar?«

»Wohin wollte er bloß?«, fragte Katie flüsternd. »Hast du eine Idee?«

»Nein.« Jola rührte in der Marmelade herum, bis ein Klecks davon auf ihre Hose schwappte. »Ach, Mist!«

»Zum Glück hat Wolkenherz gut auf ihn aufgepasst«, meinte Katie. »Stell dir mal vor, ihm wäre das mit einem anderen Pferd passiert. Ein Schläfchen auf dem Pferderücken, also echt!«

»Ja, das hat er«, murmelte Jola nachdenklich. Irgendetwas passte nicht an dem Gedanken, aber sie kam einfach nicht darauf, was.

Auch Minnie hing wie gelähmt in ihrem Riesenkörbchen und rührte sich nicht vom Fleck. Was aber wohl auch daran lag, dass Helen ihr den größten Knochen spendiert hatte, den sie in ihrer Gefriertruhe finden konnte. Alle waren unglaublich stolz auf die Hündin und Minnie spürte das ganz genau. Immer wenn jemand zu ihrem Korb kam, um sie zu streicheln und ihr zu versichern, wie großartig sie alles gemacht hatte, reckte sie den Kopf und blickte nur gönnerhaft drein, als würde sie sagen: »Ach, das? Bitte. Das war doch gar nichts.«

Nach Nikos Anruf war Stefan gleich mit dem Pferdeanhänger gekommen, um Opa Max und Wolkenherz einzusammeln. Die beiden waren über dreißig Kilometer vom Ginsterhof entfernt gewesen und Helen hatte die ganze Heimfahrt über vor lauter Schock geweint. Wie konnte ihr Vater nur so leichtsinnig sein und auf dem Pferderücken einschlafen? Und wie hatten sie sich nur derart verlaufen können? Er hätte sich beim Sturz vom Pferd schlimm verletzen können! Und in der Nacht hätte ihn bestimmt niemand gefunden. Auch die anderen waren geschockt und erleichtert zugleich. Leas Vater hatte einen Polizeiwagen angefordert und war auf Abruf bereitgestanden, um eine groß angelegte Suche nach Opa Max zu starten, und Anna hatte schon beim Radiosender angerufen und einen Vermisstenaufruf nach ihrem Großvater durchgegeben.

Der Einzige, der sich nicht aufregte, war Opa Max selbst. Er hatte die ganze Heimfahrt über vor sich hin gelächelt und verstand offenbar überhaupt nicht, was an seinem kleinen Ausflug schlimm gewesen sein sollte. Nur über seinen Po hatte er sich beklagt. Der tat ihm vom langen Sitzen auf dem blanken Pferderücken so weh, dass Helen ihm den Vordersitz umlegen musste, um ihn nach Hause fahren zu können.

»Warum warst du gestern eigentlich am Ginsterhof?« Jola legte das Geschichtsbuch weg, in dem sie noch zwei Seiten lesen musste. Aber die Augen fielen ihr immer wieder zu, so müde und erschöpft war sie. »Hast du nicht draußen am Feld geholfen? Bei Helen?«

»Doch, habe ich.« Ihr Vater zögerte, dann lächelte er. »Sag mal, kann ich dir was zeigen?«

»Klar«, murmelte Jola schläfrig. »Was denn?«

»Ich will Helen und Stefan zum Abschied eine Kiste machen«, meinte er nachdenklich. »Voll mit Fotos aus dem letzten Jahr.«

»Aber du hast doch gar keine Fotos gemacht.« Jola richtete sich auf und sah ihn überrascht an. »Zumindest nicht von …«

»… von den Pferden. Richtig. Aber es gibt noch mehr Lebewesen auf dem Ginsterhof.« Er lächelte, dann ging er zum Schrank und holte eine schöne blau-grüne Pappschachtel herunter. »Menschen zum Beispiel.«

Jola öffnete die Kiste und ihr Unterkiefer klappte vor Staunen hinunter. Fotos von Katie und ihr, lachend unter der Kastanie; Fotos von Anna und Sunset Barn, bei ihrem Auftritt damals am Lagerfeuer; Fotos von Opa Max, der Minnie kraulte und ihr lächelnd etwas zuflüsterte; Fotos von Helen und Stefan, aneinandergekuschelt, Arm in Arm; Fotos von Niko, Anna und Lea beim Limotrinken auf dem leeren Heuwagen; von Katie zusammen mit Anna auf der Ofenbank, tief versunken in ein Geheimgespräch; Fotos vom Ginsterhof im morgendlichen Zauberlicht.

»Oh, wow!« Jola starrte auf das Bild von der Heuernte. Dann war ihr Vater also der Schatten gewesen, den sie im Stall gesehen hatte, und nicht Wolkenherz? Sie schluckte, dann schaute sie ihren Vater wieder an. »Wie hast du die alle gemacht?«

»Mit dem Teleobjektiv natürlich.«

»Ach, Papa, ich meine doch, wann?«

»Immerzu. Ohne dass jemand es gemerkt hat. Nur so kriegst du authentische Bilder. Die Menschen auf diesen Fotos machen es aus, findest du nicht? Das Leben auf dem Ginsterhof.«

»Stimmt nicht.« Jola schüttelte den Kopf. »Das ist ein schönes Geschenk, aber das Wichtigste fehlt, Papa. Die Pferde wohnen nicht nur am Ginsterhof, sie sind ein Teil der Familie. Sie gehören dazu wie Stefans Werkstatt, wie der Probenraum von Sunset Barn, wie Minnie, wie die Quittenbäume und die Himbeerranken und der Geheimkeller unter dem Stall! Ohne die Pferde wäre alles nur halb so schön. Durch sie sind alle … lebendiger.«

Ihr Vater ließ die Schultern fallen. »Lebendiger«, murmelte er. »Na toll. Du findest mein Geschenk also nicht gut.«

»Das hab ich doch gar nicht gesagt!«

»Sondern?«

»Es geht nicht ohne die Pferde. So ist es nur ein halbes Geschenk. Du musst über deinen Schatten springen und endlich Fotos von den Pferden machen. Bitte, Papa! Ich verspreche auch – also, ich verspreche, nicht mehr traurig zu sein wegen Peru. Ja?«

»Für ein paar Bilder?«

»Für ein paar Pferdebilder.« Jola biss sich auf die Lippe. »Und wenn du schon dabei bist …«

Ihr Vater seufzte, dann nickte er langsam. »Also gut. Wir machen es morgen. Aber sag niemandem etwas, okay? Nur wir beide. Geheimmission!«

Als Jola am nächsten Tag aus der Schule kam, fand sie eine E-Mail in ihrem Postfach. Der Verlag der Pferdezeitschrift hatte ihre Anfrage weitergeleitet an den Redakteur, der damals Christine Neumann bei ihrer Frankreich-Tour begleitet hatte (und längst in Rente war). Und endlich hatte er geantwortet! Jola war so aufgeregt, dass sie durchs Haus stürmte und Katie suchte, aber natürlich war die schon wieder beim Training mit Keira auf dem Reitplatz, also klickte Jola die Nachricht alleine an.

Liebe Jola, liebe Katie,

danke für Eure Anfrage. Lustigerweise seid ihr die Ersten, die je einen Leserbrief zu meinem Artikel über Christine Neumann senden – dabei war die Reihe damals wochenlang eine Riesengeschichte in unserem Magazin. Zu dieser Zeit war es für eine Frau nicht leicht, wahrgenommen zu werden, sofern nicht ein Mann an ihrer Seite stand. Umso mehr wollte ich damals diese Reportage machen, denn was die junge Frau mit ihrer Frankreich-Durchquerung geleistet hat, war wirklich großartig.

Nun aber zu Eurem Anliegen. Leider muss ich euch enttäuschen, was die Person von Christine Neumann betrifft. Sie hatte drei Pferde bei sich, einer davon ein Schimmel (seinen Namen habe ich vergessen), der sogar auf Eure Beschreibung passt – bis auf die Tatsache, dass Christine Neumann ausschließlich mit Stuten reiste.

Es tut mir sehr leid, dass ich Euch daher nicht weiterhelfen kann. Dennoch viel Glück bei Eurer Recherche, und vergesst niemals, nach vorn zu blicken.

Herzlichst, O. K.

Jola ließ die Arme sinken, die sie beim Lesen gespannt auf die Tischplatte gestützt hatte. Mist, Mist, Mist! Wieder eine Sackgasse! Dabei war sie so sicher gewesen, Ch. Neumann endlich gefunden zu haben. Vielleicht musste sie doch noch mal nach Warendorf fahren und die Bibliothek besuchen – ganz legal zu den Öffnungszeiten natürlich! – und dann versuchen, anstatt nach Wolkenherz nach Ch. Neumann zu suchen?

Die Tür wurde aufgestoßen und ihr Vater platzte ins Zimmer. »He, Jola! Kommst du?«

»Wohin?«, fragte Jola abwesend und klappte den Laptop zu.

Ihr Vater hob die Kamera mit dem langen, schweren Telezoom hoch, die um seinen Hals baumelte, und machte ein verschwörerisches Gesicht. »Geheimnisbilder. Na los, bevor ich es mir doch anders überlege!«

Die verschlungenen Hufeisen

»Das ist echt Mist«, meinte Katie, als sie am nächsten Tag die Schule verließen und vor dem Bus stehen blieben. »Wenn diese Christine Neumann auch nicht die Wolkenherz-Reiterin war, fangen wir ja wieder von vorne an.«

»Ich habe mir gedacht, dass ich noch mal nach Warendorf fahre.« Jola zuckte mit den Schultern. »Oder wir starten einen Aufruf im Radio. Vielleicht bei einem – äh – größeren Sender.«

»Was ist eigentlich mit diesem dritten Artikel, den der Verlag geschickt hat? Stand da nichts drin, was uns weiterhilft?«

»Ich glaube nicht. Da ging es nur um irgendein Pony, das in den Olympiakader aufgenommen wurde.«

»Ich weiß gar nicht, wo ich den Brief hingeräumt habe«, stöhnte Katie. »Wenn ich ihn gefunden habe, schaue ich noch mal nach.«

Sie warteten vor dem Bus auf Lea, die heute mitkommen und Katie beim Training zugucken wollte. Sanne stand ein wenig abseits bei den Jungs und lachte übertrieben laut über etwas, was Jonas gesagt hatte.

»Die spinnt doch«, murmelte Katie. »Ausgerechnet Jonas!«

»Eigentlich ist er ganz okay«, meinte Jola.

»Ach, ist er das, ja?« Katie grinste, aber Jola verdrehte nur die Augen.

Lea kam und sie stiegen in den Bus. Während der ganzen Fahrt dachte Jola über das nach, was sie herausgefunden hatten: Lotte war während des Krieges nach Westdeutschland geflohen und hatte Unterschlupf bei einer Bauernfamilie gefunden, auf dem Linzerhof. Sie hatte weder Familie noch Besitz bei sich gehabt – bloß dieses Pferd, einen wunderschönen silberschwarzen Hengst namens Wolkenherz. Ihn hatte sie umsorgt und beschützt wie ihr eigenes Leben. Aber dann war ein Mann gekommen, ein Pferdemensch, der Wolkenherz gesehen hatte und ihn sofort mitnehmen wollte. Und Lotte war mit ihm gegangen. Aber warum? Jola lehnte ihre Stirn gegen die Scheibe und schloss die Augen. Vielleicht, weil sie als Frau sowieso keine Chance gehabt hätte, Wolkenherz zu behalten. Hatte der Reporter nicht etwas in der Art geschrieben? Das war eine harte Zeit damals und Lotte war schließlich fast noch ein Kind gewesen. Aber was auch immer Lotte bewogen hatte, den Linzerhof zu verlassen – warum hatte sie die Suchkarte in Flensburg nicht ändern lassen? Die einzige Spur, die Max zu ihr führen konnte?

Jemand stupste sie in den Rücken und Jola schlug erschrocken die Augen wieder auf.

»He, schläfst du?«

»Jetzt nicht mehr.«

Lea grinste. »Wir sind da. Aber du kannst sicher auch noch eine Runde mitfahren.«

Es gab Würstl mit Kartoffelbrei zum Mittagessen und danach Vanilleeis mit frischen Himbeeren. Jolas Magen knurrte wie verrückt, trotzdem stocherte sie nur in ihrem Essen herum und schob den Kartoffelbrei lustlos von einem Tellerrand zum anderen.

»Ich habe gleich eine Kutschfahrt für einen Kindergeburtstag«, verkündete Helen, während sie mit einer Hand aß und mit der anderen den Geschirrspüler einräumte. »Könnt ihr ein bisschen gucken? Wir kriegen nachher noch eine Lieferung. Ach ja, und irgendwer muss achtgeben, dass Opa nicht wieder aufs Pferd steigt!«

»Ich kann nicht«, verkündeten Katie und Anna gleichzeitig.

Helen rollte mit den Augen. »Na, das ist ja wohl wieder typisch. Ich kann ihn doch nicht einsperren! Er ist im Moment so seltsam drauf, ich mache mir wirklich Sorgen um ihn.«

»Ich passe auf«, bot Jola an. »Ich habe Zeit.«

»Danke, Jola.« Helen wischte sich die Hände am Geschirrtuch ab und blinzelte ihren Töchtern zu. »Wenn wir unsere Jola nicht hätten!«

»Jaja, schon gut.« Katie stupste Jola in die Seite. »Aber zum Glück haben wir sie ja!«

Anna verschwand zu einem Pressetermin in den Sender, und Katie und Lea liefen nach draußen, um Keira vom Auslauf zu holen. Jola wollte ebenfalls hinausgehen, aber Helen hielt sie am Arm zurück.

»Du, Jola, warte mal.«

Jola blieb an die Anrichte gelehnt stehen. Ihr Herz klopfte plötzlich schneller, dabei war es doch bloß Helen, die mit ihr redete. Warum war sie dann mit einem Mal so nervös?

»Ich weiß, dass dein Vater nach dem Sommer fortwill.«

»Nach Peru«, sagte Jola tonlos. Sie konnte sich immer noch kaum bewegen.

»Hm, ja, Peru. Und du wirst mit ihm gehen. Ist das richtig?«

Jola sah Helen bloß an und zu ihrer Überraschung wurde Helen sogar ein klein wenig rot um die Nase. »Komm mal mit. Ich muss dir was zeigen.«

Helen stieg die Treppe hinauf und Jola folgte ihr. Im ersten

Stock wurden Helens Schritte auf einmal zögerlich. Oder bildete Jola sich das nur ein? Sie lief an Annas Zimmer vorbei und an dem von Katie. Dahinter gab es noch zwei Räume, eines davon musste Helens und Stefans Schlafzimmer sein. Vor der dritten Tür – der gleich neben Katies Zimmer – blieb Helen erneut stehen und drückte die Klinke herunter.

Jetzt blieb Jola unsicher stehen. Helen schob die Tür auf, und Jola sah einen lichtdurchfluteten Raum mit zwei großen Fenstern, dessen eine Wand in einem hellen Ockergelb gestrichen war. Davor stand eine blaue Couch und daneben eine helle Bauernkommode. Helen betrat den Raum und Jola folgte ihr langsam.

»Wer hat in dem Zimmer gewohnt?«, fragte sie. In einer Nische entdeckte sie nun ein Bett, auf dem eine Matratze lag und darauf eine zusammengefaltete Bettdecke. Und in der Ecke hockte ein weiches schwarzes Kuschelpferd.

»Niemand«, antwortete Helen leise. »Wir hatten den Raum als Gästezimmer leer stehen, falls jemand hier übernachten möchte. Niko zum Beispiel.«

»Gemütlich«, meinte Jola. Besonders die Bett-Koje hatte es ihr angetan. Fast so heimelig wie ihr Bett im Bulli, oben im Dachzelt.

»Findest du?«

»Ja. Alles bei euch ist gemütlich.« Jola biss sich auf die Lippe, aber Helen lächelte nur.

»Und könntest du dir vorstellen ... also, dass du dich hier wohlfühlen könntest?«

Jolas Herz machte einen Hüpfer. Sie musste schlucken und dann gleich noch mal, und dann hoffte sie, dass sie antworten konnte, ohne dass ihr gleich die Tränen kamen. »Ich ...«

»Sag nichts.« Helen trat zu ihr und nahm sie in die Arme. Jola spürte, wie jetzt doch ein paar Tränen über ihre Wangen rannen, aber sie schluckte tapfer und lehnte sich an Helen, die leise in ihre Haare murmelte. »Ist schon gut … alles gut. Du musst jetzt keine Entscheidung treffen. Ich wollte dir bloß … also, ich wollte dir das Zimmer zeigen und dir damit klarmachen, dass du eine Wahl hast, Jola. Wenn du nicht nach Peru willst, wenn du hierbleiben möchtest, dann bist du uns herzlich willkommen. Immer.«

Jola blinzelte, dabei hätte sie am liebsten weitergeheult. Vor Freude, vor Dankbarkeit – und vor lauter Traurigkeit, weil sie Helens liebes Angebot ablehnen musste, bevor sie es richtig ausgesprochen hatte.

»Danke«, schniefte sie und löste sich von Helen. »Ich danke dir. Katie hat echt ein Riesenglück mit dir!«

»Tja, sag ihr das nur!« Helen lachte, aber dann wurde sie gleich wieder ernst.

»Ich …«, begann Jola. »Es tut mir leid. Ehrlich. Ich würde wirklich supergern bei euch bleiben.« Mehr als das, dachte sie. Es zerreißt mir das Herz, von hier fortzumüssen! »Aber ich habe mich bereits entschieden.« Sie vermied es, Helen in die Augen zu sehen, weil sie nicht wieder losheulen wollte. »Ich gehe mit Papa nach Peru.«

Helen senkte den Kopf. Dann nickte sie langsam. »Natürlich, Jola. Ich will mich ganz bestimmt nicht bei euch einmischen! Weißt du, was? Ich habe gesagt, was ich sagen wollte. Du weißt nun Bescheid. Und dabei belassen wir es für heute, in Ordnung?«

Jola nickte. »In Ordnung. Danke schön.«

»Ach, Jola.« Helen strubbelte ihr über die Haare. Dann verließ sie schnell das Zimmer, als ob es ihr peinlich wäre, und Jola folgte ihr. Als sie wieder unten im Flur standen, nahm Helen einen Brief von der Kommode. »Der ist für Katie angekommen. Gibst du ihn ihr später?«

»Klar.« Jola schlüpfte in ihre Schuhe, stieß die Haustür auf und stieg die Stufen hinunter. Minnie lag im Schatten der großen Blumenkübel und hechelte, als würde sie einen Marathon laufen. Jola ging zu ihr, kniete sich neben sie und kraulte ihr den Kopf.

»Ach, Minnie«, seufzte sie. »Hast du davon gewusst? Helen hat mir angeboten, auf dem Ginsterhof zu bleiben! Ich dürfte sogar im Haus wohnen, gleich neben Katie. Kannst du das glauben?« Sie seufzte wieder. »Aber es geht nicht. Ich kann Papa nicht alleinlassen, er ist doch alles, was ich habe! Kannst du das verstehen?«

Minnie grunzte leise und drückte ihren Kopf fest in Jolas Handfläche. Jola lächelte und streichelte sie noch eine Weile, dann stand sie auf und merkte erst, als sie schon ein paar Schritte weit gelaufen war, dass sie den Brief vergessen hatte. Schnell ging sie zurück und hob ihn auf. Dabei fiel ihr Blick auf den Absender – und vor lauter Überraschung ließ sie den Umschlag gleich wieder fallen.

M. Linzer, Linzerhof.

Warum schickte die alte Dame einen Brief? Hatte sie doch noch etwas gefunden, was Lotte damals vergessen hatte? Dann fiel ihr das Foto wieder ein. Das Foto, das angeblich sie, Lotte und Wolkenherz zeigte! Sie betastete den Inhalt des Briefs, aber er war zu dick, es war unmöglich zu fühlen, ob sich darin ein Foto befand. Und dummerweise war er an Katie adressiert. Sie konnte ja schlecht Katies Post aufmachen. Aber vermutlich ging der Brief sie ebenso etwas an wie Katie! Und Opa Max.

Moment mal, wo war der eigentlich?

Jola schob den Brief in die hintere Tasche ihrer Shorts und rannte zum Stall hinüber. Die Tür zum Paddock war nur angelehnt, also huschte sie hindurch und sah sich suchend um. Okay, Wolkenherz war hier – er lag im Schatten der Ginsterbüsche und döste vor sich hin. Gut, solange der Hengst hier war … da bemerkte sie die Gestalt. Opa Max saß im Gras, den Arm um Wolkenherz' Hals geschlungen, und sah aus, als würde auch er schlafen.

Jola musste lächeln. Nein, da wollte sie nicht stören – auch wenn sie Wolkenherz gern besucht hätte! Leise schlich sie zurück in den Stall und beschloss, besonders wachsam zu sein, falls dem alten Mann womöglich einfiel, sein wagemutiges Abenteuer von letztens zu wiederholen!

Katie trainierte noch immer mit Keira auf dem Reitplatz. Lea filmte sie dabei, aber es lief nicht gut, das sah Jola von hier aus. Die rote Stute bockte, und Katie blieb frustriert in der Mitte des Reitplatzes stehen, wo sie abstieg und Keira herumführte, bis sie sich wieder einigermaßen beruhigt hatte. Nein, Katie hatte jetzt keine Nerven für einen Brief. Nicht mal für diesen hier.

Jola sah zu, wie Helen mit einem bunt geschmückten Ponywagen voller lachender Kinder zum Wald hinauffuhr. Dann hupte es auf dem Hof, und sie lief zum Tor, um den Lieferwagen anzuweisen, wo er seine Ladung loswerden konnte. Vier riesige, runde Zelte mit langen Stöcken in der Mitte – Tipis. Fürs Indianerwochenende. Sie musste unterschreiben, dass der Fahrer alles ordnungsgemäß abgeliefert hatte, dann war er auch schon verschwunden. Und endlich kamen Lea und Katie mit der erschöpften Keira vom Reitplatz zurück!

»Katie, Katie, ich muss dir unbedingt was zeigen!«

»Jetzt nicht«, murrte Katie schlecht gelaunt. »Zuerst braucht Keira ihr Futter.«

Jola sah ihr nach, wie sie im Stall verschwand. Keira trottete hinter ihr her und sah mindestens so frustriert aus wie Katie. Vor Lea wollte sie auch nicht erzählen, was es mit dem Brief auf sich hatte, also stopfte sie ihn nur, so tief es ging, in ihre Tasche und lief zum Ententeich. Sie setzte sich so, dass sie die Koppel mit Wolkenherz und Opa Max im Blick hatte, zog ihre Schuhe aus und streckte die Füße ins kühle Nass. Nach einer Weile ging die Tür zu Stefans Werkstatt und kurz darauf kam Colorado den Weg entlanggeschlendert. Er bemerkte Jola, brummelte kurz und stellte sich neben sie, um zu grasen.

»Hey, alter Knabe!« Jola streckte die Hand aus und kraulte seine Ohren, um die ein ganzer Schwarm Kriebelmücken kreiste. »Die blöden Viecher fressen dich ja auf. Weißt du, was? Du musst dich näher zu Wolkenherz stellen. Den lassen sie nämlich in Ruhe.«

Colorado blinzelte ihr zu. Auch in seine Augen krabbelten die Fliegen und Jola scheuchte sie mit der Hand weg. Das war eigentlich das Erste, was ihr Seltsames an Wolkenherz aufgefallen war – Fliegen mieden seine Nähe. Genau wie die Pferde. Nur Colorado nicht! Er hatte Wolkenherz schon immer wie einen alten Kumpel behandelt. Ob das Pony auch Bilder von ihm empfing? Aber was für welche? Sie blickte zum Wasser, doch auf der trüben Oberfläche schimmerte nur ihr eigenes Gesicht.

Und dann kam ihr ein neuer Gedanke und ein Kloß sank ihr in den Magen. Was, wenn sie gar nicht ihre Mutter gesehen hatte? Wenn das die ganze Zeit über Lotte gewesen war? Vielleicht konnte Wolkenherz gar keine fremden Erinnerungen auslösen, nur seine eigenen, aber sie war die ganze Zeit über zu verblendet gewesen von dem Wunsch, ihrer Mutter noch einmal nah zu sein, dass sie es einfach nicht gemerkt hatte? Was wusste sie denn schon von ihr? Sie war so klein gewesen, dass sie selbst kaum Erinnerungen an sie hatte. Diese Frau, hier im Teich – das war ganz sicher nicht ihre Mutter gewesen.

Colorado stupste sie leicht an, und erst da merkte sie, dass sie gleich ins Wasser plumpste, so dicht klebte sie mit der Nase über der spiegelnden Oberfläche.

»Nein«, murmelte sie. »Nein, nein, nein! Das glaube ich nicht, das darf nicht sein …«

Sie versuchte, sich an all die Bilder zu erinnern, die Wolkenherz ihr geschickt hatte. Meistens waren das eher Empfindungen gewesen, ein Arm, der sie hielt, eine Flüsterstimme, die ihr Mut ins Ohr wisperte. Oder ihr sagte, was zu tun war. Sie erinnerte sich noch gut daran, wie sicher sie sich immer auf Wolkenherz' Rücken gefühlt hatte – ganz so, als würde jemand sie leiten. Hatte sie sich das alles nur eingebildet? Waren es Lottes Arme und Worte gewesen, die sie empfangen hatte, wie auch immer das möglich war?

»Ich muss das rausfinden«, sagte sie zu Colorado und scheuchte einen neuen Schwarm Mücken davon. »Aber wie?«

Am Spätnachmittag rollte das Polizeiauto auf den Hof und holte Lea ab. Helen hatte die Kinderbande ins Dorf zurückgebracht und auf dem Rückweg Brot und Aufstrich geholt, und Jola lief ins Haus und half ihr, das Abendessen zuzubereiten. Die ganze Zeit schielte sie zur Tür und wartete darauf, dass Katie hereinkam, damit sie ihr vor dem Abendessen schnell noch den Brief zeigen konnte. Aber Katie kam nicht und in ihrem Zimmer war sie auch nicht.

Helen zuckte nur mit den Schultern. »Sie weiß, wann wir essen. Wenn sie keinen Hunger hat, ist sie selber schuld.«

Nach dem Abendessen machte Jola sich auf die Suche nach Katie. Sie fand sie am Koppelgatter, auf dem obersten Balken hockend. Die Abendsonne stand tief und schüttete goldenes Licht über die Pferde. Nur Wolkenherz schimmerte nicht mattgold, sondern silbrig weiß – er strahlte so hell wie der Nordstern am Nachthimmel.

»Wow!« Jola kletterte zu Katie auf den Balken. »Schau ihn dir an!«

»Hm. Er geistert wieder.«

»Katie? Alles okay?«

»Ach, keine Ahnung.« Katie ließ den Kopf hängen. »Nichts klappt mehr mit Keira! Dabei waren wir schon so weit! Nächstes Wochenende ist wieder ein Turnier, aber ich hab Bauchschmerzen, wenn ich nur daran denke. Sie wird wieder rumzicken, und wir werden es verkacken, genau wie letztes Mal.«

»Vielleicht brauchst du eine Pause?«, schlug Jola vor. »Und Keira auch?«

»So ein Quatsch! Pause, mitten in der Saison!« Katie schüttelte den Kopf. »Nein, ich muss einfach noch mehr üben, damit sie Sicherheit bekommt! Sie hat bestimmt nur Angst vor der fremden Umgebung und allem. Am besten fahre ich jedes Wochenende auf ein Turnier, damit sie die Atmosphäre kennenlernt.«

Eine Weile saßen sie schweigend nebeneinander. Dann hob Jola ihren Po ein Stückchen an, damit sie an die Gesäßtasche herankam. »Ich hab noch was für dich! Hier, schleppe ich schon den ganzen Tag mit mir herum. Und wenn du ihn nicht sofort aufmachst, falle ich von der Stange vor Neugier!«

Katie runzelte die Stirn und drehte den Brief in den Händen, aber dann las sie den Absender und riss die Augen auf.

»Was …?«, flüsterte sie, öffnete vorsichtig den Klebestreifen und zog zwei zusammengefaltete Blätter Papier hervor. Etwas flatterte zwischen den Seiten heraus und segelte zu Boden, also sprang Jola von dem Balken und hob es rasch auf. Ein etwas dickeres, griffiges Stück Papier mit einer rauen Oberfläche … Ein Foto! Oder besser, die Rückseite eines Fotos.

Sie hielt den Atem an. Konnte es sein? Mit heftig klopfendem Herzen schloss sie die Augen, nur für einen Moment, und drehte das Foto herum.

Ihn sah sie zuerst. Wolkenherz. Er war es, unverkennbar, obwohl sein Fell fast schwarz war und nur von silbrigen Härchen durchzogen. Er hatte den Kopf an die Schulter des Mädchens gelehnt, das ihn am Strick hielt. Sie war blond, nicht besonders groß und ziemlich mager, ein unscheinbares, blasses Mädchen, aber sie hielt den riesigen silberschwarzen Hengst mit einer Selbstverständlichkeit, als gäbe es nur sie beide auf der Welt. Ihre Kleidung war einfach, fast jungenhaft, aber ihr Lächeln – ihr Lächeln strahlte aus dem Papier heraus. Auf Wolkenherz' anderer Seite stand noch ein Mädchen, klein, mit Zöpfchen und einem hübschen Kleid. Auch sie lächelte, aber nicht in die Kamera – sie schielte bewundernd zu dem riesigen Hengst hinauf.

»Sie hat das Foto gefunden«, flüsterte Katie und sprang neben Jola zu Boden. »Das Foto von Lotte. Oh mein Gott!«

»Mir ist ganz kalt.«

»Mir auch!«

»Hast du sie dir so vorgestellt?«

»Nee. Irgendwie … lässiger. Und älter!«

»Bestimmt sieht sie nur so jung aus, weil sie so dünn ist.«

»Oder sie wollte nicht wie ein Mädchen wirken, damit niemand dumme Fragen stellt.«

»Wir müssen das deinem Opa zeigen, Katie! Sofort!«

»Geht nicht«, seufzte Katie. »Mama hat ihn ins Bett geschickt, weil er so Kopfweh hatte. Zu dem dürfen wir heute bestimmt nicht mehr.«

»Er lag ja auch den halben Tag in der Sonne«, murmelte Jola. »Bei Wolkenherz.«

»Da war noch etwas dabei.« Katie faltete die beiden Blätter auseinander und gab Jola das zweite davon. »Schau dir das mal an!«

Jola reichte Katie vorsichtig das Foto und griff nach dem Papier. Es knisterte zwischen ihren Fingern, so als wäre es ewig nicht mehr auseinandergefaltet gewesen. Ein Brief? Aber die Sätze waren extrem schwer zu entziffern. Über die Jahre war die Tinte wohl verblasst und außerdem hatte der Schreiber eine schnörkelige altdeutsche Schrift verwendet. Während Jola sich abmühte, die Worte zu enträtseln, redete Katie weiter.

»Sie schreibt, das Foto klebte in einem Album. Der Brief lag zusammengefaltet dabei. Er muss Jahre später angekommen sein, wahrscheinlich hat ihr Vater ihn dorthinein gelegt. Leider fehlt der Umschlag mit dem Absender darauf. Sie wusste nichts von dem Brief.«

Jola hatte es geschafft, die ersten Zeilen zu lesen. »… unser Hengst Wolkenherz … nach seinen Papieren gesucht … wohl auf der Flucht verloren gegangen … bei Ihnen gemeldet …« Sie hob den Kopf. »Sie erkundigt sich nach seinen Papieren? Aber warum sollte sie das tun? Glaubst du echt, sie hat während der Flucht noch daran gedacht, seine Papiere einzustecken?«

Katie überlegte, schüttelte aber den Kopf. »Nee. Das kann ich mir überhaupt nicht vorstellen.«

»Vielleicht ist der Brief gar nicht von ihr, sondern von dem Mann, der Wolkenherz so unbedingt haben wollte.«

»Dann hat er nach Wolkenherz' Papieren gesucht?« Katie schnaufte. »Dem ist wohl klar geworden, was für ein Superpferd er sich da geangelt hat. Aber ohne Papiere war es halt nur die Hälfte wert.«

»Den Namen kann man natürlich nicht mehr entziffern.« Jola drehte und wendete das Papier, um bei dem schwachen Resttageslicht überhaupt noch was zu erkennen. »Na super. Wieder eine tote Spur.«

»Immerhin haben wir jetzt das Foto!«

Jola hob den Brief noch einmal an. Etwas daran störte sie. Der Tonfall? Er klang so … kalt. Als ob es um eine Sache ginge, nicht um Wolkenherz. Ihren Wolkenherz. Warum waren diese Papiere so wichtig gewesen? Lotte hatte doch wohl nicht versucht, ihn zu verkaufen?

»Wir können ja …«, fing Katie an, aber plötzlich verstummte sie. »He, schau mal! Was ist denn das?«

»Was meinst du?«

Katie deutete auf den Brief. Ganz oben, über dem eigentlichen Text, konnte man eine Unebenheit erkennen. Jola fuhr mit der Fingerkuppe darüber, und tatsächlich – ein Zeichen, tief im Papier versteckt. So wie das Brandzeichen im Fell eines Pferdes.

»Das ist eingestanzt. Wow. Wir hatten auch mal so edles Papier, hat Papa sich eingebildet. Aber Anna hat es versehentlich zum Ofenanheizen benutzt. Mann, das hat Ärger gegeben!«

»Was soll das bedeuten?«

Jola fuhr immer wieder über das Papier. Die Vertiefung war sehr deutlich zu spüren, wenn man einmal wusste, wohin man seine Finger zu legen hatte, aber sie wurde trotzdem nicht schlau daraus.

Katie grinste. »Och, Jola. Hast du das schon vergessen? Wir wissen doch, wie man Geheimschrift sichtbar macht!«

Jola lächelte. »Mit rosa Fingermalfarbe?«

»Jep!«

»Vielleicht geht es auch einfacher.« Jola ging in die Hocke und legte den Brief auf den Boden. Der letzten Schimmer des Tages lag auf dem unscheinbaren Blatt Papier, schien ihn anzulocken wie ein ungelüftetes Geheimnis.

Wolkenherz, dachte Jola. Sie hob den Kopf und sah, dass der Hengst sie beobachtete, völlig ruhig, so als wüsste er die Antwort bereits und wartete nur darauf, ob sie auch dahinterkamen. Einen Moment lang war es völlig windstill, doch dann fuhr ein leichter, flüsternder Lufthauch über die trockene Erde und wirbelte ein Wölkchen aus Staub über den Brief. Jola griff mit der Hand in den Sand, formte ihre Finger zu einem Trichter und ließ den feinen Staub sacht über die Vertiefung rieseln. Ihr Herz klopfte schneller, als zwei dünne, gebogene Linien erschienen.

»Was ist das?«, fragte sie, als Katie scharf die Luft einzog.

»Hufeisen. Zwei ineinander verschlungene Hufeisen.«

»Und was sagt uns das nun?«

Katie ließ sich neben ihr in die Hocke gleiten. Sie strich mit dem Finger über den jungen Wolkenherz auf dem Foto und lächelte ganz leicht. »Dass wir eine neue Spur entdeckt haben. Und weitersuchen müssen.«

Lotte
1956

»Frau Neumann, Frau Neumann, schnell! Wolkenherz!«

Sie ließ die Kardätsche fallen und wirbelte herum. Der Sohn des Stallburschen stand im Eingang und winkte wild. »Was ist mit ihm?«

»Er ist abgehauen.«

»Schon wieder?« Sie hastete aus der Box und deutete auf den Fuchs, den sie eben gestriegelt hatte. »Machst du für mich weiter? Ich muss Wolkenherz finden.«

Der Junge nickte und hob die Kardätsche auf. »Soll ich solange Herrn Neumann …«

»Nein«, entgegnete sie scharf. Der Junge zuckte zusammen und sofort bekam sie ein schlechtes Gewissen. Was war nur los mit ihr? Sie war schließlich selbst mal so ein Stallkind gewesen, das immer nur alles richtig machen wollte! Schnell lächelte sie, beugte sich zu ihm hinunter und flüsterte beschwörend: »Sag ihm nichts, ja? Er wird sonst böse auf Wolkenherz.«

Der Junge nickte eifrig. »Sie können sich auf mich verlassen!«

Sie griff sich einen Strick vom Haken und rannte los, so schnell sie es mit ihrem Bein konnte. Der Kies knirschte unter ihren Schritten, und einen Moment hatte sie das Gefühl, durch die Zeit zu laufen, zurück an einen Ort, der tief in ihrer Erinnerung verborgen lag. Die lange Allee … die Pferde … der Haselstrauch. Max auf einem Pferd, als Silhouette im Gegenlicht auf dem Reitplatz … Sie strauchelte, fing sich aber wieder und lief humpelnd schneller, bis sie das Ende der Auffahrt erreicht hatte. Warum war sie nur auf die dumme Idee gekommen, Wolkenherz so weit abseits vom Hof auf diese Weide zu stellen? Nur damit Klaus nicht ständig daran erinnert wurde, dass der Hengst sinnlos herumstand?

Der Weg mündete in eine Straße voller Schlaglöcher, die zu beiden Seiten von weiten Feldern begrenzt wurde. Goldener Roggen wiegte sich sanft im Wind. Sie blieb stehen.

Was war das? Durch das Feld zu ihrer Rechten führte ein ausgetrampelter Pfad, mitten hindurch. Die Ähren waren niedergedrückt. Oh nein!

Sie folgte dem Pfad und war nicht überrascht, als sie Hufabdrücke entdeckte. Nun war der Ärger gewiss. Sie straffte die Schultern und stapfte weiter, quer durch das Feld, bis sie an einem Zaun anlangte, der eine kleine Koppel einfasste. Wo war er hingelaufen? Die Abdrücke endeten am Zaun, aber er konnte ja wohl schlecht … Da entdeckte sie den Hengst, und für einen Augenblick war sie so überrascht, dass sie das Atmen vergaß.

Wolkenherz war nicht allein. Ein kleines, stämmiges Arbeitspferd stand bei ihm und ließ sich von ihm den Mähnenkamm kraulen. Die beiden Pferde wirkten so friedlich und vertraut miteinander, als würden sie sich schon ewig kennen. Wolkenherz stupste das kleinere Pferd sanft an und es lehnte den Kopf an seine Schulter.

Sie duckte sich zwischen den Latten hindurch und rief mit lauter Stimme: »Wolkenherz!«

Der Hengst hob den Kopf. Er wieherte einmal, und das kleine Pferd folgte ihm, als er zu ihr herüberlief.

»Na«, murmelte sie und griff nach seinem Halfter, um den Strick daran zu befestigen. »Du hast wohl einen Freund gefunden, hm? Oder besser, eine Freundin.«

Sie sah sich um. Nirgends eine Lücke im Zaun oder eine beschädigte Latte – er musste wirklich darübergesprungen sein!

Die kleine Stute wieherte sehnsüchtig, als sie Wolkenherz von der Wiese führte und sorgfältig das Gatter verschloss. »Tut mir leid, Kleine. Ich bin sicher, dein Besitzer hat was gegen Herrenbesuch.«

Einen Moment lang verharrte sie und blickte in die Ferne, das endlose Grün der Wiesen und Wälder. Sie seufzte. Und dann kletterte sie auf das Gatter und lockte Wolkenherz zu sich, so nah, dass sie ihr schlimmes Bein über seinen Rücken legen konnte. Ihr Herz klopfte wie wild. Wie lange hatte sie nicht mehr auf einem Pferd gesessen? Wolkenherz stand still, bis ihr Puls sich beruhigt hatte. Dann drückte sie ganz leicht die Waden an seinen Bauch, schloss die Augen und spürte, wie er sich in Bewegung setzte. Sie lächelte, und ein Gefühl strömte durch ihren Körper, eine Energie wie von einem Stromschlag.

Lebensgeister.

Sanduhren

Als Jola am nächsten Tag aus der Schule kam, lagen überall auf dem Fußboden Pferdeporträts verstreut. Zuerst dachte sie, jemand hätte die Bilder aus einer Zeitschrift rausgerissen, aber dann erkannte sie Billy und Bonny und Colorado, und sie stieß einen überraschten Quietscher aus.

»Wow! Die sind ja megagut geworden!«

Ihr Vater kam aus dem Schlafzimmer und bahnte sich einen Weg durch den Fototeppich. »Ja, irgendwie ging es ganz gut. Ich hab gar nicht so viel nachbearbeiten müssen. Guck mal, Keiras Blick – nicht schlecht, was?«

»Du hast echt Talent dafür. Man kann ihre Seele erkennen.«

Ihr Vater verdrehte die Augen. »Ich werde kein Pferdefotograf, Jola.«

»Aber ab und zu kannst du es doch machen. Mir zuliebe!«

Er deutete auf ein anderes Bild, das ein wenig abseits der anderen lag und das Jola bis eben überhaupt nicht gesehen hatte. Es zeigte Wolkenherz und sie, gemeinsam. Jola hatte versucht, das Foto von ihrer Mutter nachzustellen, das sie im Winter bekommen hatte. Darauf beugte sich ihre Mutter vom Rücken ihres Pferdes aus nach vorn und lachte in die Kamera. Sie hatte sich extra die Haare geflochten, damit die Ähnlichkeit noch deutlicher wurde. Als sie das Foto jetzt sah, blieb ihr die Luft weg. Es war … mystisch. Auf Wolkenherz' Fell lag ein Schimmer, als würde sich etwas darauf spiegeln. Ganz leicht und versteckt. Aber das wirklich Unheimliche war die Reiterin. Sie selbst. Die Ähnlichkeit mit ihrer Mutter war so groß, dass sie selber einen Augenblick überlegen musste, ob das Foto real war.

»Ich weiß, was du denkst.« Ihr Vater lächelte. »Mein kleines Mädchen.«

»Von wegen klein«, murmelte Jola. Sie konnte ihre Augen nicht von dem Bild lösen. Wolkenherz. Nun hatte sie eine Erinnerung an ihn, eine echte, die nur ihr gehörte und die sie überall mit hinnehmen konnte! Und noch dazu erinnerte es sie an ihre Mutter.

»Danke«, wisperte sie. »Vielen Dank!«

Ihr Vater kam zu ihr und zog sie in seine Umarmung. »Ich bin schon ein alter Esel, was? Dabei bin ich derjenige, der sich bedanken muss. Danke, weil du mir keinen Stress machst wegen Peru.«

Jola kuschelte sich an ihn. Sie überlegte, ob sie ihm von dem Gespräch mit Helen erzählen sollte – aber eigentlich war das nicht notwendig. Ihr Vater würde es bloß falsch verstehen und außerdem hatte sie sich ja ohnehin schon entschieden.

»Übrigens gibt es eine kleine Planänderung«, sagte ihr Vater. »Wir müssen doch schon Ende August fliegen. Geht leider nicht anders. Du hast also nicht mehr die ganzen Sommerferien Zeit. Hoffentlich ist das nicht allzu schlimm für dich.«

Für mich nicht, dachte Jola. Aber für Max. Und für Wolkenherz!

Und plötzlich setzte das Gefühl wieder ein, diese innere Unruhe. Als hätte sie eine Sanduhr verschluckt, die langsam, aber sicher leer rieselte.

Wir haben schon so viel erreicht, dachte sie, aber irgendwie sind wir trotzdem noch keinen Schritt weitergekommen. Es wird Zeit, dass sich das ändert!

Am Nachmittag hatte Jola eigentlich Reitstunde bei Niko, aber es war so heiß, dass Niko spontan vorschlug, stattdessen einen Ausflug zum Weiher zu machen. Er sattelte Taylor und die ganze Gruppe zog los. Die Stimmung war gelöst und fröhlich und sie alle schwatzten und lachten miteinander. Als Niko einen Galopp anordnete, ließ Jola Wolkenherz' Zügel fallen und breitete die Arme aus. Der Wind blies ihr die Haare aus dem Gesicht, und für ein paar wundervolle Momente vergaß sie alles, Peru, die Spurensuche, ihren bevorstehenden Abschied und sogar Lotte und ihre Mutter – in diesem Augenblick gab es nur Jola und Wolkenherz.

Sie banden die Pferde im Schatten an und sprangen in den Weiher. Weil sie alle keine Badesachen darunter hatten, liefen sie einfach mit Klamotten ins Wasser. Zwei Mädchen zogen sich bis auf die Unterwäsche aus und quiekten unentwegt, und Jola schwamm ein Stück davon, weil sie das Getue der beiden störte. Warum verhielten sich manche Mädchen nur so bescheuert, wenn ein Junge dabei war? Niko schaute sie nicht mal richtig an, er flachste mit den jüngeren Mädels und kümmerte sich gar nicht darum, dass sie ihm immer wieder schmachtende Blicke zuwarfen.

Als sie ein Stück weiter auf den See hinausgeschwommen war, merkte sie plötzlich, dass jemand neben ihr war. Zuerst dachte sie, es wäre Niko, der vor den beiden Mädchen geflohen war, aber als sie sich auf den Rücken drehte, verschluckte sie sich vor lauter Überraschung und musste husten. Neben ihr schwamm Wolkenherz! Er musste sich losgerissen haben, zumindest baumelte der Strick noch an seinem Halfterring. Sie strampelte auf der Stelle.

»He«, rief sie ihm zu. »Du hättest mir auch sagen können, dass du ein Bad nehmen willst!«

Wolkenherz schüttelte den Kopf und prustete, als er Wasser in die Nüstern bekam. Jola musste lachen und schwamm auf ihn zu. Mit einer Hand griff sie nach seiner Mähne und ließ sich von ihm mitziehen.

»Du müsstest dich mal sehen, du siehst aus wie ein …«

Die Bilder explodierten in ihrem Kopf. Wasser, grün und schimmernd im Nebellicht. Ein Gesicht, das ihr daraus entgegensah und so verzweifelt wirkte, so verloren, dass sie am liebsten in die Vision gesprungen und es in die Hände genommen hätte.

»Lotte«, flüsterte Jola. »Oh, Lotte, was ist nur geschehen?«

»Manchmal wandern wir immer noch über das Eis«, sagte die Vision. Diesmal sah sie tatsächlich, wie sich ihr Mund bewegte, dabei lag der trübe Wasserschleier noch immer auf ihrem Gesicht. »Obwohl wir es warm und gemütlich haben und nicht um unser Leben fürchten müssen. Fühlst du das auch? Was soll ich nur tun, Wolkenherz? Wer bin ich denn schon? Ich weiß nur, dass ich alles tun werde, um dich zu beschützen. Du bist das Liebste, was ich habe … du bist alles für mich.«

Wolkenherz schüttelte sacht den Kopf und Jola ließ seine Mähne los. Abrupt brach die Verbindung ab und sie schaute wieder in den Weiher und in ihr eigenes, verschwommenes Spiegelbild.

»Mann, echt«, murmelte sie. »Was war das nun wieder?«

Aber eigentlich wusste sie, was die Vision zu bedeuten hatte. Das, was sie die ganze Zeit schon gespürt hatte! Lotte hatte Wolkenherz beschützen müssen, vielleicht nicht mehr gegen die

Soldaten und den Winter, die Kälte und den Hunger, aber gegen eine andere Gefahr, der er ausgesetzt gewesen war. Sie musste Wolkenherz ihr Leid geklagt haben! Nur deshalb hatte er so starke Erinnerungen daran.

Aber wie half ihr das, Lotte zu finden? Welche Gefahr hatte ihm gedroht? Hatte es etwas mit den Papieren zu tun, die Lotte so dringend hatte haben wollen? Wozu brauchte sie Wolkenherz' Papiere, wenn sie ihn doch nicht verkaufen wollte? Oder ging es um das genaue Gegenteil? Ging es darum, ihn legal … zu erwerben? Doch von wem, wer war sein Eigentümer, wenn er doch Max gehört hatte?

Verwirrt schüttelte sie den Kopf. »Ganz ehrlich, ich blick nicht mehr durch. Du machst mich fertig!«

»Wow, das wusste ich ja gar nicht!«

Jola wirbelte im Wasser herum. Niko schwamm hinter ihr und lachte sie mit blitzenden Augen an.

»Du doch nicht!«

»Erzählst du mir jetzt endlich, was es mit dem Stallgeist auf sich hat?«

»Äh … nein.«

»Warum nicht?«

»Weil du mir sowieso nicht glauben würdest!«

Einen Augenblick lang dachte Jola, Niko wäre eingeschnappt. Aber er legte nur den Kopf zur Seite, blinzelte, und dann spritzte er ihr eine Ladung Wasser ins Gesicht.

»He«, prustete sie entrüstet und schaufelte Wasser in seine Richtung.

Niko lachte, packte sie um die Hüfte und tauchte sie unter. Es war ein Spiel, eine harmlose Rangelei, und trotzdem war Wolkenherz plötzlich da, ganz nah, und drängte Niko und sie entschieden auseinander. Jola glaubte, ein Flüstern zu hören, aber sie hatte die Ohren voller Wasser und konnte die Stimme nicht zuordnen. Auf einmal waren die Stimmen der anderen Mädchen überlaut, so als würden sie durch einen Verstärker rufen.

»Oh, Niko, dürfen wir auch mit den Pferden ins Wasser?«

Niko kraulte zum Ufer und schüttelte seine Haare aus. »Könnt ihr vergessen. Die anderen gehen nicht ins Wasser. Nicht so wie er.« Seine Stirn zog sich in Falten. »Keine Ahnung, was der Kerl hier in seinem früheren Leben gemacht hat, auf jeden Fall kann er schwimmen.«

Bis sie nach Hause kamen, waren ihre Klamotten und Wolkenherz' Fell schon wieder getrocknet. Jola hielt Ausschau nach Katie und fand sie im Stall, wo sie Keiras Sattel mit Lederseife wusch. Sie sprang vom Pferderücken und erzählte ihr von der verrückten Vision, die sie im Wasser gehabt hatte.

»Denkst du wirklich, du hast Lotte gehört?« Katie zog die Steigbügelriemen aus der Sturzfeder. »Was hatte sie für eine Stimme?«

Jola ließ sich auf einen Heuballen fallen. »Keine Ahnung! Ich hab nicht ihre Stimme gehört, sondern irgendwie nur ihre Worte. Tonlos, ohne Klang. Als ob … ich weiß auch nicht … als ob ich ihre Worte denken würde!«

»Und du hast dir das nicht nur eingebildet?«, fragte Katie zweifelnd. »Ich meine, das mit den Bildern ist ja schon crazy genug, aber jetzt auch noch ihre Stimme zu denken …«

»Sie hat ja nicht zu mir gesprochen«, warf Jola ein. »Sondern zu Wolkenherz! Sie hat mit ihm geredet und das habe ich gehört. Das ist verrückt, ja, ich fand es zuerst auch total surreal! Aber jetzt … Ich weiß, dass er das kann. Mir Bilder schicken und so. Also warum sollte das mit Worten nicht auch funktionieren?«

»Frag sie doch mal, wo sie wohnt«, schlug Katie vor und grinste schief. »Wenn sie das nächste Mal mit dir Kontakt aufnimmt.«

»Blöde Kuh«, murrte Jola. »Du nimmst mich nicht ernst!«

»Doch.« Katie seufzte, dann legte sie die Bügelriemen weg und hängte den glänzend polierten Sattel zurück in die Kammer. »Und deshalb machen wir jetzt das, was wir schon den ganzen Tag hätten tun sollen: Wir gehen endlich zu Opa und zeigen ihm das Bild!«

Sie verließen den Stall und suchten den Hof ab, aber Opa Max war nirgends zu finden, also liefen sie ins Haus hinüber und klopften an seine Tür. Es dauerte eine Weile, bis er ihnen öffnete – und Jola erschrak, als sie ihn sah. Sein Gesicht war fahl und seine Augen stumpf und das Atmen schien ihm schwerzufallen.

»Opa«, rief Katie und legte ihm die Hände auf die Schultern. »Was ist mit dir?«

»Nichts, mein Kind.« Opa Max lächelte und trat ein Stück zur Seite, um sie einzulassen. Die Fensterläden waren zugeklappt und in dem Wohnraum herrschte eine angenehme Kühle.

»Aber du bist ganz grau im Gesicht!«

»Die Hitze macht mir zu schaffen. Ich muss mich ausruhen, damit ich den Maiers helfen kann. Bald ist doch Hopfenernte.«

»Mensch, Opa.« Katie schob ihn nach hinten, bis er sich in seinen Sessel setzen konnte. »Du gehst nirgendwohin, solange der Sommer so krass ist. Klar? Wir brauchen dich auch noch eine Weile!«

Jola merkte, wie ihre Hände zitterten, als sie den Umschlag hinter ihrem Rücken hervorholte. Sie hatten sich darauf geeinigt,

Opa Max zuerst einmal nichts von dem seltsamen Brief zu erzählen, in dem nach Wolkenherz' Papieren gefragt wurde. Sie wollten ihn nicht beunruhigen. Nur das Foto wollten sie ihm zeigen – das Foto von Lotte und Wolkenherz.

»Opa, wir … hmm. Wir haben was für dich. Aber wenn du dich nicht gut fühlst, verschieben wir das besser.« Katie warf Jola einen zweifelnden Blick zu.

»Nein, es ist alles in Ordnung.« Opa Max lächelte. Er hatte so viele Falten im Gesicht, dass man das Lächeln richtig suchen musste. Aber Jola sah an seinen Augen, dass er nun neugierig war, also griff sie in den Umschlag und zog mit zittrigen Fingern das Foto heraus.

»Du weißt doch noch, dass wir mit dieser Frau telefoniert haben«, begann Katie und ging vor dem Lehnstuhl in die Hocke. »Vom Linzerhof. Die Frau hat uns erzählt, dass Lotte bei ihnen untergekommen ist, zusammen mit Wolkenherz. Kurz nachdem der Krieg zu Ende war.«

Opa Max' Augen weiteten sich. »Sag bloß … Habt ihr sie gefunden?«

»Leider nicht«, gab Jola zögerlich zu. »Noch nicht! Aber die Frau hat das Foto wiedergefunden, von dem sie geredet hat. Erinnern Sie sich? Sie hat es nicht nur gefunden, sie hat es uns auch geschickt! Und …« Jola biss sich auf die Lippe, dann streckte sie einfach die Hand aus und reichte Opa Max das Bild.

Zuerst geschah gar nichts. Opa Max nahm das Foto und betrachtete es lange, ohne dass in seinem Gesicht eine Regung stattfand. Katie warf Jola einen verwirrten Blick zu und zuckte mit den Schultern. Was war denn jetzt los? War das am Ende gar nicht ihre Lotte? Aber Wolkenherz … Die Frau hatte doch gesagt …

Da sah sie, wie Opa Max' Lippen anfingen zu beben. Seine Augen wurden feucht und im nächsten Moment rollten dicke Tränen seine Wangen hinunter. Er machte sich nicht die Mühe, sie fortzuwischen, er saß nur da und weinte stumm, während er das Foto in seinen Händen barg wie einen kostbaren Schatz.

»Opa«, flüsterte Katie. »Sag doch was!«

Jola berührte sie am Arm und schüttelte ganz leicht den Kopf. »Sie können es behalten«, sagte sie zu Opa Max.

Der alte Mann reagierte nicht. Er war so versunken in den Anblick auf dem Bild, dass er alles um sich vergessen hatte. Auch seine Enkelin und Jola.

»Komm«, murmelte Jola und zupfte Katie am Ärmel. »Lassen wir ihn allein.«

Sie verließen die Wohnung und Katie atmete tief ein und wieder aus. »Wow! War das krass. Ich zittere jetzt noch!«

»Was glaubst du, wie das für ihn sein muss? Nach all den Jahren?«

»Ein altes Foto finde ich nicht so gruselig, wie wenn mein verstorbenes Pferd plötzlich als Geist vor mir steht.«

Jola grinste. »Tja, dann sei mal lieber nett zu Keira. Sonst sucht sie dich heim, wenn du alt und grau bist!«

Ab ins Blaue

In der Schule stand die letzte Arbeit an – ein englischer Grammatiktest, den Jonas natürlich wieder bei Jola abschrieb –, und anschließend diskutierten sie die möglichen Ziele für den Wandertag.

»Muss das sein?«, moserte Jonas. »Laufen ist echt nicht so meins.«

Die anderen Jungs stimmten ihm murmelnd zu, einer schlug vor, stattdessen ins Freibad zu fahren und eine Runde zu chillen. Aber Herr Ernst hörte gar nicht hin.

»Wir können zur alten Burgruine wandern. Vielleicht lernen wir was über ihre Geschichte. Und wer weiß, möglicherweise spukt es dort sogar!«

Katie verschluckte sich vor Lachen und presste sich schnell die Hand auf den Mund.

Und Jola rief: »Lieber nicht, Herr Ernst! Ich fürchte mich schrecklich vor Geistern.« Was Katie nur noch mehr zum Lachen brachte.

»Wie wäre es mit Picknick? Dafür muss man auch gar nicht weit laufen.«

»Es heißt nun mal Wandertag und nicht Faulenzertag und deshalb werden wir irgendwohin wandern.«

»Darf ich mein Pferd mitbringen?«, fragte Katie laut. »Ich hätte auch noch ein paar für die anderen.«

Jetzt sprudelte die ganze Klasse durcheinander und Herr Ernst verdrehte die Augen.

»Nein«, rief er. »Wanderreiten kannst du in den Ferien, Katie.«

»Dann wandern wir zur Eisdiele.« Jonas klopfte mit seinem Bleistift gegen die Tischplatte und alle verstummten. »Wenn wir sehr langsam gehen, ist es ja fast eine richtige Wanderung!«

Sie diskutierten noch eine Weile, aber die Vorschläge wurden immer unsinniger, also beendete Herr Ernst das Thema und bestimmte, dass sie zuerst eine Kräuterexkursion durch die Schaugärten machen und dann zur Eisdiele gehen würden und von dort wieder zur Schule zurück.

»Und denkt dran«, rief er zum Abschied, als der Gong sie erlöste, »keine Pferde, keine Hunde und auch keine sonstigen Haustiere, ist das klar?«

Obwohl es keine drei Wochen mehr bis zu den Sommerferien waren, hatte Herr Ernst ihnen ordentlich Hausaufgaben aufgebrummt.

»Mega«, murrte Katie. »Als ob ich dafür jetzt Zeit hätte, echt!«

»Musst du wieder mit Keira üben?«, fragte Jola mitfühlend.

»Ja, dringend sogar. Gestern lief es schon viel besser. Und heute kommt extra Niko vorbei, um mir zu helfen!«

»Dann mach ich sie für dich.«

»Waaaaas?«

»Wenn du es nicht deiner Mutter verrätst.«

»Boah, Jola. Du bist die Beste, danke!«

Der Bus brachte sie zum Ginsterhof zurück, und Jola war froh, als sie endlich durch das steinerne Tor traten. Die Hitze war unerträglich geworden. Gerade so, als ob die Sonne sie auf offener

Straße rösten wollte. Und bei den Temperaturen wollte Katie trainieren? Auch wenn der Reitplatz ein wenig Schatten bot, hätte sie jetzt nicht mit ihr tauschen wollen.

Im Haus war Helen damit beschäftigt, für das Indianerwochenende Probe zu backen, das am übernächsten Wochenende stattfinden sollte. Es gab Tipis aus Butterkeksen, herzhafte Indianergesichter aus Blätterteig, kleine gescheckte Marzipanpferde und Pfeil und Bogen aus Gummischlangen. Jola wollte sich eigentlich nur etwas zu trinken holen, aber Helen ließ sie nicht eher gehen, bis sie sämtliche Kreationen gekostet hatte und ehrlich sagte, wie sie ihr gefielen.

»Die Marzipanpferde sind zu süß«, meinte Jola kauend. »Davon kriegt man höchstens ein halbes runter. Dafür sind die Indianergesichter megagut!«

»Dann nimm noch ein paar mit.« Helen seufzte. »Ich muss sowieso neue machen.«

Jola bekam eine Tupperbox mit sieben Indianergesichtern und etlichen Pfeil-und-Bogen-Schlangen und verzog sich damit nach draußen. Wolkenherz sah starr in die Ferne, wie er es schon oft getan hatte. Und wieder fragte Jola sich, was er wohl sah und woher er bloß gekommen war. Warum konnte Wolkenherz ihr bloß keinen Hinweis darauf geben? So viel hatte er ihr schon gezeigt, aber diese alles entscheidende Frage konnte er ihr nicht beantworten.

Sie betrachtete sein helles Fell, das in der Sonne glitzerte wie frisch gefallener Schnee. Seltsam, das Licht schien irgendwie an ihm abzuprallen – ebenso wie die Hitze. Er war das einzige Pferd, das im grellen Licht stand, alle anderen hatten sich entweder in den Schatten der alten Eiche zurückgezogen oder waren in den

Unterstand geflohen. Und seine Mähne flatterte ganz leicht, obwohl es völlig windstill war.

»Wolkenherz«, flüsterte Jola. Sie wollte zu ihm gehen, neue Bilder sehen, vielleicht sogar noch mal Lottes Worte hören! Aber etwas hielt sie zurück. Wolkenherz schien gefangen in seinen Gedanken, und ebenso wie bei Opa Max gestern hatte sie das Gefühl, ihn damit allein lassen zu müssen.

Katie weckte sie, als eine fette Pferdebremse eben ihren Stachel in Jolas Bein bohren wollte.

»Deck dich mit einer Fliegendecke zu, wenn du im Stall schläfst.« Katie grinste. »Sonst fressen dich die Viecher auf.«

»Hab ich echt geschlafen?«

»So was von!«

»Oje.« Jola schob Katie die Tupperbox hin. »Hier, magst du?«

»Hmm, lecker!« Katie belegte ein Blätterteiggesicht mit Gummischlangen und schob es sich ganz in den Mund. »Ich bin am Verhungern! Ach so … guck mal, hier.« Sie zog ein zusammengefaltetes Blatt Papier aus der hinteren Tasche ihrer Shorts. »Das habe ich gefunden.«

Jola nahm das Blatt und faltete es auseinander. Es war der kopierte Artikel aus der Pferdezeitschrift, der über das Wunderpferd, das in den Olympiakader gekommen war.

»Du hatteft reft«, mümmelte Katie und angelte sich gleich noch ein Indianergesicht. »Kein Hinweis auf Mister oder Misses Neumann!«

Jola überflog den Artikel. Sie hatte ihn schon einmal gelesen, aber das war ewig her. Vielleicht hatte sie ja was übersehen? Die Besitzerin des Wunderpferdes berichtete von ihren Erfolgen und wie es war, im Kader zu reiten. Erst ganz zum Schluss verriet sie, was es mit ihrem Wunderfohlen auf sich hatte: In dem Dorf, in dem sie lebte, gab es damals einen prächtigen Turnierstall. Und von dort musste ein Pferd abgehauen sein und ihre Stute gedeckt haben. Sie hatten nichts davon bemerkt, erst als das Fohlen zur Welt kam. Die Stute war kein besonders tolles Pferd, sie hatten sie bloß zum Arbeiten am Feld, aber ihr Fohlen – das brachte alle zum Staunen. Es räumte etliche Preisgelder ab, bevor es schließlich von einem Talentsucher entdeckt und in den Kader eingeladen wurde.

»Check ich nicht. Was hat das mit Wolkenherz zu tun? Oder mit Ch. Neumann?«

»Gar nichts.« Jola seufzte frustriert. Sie biss einem Indianergesicht die Nase ab und las den Artikel noch einmal, damit sie auch bloß nichts übersah. »Der Name taucht nicht auf. Aber warum haben sie ihn uns dann kopiert?«

»Vielleicht haben sie es einen Praktikanten machen lassen und der hat nicht aufgepasst.« Katie kicherte.

»Also echt!« Jola schüttelte den Kopf. »Bald bist du selber mal irgendwo Praktikantin, dann willst du auch nicht, dass man so über dich redet.«

Jola schaute zur Koppel, zu Wolkenherz, der nun den Kopf drehte und sie ansah. Sein Körper bewegte sich nur minimal und doch spürte sie seinen Blick wie Feuer auf der Haut. Eine Gänsehaut lief ihr über den Rücken, und sie begann zu frösteln, obwohl es bullewarm war im Stall.

»Ich brauch kein Praktikum zu machen, weil ich sowieso einmal den Ginsterhof …«

Jola senkte die Augen. Es passierte wie von selbst, als ob jemand gegen ihren Nacken tippen würde und ihr die Richtung wies. Sie schaute auf die Fotokopie, auf den Rand, den schlecht kopierten Falz – und keuchte auf.

»Katie!«

»Hm?«

»Katie, schau nur, da!« Jola deutete auf das Bild, das halb im Rand verschwand. Ein pixeliges Foto, das eine Zufahrt zeigte, nein, eine Allee, links und rechts Koppeln mit Pferden darauf, im Hintergrund ein lang gestrecktes Stallgebäude mit geöffneten Fenstern. Ein bisschen sah es aus wie in Warendorf – so edel und prachtvoll. Aber das war es gar nicht, was Jola entdeckt hatte und was ihren Finger plötzlich zittern ließ. Es war das Schild, das über der Zufahrt hing – ein Schild mit zwei ineinander verschlungenen Hufeisen.

»Unser Geheimzeichen«, flüsterte Katie. »Ich glaub, ich spinne. Jola, Mensch, das ist ja total irre!«

Jola drehte das Blatt, damit sie die Bildunterschrift entziffern konnte. »Hier im Turnierstall N... – hier verschwimmt die Kopie. So ein Mist!«

»Wir müssen sofort hinschreiben und fragen, ob sie uns die Seite noch mal besser kopieren können!«

»Glaub ich nicht.« Jola versuchte noch einmal, die Schrift zu entziffern, aber mehr war beim besten Willen nicht zu erkennen. »Wenn sie uns den Artikel geschickt haben, muss es auch einen Hinweis auf unsere Anfrage geben. Weißt du, was ich denke? An dieser schlecht kopierten Stelle steht der Name Neumann!«

»Du hast recht.« Katie stand auf. »Mannomann, daran hätte ich ja nie gedacht!«

Jola warf Wolkenherz einen Blick zu. Er sah sie noch immer an, so als wollte er ganz sichergehen, dass sie auch verstanden hatte, was er ihr sagen wollte. Und da kam ihr noch ein Gedanke, der mindestens so verrückt war wie unsichtbare verschlungene Hufeisen.

»Denkst du … also, wäre es nicht möglich, dass er – Wolkenherz – der Vater dieses Fohlens war?«

»Was?«

»Na ja. Wenn Lotte dort war, in diesem Turnierstall, dann wäre es doch zumindest möglich, oder?«

»Du meinst, deshalb hat sie die Papiere gebraucht? Wegen diesem Fohlen?«

»Kann doch sein.«

Katie schüttelte den Kopf. »Ein Mischlingsfohlen und noch dazu als Koppelunfall? Nie im Leben. Dafür kriegst du doch gar keine Papiere. Ihr Glück, dass es so erfolgreich geworden ist! Ich wette, die Besitzerin wusste selbst nicht mal, wer der Erzeuger war.«

»Okay.« Jola biss sich auf die Lippe. »Das heißt, wir müssen diesen Turnierstall finden!«

Niko blieb zum Abendessen und Helen und er besprachen den Ablauf des Indianerwochenendes. Dann knobelte sie mit Stefan aus, wer Katie am Samstag zum Turnier begleitete – das Los fiel auf Helen –, und stellte eine Riesenschüssel mit Salat und gebackenen Mozzarella-Streifen auf den Tisch. Jolas Vater, der ebenfalls eingeladen war, bot an, Fotos von den kleinen Kriegern zu machen, und scherzte mit Stefan darüber, wie sie als Kinder immer mit Pfeil und Bogen gespielt hatten.

»Wo ist denn Opa Max?«, fragte Jola.

»Der hat sich hingelegt. Die Hitze macht ihm zu schaffen.«

Nicht nur die, dachte Jola und kaute auf ihrer Unterlippe.

»Und wo ist Katie?«, wollte Helen wissen.

»Müsste gleich kommen.«

Katie kam erst, als alle schon ihre Teller beladen und das Tischgebet gesprochen hatten. Helen runzelte die Stirn, aber Katie grinste nur entschuldigend.

»Ich hab sie gefunden!« Sie schob Jola ihr Handy hin und schaufelte sich Salat auf den Teller. »Es gibt eine eigene Homepage für dieses Pferd.«

Jola warf einen Blick auf die Seite, die ihr von Katies Display entgegenleuchtete. Ein Pferd mit strubbeliger Mähne, das genauso freche Augen hatte wie Billy. Darunter ein rührseliger Abschiedstext – ein Nachruf auf das Wunderpferd von Bad Grafenstein. Jola schnappte überrascht nach Luft.

»Ähem.« Helen streckte die Hand aus. »Beim Essen, Mädels? Ihr kennt die Regel.«

»Ja, schon gut!« Katie griff nach dem Handy und reichte es ihrer Mutter, die es neben sich auf die Bank legte.

Jola warf Katie einen vielsagenden Blick zu. »Wo ist Bad Grafenstein?«

Jolas Vater hob den Kopf. »Im Bayerischen Wald.«

»Dann ist das ja gar nicht so weit weg«, entfuhr es Katie. »Krass!«

»Was wollt ihr denn dort?«, fragte Stefan.

»Wir müssen dahin«, sagten Katie und Jola wie aus einem Mund.

»Du hast am Samstag Turnier«, erinnerte Helen sie. »Und am Sonntag hat die Elfriede Geburtstag. Vom Maierhof. Wir sind alle eingeladen!«

Jola stöhnte innerlich auf. Nächste Woche war wieder Schule und am Wochenende darauf fand das Indianerabenteuer statt! Wann sollten sie dahin fahren? Wenn Lotte tatsächlich in diesem Ort lebte, wenn sie noch in diesem Turnierstall war, dann mussten sie dorthin, sofort!

»He, Jola!« Niko stupste sie unter dem Tisch mit dem Fuß an. »Ich hab am Samstag nichts vor. Wenn Helen meine Reitstunde übernimmt, könnten wir beide fahren.«

»Was?«, fragten Jola und ihr Vater wie aus einem Mund.

Niko grinste. »Wenn du keine Angst vor ein paar PS mehr unterm Sattel hast!«

»Darf ich?« Jola war es egal, mit wem sie fuhr. Sie konnte die riesige Sanduhr fühlen, die in ihrem Bauch saß und sich langsam und unaufhörlich mit Abschied füllte. »Bitte, Papa!«

Jolas Vater sah Niko stirnrunzelnd an. »Wie lang hast du denn deinen Führerschein schon?«

»Lang genug. Wir fahren ganz gemütlich Landstraße. Das wird cool, ich wollte schon lange mal wieder einen Motorradtrip machen!«

»Er fährt wirklich sehr verantwortungsbewusst«, warf Helen ein. »Mit ihm würde ich Katie auch fahren lassen.«

»Na gut.« Jolas Vater lächelte. »Warum nicht? Macht sicher Spaß! Aber ihr fahrt nicht in der Dunkelheit herum, klar? Ihr kommt zurück, solange es hell ist.«

»Klar«, versprach Niko und zwinkerte Jola zu. »Dann musst du mir jetzt nur noch verraten, warum du so dringend in dieses Bad Grafenstein willst.«

Kein Ponyhof

Jolas Herz klopfte wie wild, als sie das Ortsschild mit dem Namen »Bad Grafenstein« passierten. Niko hob die Hand und reckte den Daumen nach oben – sie hatten es geschafft, nach fast dreistündiger Fahrt! Sie hatten den Ort gefunden, an den Lotte damals vielleicht mit Wolkenherz gezogen war.

»Das ist doch unfassbar«, hatte Katie am Abend gerufen. »Stell dir nur mal vor, wir finden Lotte tatsächlich in diesem Turnierstall! Dann war sie die ganzen Jahre nur wenige Stunden von uns entfernt, also von Opa, und sie haben nichts davon gewusst! Du musst mich unbedingt anrufen, wenn du dort bist! Und dann bringen wir Max zu ihr. Oh, ich bin so aufgeregt, ich wünschte, ich könnte mitkommen!«

»Komm doch mit«, hatte Jola gesagt. »Ist das Turnier so wichtig?«

Aber für Katie war es wichtig. Höllisch wichtig. Sie hatte große Hoffnungen, dass ihr Training mit Niko etwas gebracht hatte und Keira diesmal wieder besser in Form war. Also hatte Jola den Besuch heruntergespielt. Es war ja nur ein Versuch, sie wussten nicht einmal, ob sie wirklich richtiglagen und Lotte tatsächlich je an diesem Turnierstall angekommen war! Und wenn sie Lotte fanden, dann würden sie ohnehin noch einmal wiederkommen. Also konnte Katie ganz beruhigt auf ihrem Turnier starten.

Niko hielt kurz nach dem Ortsschild an, stellte einen Fuß

auf den Boden und klappte das Visier an seinem Helm auf. »So, Madam. Wir sind dann mal da. Und jetzt? Wo soll es hingehen? Nachdem du mir nicht verraten wolltest, was wir hier suchen, bist du jetzt dran!«

»Mit Fahren?«, fragte Jola erschrocken.

Niko lachte laut. »Nee. Das sicher nicht! Sollen wir die Maschine abstellen und zu Fuß weitergehen?«

Unsicher sah Jola sich um. Bad Grafenstein war kein großer Ort, eher ein Dorf, aber wenn man keinen Straßennamen hatte, war es trotzdem schwierig, etwas zu finden, von dem man nur ein uraltes Foto in einer Zeitschrift gesehen hatte. Wie sollte sie Niko erklären, wonach sie wirklich suchte? Nach einem Geheimzeichen – den verschlungenen Hufeisen. Nein. Es war viel einfacher. Sie musste nur jemanden fragen, wo Koppeln und Pferde zu finden waren!

Auf der anderen Straßenseite schob eine Frau einen Kinderwagen vorbei, hielt die Augen aber auf ihr Handy gerichtet. Die sah aus, als käme sie von hier! Jola sprang vom Motorrad, schraubte sich den Helm vom Kopf und lief über die Straße.

»He, hallo! Entschuldigung, wohnen Sie hier?«

Die Frau hob den Kopf, sah Jola an und nickte, bevor sie den Blick wieder auf ihr Handy senkte.

»Wir suchen einen Reitstall. Einen größeren. Kennen Sie den? Über dem Eingang hängt ein Schild und darauf …«

»Sorry«, murmelte die Frau. »Ich kenn hier keinen Reitstall!«

»Echt nicht?« Jola trat unsicher von einem Bein aufs andere. »Es müsste aber hier sein! Gibt es denn weiter außerhalb Pferde, einen Trainingsstall oder so …«

»Nicht dass ich wüsste.« Und damit marschierte die Frau weiter, ohne sich noch einmal umzudrehen.

»Und nun?« Niko hob die Arme. »Was jetzt?«

»Suchen wir eben selber.« Jola setzte sich den Helm wieder auf und stieg zurück auf das Motorrad. »Irgendwo hier muss es einen Stall geben! Der kann doch nicht so schwer zu finden sein.«

»Na, dann mal los!« Niko startete den Motor, und sie rollten wieder an, langsamer diesmal. Zuerst gelangten sie mitten in den Dorfkern, wo es noch richtige Tante-Emma-Läden gab, einen Zeitungskiosk, eine Apotheke, eine winzige Tankstelle. Sie folgten der Straße, durchquerten ein lang gezogenes Wohngebiet, kamen an die Abzweigung zu einem Kinderhort und landeten schließlich in einem schicken Neubaugebiet, an das sich einige größere Läden anschlossen, zwei Supermärkte, ein Klamottengeschäft, eine Drogerie und ein Getränkehandel. Dann kam eine Weile nichts und dann war man auch schon wieder aus Bad Grafenstein heraus.

Niko wendete das Motorrad und fuhr zurück bis zu der Minitankstelle. Dort hielt er an, ging hinein und kam mit zwei Flaschen Cola zurück, von denen er eine Jola reichte. »Der Typ an der Kasse weiß auch nichts von einem Pferdestall. Bist du sicher, dass wir hier richtig sind?«

»Ja. Es stand doch auf der Seite!« Jola zog den Zettel heraus. Sie hatten es extra aufgeschrieben! Eine genaue Adresse hatte natürlich nicht dabeigestanden, aber das Wunderpferd kam aus Bad Grafenstein. Hatten sie sich getäuscht? Sie ließ den Kopf hängen. Oh Mann! Jetzt hatten sie endlich eine echte, lebendige Spur gehabt. Wie konnten sie nur so falschliegen?

»Na komm.« Niko zupfte sie am Ärmel. »So schnell geben wir noch nicht auf! Wir klappern jetzt mal alle Seitenstraßen ab, vielleicht liegt dieser Stall ja nur außerhalb und deshalb kennt ihn hier niemand.«

»Okay«, murmelte Jola niedergeschlagen. »Danke, Niko.«

Sie tranken die Cola aus und dann stiegen sie wieder auf das Motorrad und Niko bog in die nächste Seitenstraße ab. Leider war das eine Ringstraße und sie landeten ein Stück weiter vorn wieder auf der Hauptstraße. Bei der nächsten hatten sie noch weniger Glück und standen am Ende in einer Sackgasse. Jola reckte den Hals und versuchte, irgendwas wiederzuerkennen, aber sie hatte ja nur ein – noch dazu ziemlich schlechtes – Foto gesehen, wie sollte sie sich da an Details erinnern? Die Allee und die großen Weiden und der lang gezogene Stalltrakt hatten so edel ausgesehen. Wie konnte man an so was vorbeifahren und es nicht wahrnehmen?

Sie tuckerten weiter, gelangten wieder ins Neubaugebiet. Die schicken Häuser mit ihren zum Teil noch unbepflanzten Gärten schachtelten sich durch eine Dreißigerzone einen Hügel bis zum Waldrand hinauf, und Jola kam ein schrecklicher Gedanke: Was, wenn der Reitstall hier gestanden hatte, genau hier, wo seit einigen Jahren neue Fertighäuser hingebaut wurden? Sie schluckte, und dann musste sie sich festhalten, weil Niko eine enge Kurve nahm.

Ein Stückchen weiter führte der Weg noch, und Jola dachte schon, gleich wären sie auf einem Waldpfad, aber die Bäume lichteten sich, und plötzlich fuhren sie wieder auf einer breiten, zweispurigen und gut befestigten Straße. Waren sie hier immer noch in Bad Grafenstein? Ein Schild verwies auf irgendeinen Laden.

Sie fuhren weiter, an weitläufigen Feldern vorbei, bis sie wieder in ein Wohngebiet kamen. Aber hier standen keine schnieken Neubauten, sondern alte Bauernhäuser, die zum Teil brachlagen. Niko streckte den Arm aus, deutete – wohin? Jola reckte wieder den Hals. Endlose Wiesen, durchzogen von Feldern. Wenn man die einzäunte, könnte man megagut Pferde halten! Aber einen Zaun gab es nicht. Dafür machte der Weg eine Kurve, und dann fuhren sie durch eine Allee aus hohen Bäumen, und Jola fiel beinahe vom Soziussitz, so zappelig wurde sie.

»Die Allee«, rief sie unsinnigerweise durch den Motorenlärm nach vorn. »Da vorn muss es sein, da …«

Nach der letzten Kurve empfing sie eine in schönen Mustern gepflasterte Auffahrt. Niko bremste das Motorrad ab und bog auf den riesigen Parkplatz ein, der sich um das Gebäude herumschlängelte. Was auf dem Foto ein lang gestreckter Stall gewesen war, glich jetzt eher einem riesigen Schiff – mit Bullaugenfenstern, einer Holzvertäfelung und dem langen Mast, von dem eine Fahne flatterte.

»Wellness-Hotel Grafenstein«, las Niko, als der Wind die Fahne streckte. »Okay, Jola, auf die Erklärung bin ich jetzt aber gespannt.«

Jola konnte noch nicht reden. Sie setzte den Helm ab, legte ihn neben dem Motorrad auf den Boden und ging auf das Schiffhaus zu, in dessen Fenstern sich die Wolken spiegelten. Schilder wiesen den Weg: zur Rezeption im Haupthaus, zu den Zimmern, zu den diversen Anwendungen. Massagen. Peeling. Kräuterbehandlung. Heilerde. Dampfsauna. Da waren Wörter dabei, die sie vorher noch nie gehört hatte. Der gepflegte Rasenstreifen wurde von einem Gärtner bearbeitet. Von einem Pferdestall war nichts übrig geblieben.

»Jola?« Niko berührte sie sanft am Arm. »Was …«

Aber Jola konnte nicht mehr. Sie lief ein Stück den Parkplatz entlang, bis sie das Haus mit der Fahne nicht mehr sehen musste, hockte sich auf den Asphalt und verbarg das Gesicht in den

Händen. Es war so, so frustrierend – wieder eine tote Spur! Und dabei hatte sie sich diesmal solche Hoffnungen gemacht! All die Bilder und Schnipsel aus Lottes Vergangenheit mussten sich doch irgendwann zusammenfügen! Oder führte sie jemand absichtlich im Kreis herum?

Niko legte ihr den Arm um die Schulter und Jola ließ sich an seine Schulter sinken und hätte am liebsten geheult. Aber Tränen halfen ja auch nicht weiter. Und vor Niko wäre ihr das auch todpeinlich gewesen.

»Es geht um … um jemanden, den Opa Max einmal gekannt hat. Ein Mädchen. Sie haben sich im Krieg verloren, weißt du? Auf der Flucht. Er kommt nämlich aus Ostpreußen, und er war im Krieg, als er gerade mal so alt war wie du.«

Niko ließ sie los. »Das ist ja krass. Woher wisst ihr das alles? Hat er euch davon erzählt? Ich kann mich nicht erinnern, dass er jemals über seine Kindheit geredet hat.«

»Nein, wir haben … es anders herausgefunden.« Jola begann, ihm die Geschichte von Lotte und Max zu erzählen und auch von dem schönen silberschwarzen Hengst, den Lotte mit auf ihre Flucht genommen hatte. Sie verschwieg ihm nur, wer dieser Hengst war – und dass er als Geisterpferd auf dem Ginsterhof aufgetaucht war.

»Ihr seid ja Gänse!« Niko fuhr sich mit beiden Händen durch die Haare. »Und mir erzählt ihr das nicht? Wow. Was für eine heftige Geschichte!«

»Deshalb sind wir hier«, schloss Jola. »Weil wir denken, dass Lotte mit Wol… mit ihrem Pferd in diesem Turnierstall gewesen sein muss. Aber jetzt gibt es den Stall nicht mehr und wir stehen wieder mit leeren Händen da!«

Niko überlegte eine Weile. Dann stand er auf und streckte Jola die Hände hin. »Los, komm mit! Wir fragen mal an der Rezeption. Die müssen doch wissen, was mit dem alten Gebäude passiert ist.«

Der Gärtner hatte seinen Handrasenmäher inzwischen zur Seite gelegt und zupfte die dichten Büsche zurecht, die den Parkplatz säumten. Jola lächelte ihm zu, als sie an ihm vorbeiliefen. Im Haupthaus, wo sich die Rezeption befand, war es kühl und natürlich extrem sauber. Ihre Schritte hallten laut von dem marmornen Boden wider. Niko lief einfach auf die erstbeste Dame zu – sie alle trugen weiße lange Hosen und weiße Shirts, wie in einer Arztpraxis – und fragte nach dem Anwesen, das früher an dieser Stelle gestanden hatte.

»Tut mir leid«, meinte die Rezeptionistin und lächelte höflich. »Da kann ich Ihnen nicht weiterhelfen. Sie müssten Herrn Dr. Baumer fragen, ihm gehört das Hotel. Aber der ist im Augenblick nicht erreichbar.«

»Wann ist er denn wieder erreichbar?«, fragte Jola.

»Kommt doch am Montag wieder. Am späten Vormittag ist er meistens im Haus.«

Niko warf Jola einen Blick zu und sie verließen eilig die Lobby. Draußen stach die Sonne auf sie herab, aber Jola war trotzdem froh, wieder aus dem kühlen Gebäude raus zu sein. An diesem Ort herrschte eine schlechte Energie – und Jola konnte nicht einmal sagen, warum sie es so empfand. Es war einfach so.

»Hat keinen Sinn«, murmelte sie. »Lass uns nach Hause fahren, solange es noch hell …«

»Entschuldigung!«

Die Stimme kam von hinten, und sie klang alt, ein bisschen

wie die von Opa Max. Sie wirbelten beide herum, und Jola sah den Gärtner hinter ihnen stehen, eine riesige Heckenschere in der Hand, auf die er sich nun stützte wie auf einen Krückstock.

»Ich habe euch vorhin zufällig reden hören«, meinte er und lächelte entschuldigend. »Ihr müsst wissen, ich arbeite schon sehr lange an diesem Ort. Früher bin ich meinem Vater bei den Pferden zur Hand gegangen. Heute kümmere ich mich nur noch um die Parkanlage.«

Jola versuchte, das Alter des Mannes abzuschätzen. Er war eindeutig jünger als Opa Max, aber nicht viel – er hätte damals, als Lotte hier war, ein Kind sein können!

»Dann war hier früher also tatsächlich ein Reitstall?«, fragte sie aufgeregt. »Ein Turnierstall?«

»Oh ja. Die Pferde waren erfolgreich, der Stall lief sehr gut!«

»Warum gibt es ihn dann nicht mehr?«, wollte Niko wissen und deutete mit dem Kinn auf die Wellness-Oase.

»Weil der alte Herr Neumann gestorben ist.« Der Gärtner bekreuzigte sich bei der Erwähnung des Namens. »Gott hab ihn selig. Er war ein guter Mann, streng mit seinen Pferden, aber er hatte ein gutes Herz für die Menschen.«

»Neumann«, flüsterte Jola. Da war sie wieder, ihre Spur … aber diesmal würde sie kein Flüstern bleiben! »Wissen Sie auch … also, kannten Sie ein Mädchen namens Lotte Thaler? Sie muss um 1950 herum hier aufgetaucht sein, zusammen mit ihrem Pferd, einem Trakehner Hengst.«

Der Gärtner runzelte die Stirn, aber dann lächelte er wieder, und seine Augen bekamen einen seltsamen Glanz. »Frau Charlotte. Aber natürlich erinnere ich mich an sie! Und ganz besonders an ihr wunderschönes Pferd.«

Jola konnte kaum still stehen vor lauter Aufregung. Am liebsten hätte sie den Mann gepackt und festgehalten und ihn und seine Geschichte mit auf den Ginsterhof genommen! »Was ist mit ihr geschehen? Wie lange hat sie hier trainiert? Und was war das für ein Reiter, der ihren Hengst geritten hat?«

»Geritten? Sie selbst natürlich! Frau Charlotte war sehr sanftmütig und liebevoll, außer wenn es um ihr Pferd ging. Sie wollte niemanden in seine Nähe lassen. Aber nach dem Unfall war sie lange im Krankenhaus, und als sie nach Hause kam …«

»Unfall?«, keuchte Jola. »Sie hatte einen Unfall?«

»Aber ja. Mit dem Hengst. Ich weiß nicht mehr genau, was passiert ist. Ich war damals ja noch ein Kind. Doch danach ist sie nie wieder ein Turnier geritten. Und das Pferd auch nicht.«

»Deshalb hat sie also den Hof verlassen«, schlussfolgerte Jola. »Weil sie keine Turniere mehr reiten konnte.«

»Verlassen hat sie nicht den Hof, sondern ihren Mann«, sagte der Gärtner und hob die Heckenschere an. »Klaus Neumann.«

Jola konnte ihn nur anstarren. Die Information blieb in ihrem Gehörgang stecken und weigerte sich, bis zu ihrem Gehirn weiterzulaufen. Klaus Neumann, der Besitzer des Turnierstalls und dieses Anwesens, war … war ihr Mann gewesen? Dann war Wolkenherz' Reiter niemand anderes als …

»Charlotte Neumann«, flüsterte sie. »Oh mein Gott!«

»Ich habe sie sehr gemocht«, fügte der Gärtner hinzu. »Sie und dieser Hengst waren wie füreinander gemacht. Ich habe ihnen so gern zugesehen.«

»Wohin ist sie gegangen?«, mischte sich Niko wieder in das Gespräch. »Wissen Sie das?«

»Leider nein.« Der alte Mann schüttelte den Kopf. »Ich habe

sie nie wiedergesehen. Dabei muss sie ganz in der Nähe gewohnt haben, denn der alte Neumann hat sie regelmäßig besucht.« Er runzelte die Stirn, so als würde er überlegen, aber was immer er suchte – es fiel ihm nicht ein.

»Dann müssen wir sie suchen«, flüsterte Jola. »Wir klappern die ganze Umgebung ab, bis wir sie gefunden haben.«

Der alte Gärtner seufzte. »Aber Kinder. Ich bin fast achtzig! Es ist gut möglich, dass sie gar nicht mehr am Leben ist.«

Opa Max ist auch noch am Leben, dachte Jola. Sie kann nicht tot sein, sonst wäre Wolkenherz nicht mehr bei uns!

»Wem gehört das alles hier nun?«, fragte Niko. »Hatten Lotte und Herr Neumann Kinder?«

»Nein. Nachdem der alte Neumann verstorben ist, wurde das Anwesen verkauft, aber über die Einzelheiten weiß ich nichts.«

»Das kann man doch sicher rauskriegen«, sagte Niko zu Jola. »Über das Grundbuchamt oder über diesen Dr. Baumer, den neuen Besitzer.«

»Vielen, vielen Dank!« Jola trat vor und nahm die Hand des alten Mannes. »Es war sehr nett von Ihnen, uns anzusprechen. Sie waren eine große Hilfe, wirklich, vielen Dank!«

Sie hatten Lotte immer noch nicht gefunden und eigentlich waren sie kein Stück weiter als am Morgen. Aber als sie wieder auf das Motorrad stiegen und Bad Grafenstein verließen, hatte Jola ein neues Gefühl im Bauch.

Hoffnung.

Indian Summer

Keira hatte beim Turnier drei von acht Sprüngen gerissen und außerdem noch eine Verweigerung am Oxer kassiert. In der Dressur hatte sie lustlos gewirkt und deshalb eine halbe Wertnote Abzug bekommen. Zur Geländeprüfung waren sie und Katie dann gar nicht mehr angetreten, weil es ohnehin schon egal war – und Katie hatte am Sonntagmorgen derart schlechte Laune, dass Jola ihr erst am späten Nachmittag von ihrem Ausflug nach Bad Grafenstein berichtete.

»Wahnsinn«, meinte Katie. »Ihr habt jemanden gefunden, der Lotte kannte!«

»Aber sie haben wir nicht gefunden. Und leider verliert sich ihre Spur an diesem Wellness-Hotel auch wieder.«

Am Montag schlichen sie in der ersten Pause in eine Ecke des Schulhofs und riefen vom Handy aus bei Herrn Dr. Baumer an, dem Besitzer des Hotels. Niko übernahm es anzurufen, weil Katie meinte, er würde mit seiner tiefen Stimme seriöser klingen als Jola oder sie. Es kostete drei Versuche und eine halbe Ewigkeit in der Warteschleife, bis sie Dr. Baumer endlich ans Telefon bekamen, und dann versuchte er, Niko gleich wieder abzuwimmeln, weil er über solch persönliche Angelegenheiten nicht sprechen wollte. Aber Niko ließ nicht locker, bis er die Information erhielt, die sie brauchten.

»Er hat das Anwesen nicht von einer Person gekauft«, berichtete Niko und legte auf. Es hatte längst zum Ende der Pause gegongt, aber sie standen immer noch in ihrem Eck auf dem Schulhof. »Sondern von einer Stiftung. Angeblich ist die im Testament die Begünstigte gewesen.«

»Eine Stiftung?« Jola kaute auf ihrer Unterlippe. »Warum vermacht man sein Haus einer Stiftung?«

»Irgendwem musst du es ja vermachen, wenn du keine Kinder hast. Also keine Erben.«

Katie schnaubte. »Und was ist mit seiner Frau? Lotte hätte es doch erben müssen!«

»Tja, da fallen mir zwei Gründe ein, warum sie es nicht bekommen hat.« Niko packte das Handy schnell weg, bevor ihn ein Lehrer damit erwischte und es einkassierte. »Entweder sie waren so verkracht, dass er ihr nichts mehr vermachen wollte, nachdem sie ausgezogen war, oder sie war schon vor ihm tot.«

»Niemals!«, riefen Katie und Jola gleichzeitig.

»Sie kann nicht tot sein«, sagte Jola fest. »Das geht einfach nicht!«

»Ach, Jola.« Niko seufzte. »Du willst sie jetzt unbedingt finden, aber überlegt doch mal, wie alt sie sein müsste! Sie kann natürlich schon längst gestorben sein.«

»Jola hat recht«, meinte Katie. »Das ist unmöglich! Sie lebt. Noch lebt sie! Wir … wir wissen das ganz sicher, Niko. Und das heißt, noch besteht die Chance, sie zu finden!«

»Wir können es bei der Stiftung versuchen«, schlug Niko vor. »Aber wenn sie nur im Testament bedacht wurde, ist es gut möglich, dass die Leute dort auch nicht wissen …«

»Ob sich die jungen Damen und der Herr vielleicht ins Schulhaus begeben würden?« Herr Ernst stand plötzlich hinter ihnen und stemmte die Hände in die Hüfte. »Oder möchtet ihr mir vielleicht mitteilen, was so wichtig ist, dass ihr dafür den Unterrichtsbeginn verpasst?«

Alle drei schüttelten synchron den Kopf. Im Gehen flüsterte Katie: »Kein Wort zu Opa, okay? Wir machen ihm erst Hoffnungen, wenn wir eine echte Spur von Lotte haben.«

Jeden Tag übte Katie verbissen mit Keira, mal mit Niko, mal mit Lea, mal allein. Das nächste Turnier war erst in vier Wochen, aber Katie hatte einen peniblen Trainingsplan aufgestellt, der keinen einzigen Tag ausließ.

Jola wusste, dass sie ihr eigentlich von Peru erzählen sollte, dass es nicht mal mehr zwei Wochen bis zu den Sommerferien waren und sie nicht mehr lange auf dem Ginsterhof sein würde. Aber sie konnte es einfach nicht. Sie wollte ihre Energie aufsparen für die Suche nach Lotte und für Wolkenherz und vor allem wollte sie selbst nicht die ganze Zeit an Peru denken. Ihr Vater zeigte ihr die Bilder von dem Dorf, in dem sie leben würden. Er redete von Machu Picchu, einer alten Inka-Stadt in den Anden, er schwärmte von der rauen Pazifikküste und versprach, dass sie auf jeden Fall eine Exkursion in den Amazonas-Regenwald unternehmen würden.

Jola versuchte ehrlich, sich zu freuen. Sie googelte die Orte, die er besuchen wollte, schrieb sich die wichtigsten Fakten darüber auf und markierte Punkte auf der großen Landkarte, die ihr Vater über sein Bett gepinnt hatte. Und dann sah sie aus dem Fenster, in die flirrende Hitze, sah Helen mit Wolkenherz aus dem Wald kommen (sie ritt ihn, wann immer sich die Gelegenheit dazu ergab, und obwohl sie nicht darüber redete, war Jola sicher, dass ihr der Hengst genauso wichtig war wie Katie und ihr) und über etwas lachen, was der Reiter hinter ihr sagte. Die Quittenbäume flüsterten leise miteinander und Bienen summten friedlich durch die Himbeerranken vor dem Fenster. Und Jola spürte, dass sie all die großen, neuen Abenteuer eintauschen würde, wenn sie nur hierbleiben könnte, hier, bei den Menschen, die sie so lieb gewonnen hatte, in der kleinen, behüteten Welt des Ginsterhofs.

Auch die Vorbereitungen für das Indianerwochenende liefen auf Hochtouren. Helen schob Nachtschichten in der Küche, um all die Kreationen zu backen, die sie sich ausgedacht hatte. Niko und Jola brachten den Stall auf Vordermann, und Opa Max durfte mit dem Traktor die Wiese unter den Quittenbäumen mähen, wo am Freitag die Indianertipis aufgestellt wurden. Sie besorgten Bastelmaterial, schleppten Tische und Bänke auf den Hof und kauften becherweise Fingermalfarbe ein. Helen hatte einen Eimer in den Hühnerauslauf gestellt, wo jeder, der Eier sammeln ging, die verlorenen Federn hineinwerfen musste, und Stefan spendete Lederreste, um damit Traumfänger zu ummanteln. Erst als Freitagnachmittag die Autos mit den kleinen Indianern auf den Hof rollten, waren sie mit allem fertig, und Helen lief ins Haus, um sich schnell noch Zöpfe zu flechten und in ihr Kostüm zu schlüpfen.

»Ach, du Kacke«, stöhnte Katie, als endlich alle Kinder eingetroffen waren und überall Rucksäcke und Reitstiefel, Schlafsäcke, Isomatten und Kuscheltiere herumlagen. »Wer hat sich das bloß ausgedacht?«

Nachdem alle Kinder ihre Tipis bezogen hatten, ging es raus zu den Ponys. Billy und Colorado mussten wegen ihrer Farbe als Indianerponys herhalten und durften nach Lust und Laune bemalt werden. Anschließend gab es einen Wettbewerb im Bogenschießen, und dann wurden Würstchen gegrillt, und Katie erzählte eine gruselige Geistergeschichte, während Jola heimlich Wolkenherz in den Stall brachte. Wie aus weiter Ferne hörte sie Katies düstere Stimme: »… ihre große Liebe, doch sie haben sich niemals wiedergefunden. Bis plötzlich, eines Nachts, ein geheimnisvoller Geist auftauchte, der bis zu diesem Zeitpunkt unentdeckt im Stall sein Unwesen trieb!«

»Das ist unser Stichwort«, flüsterte Jola und stieg auf Wolkenherz' Rücken. Um ihre Schultern hatte sie ein altes weißes Bettlaken geschlungen, das sie nun über ihren Kopf zog. Dann trieb sie Wolkenherz hinaus auf den Hof. Gespenstisch laut hallten seine Schritte auf dem Kies durch die Dunkelheit, und Jola hörte, wie ein paar Kinder erschrocken aufschrien. Sie musste sich auf die Zunge beißen, um nicht zu lachen, aber dann gab sie Wolkenherz ein Signal, und der Hengst galoppierte los, in den dunklen Durchgang hinein und auf der anderen Seite wieder hinaus, wo die kleinen Indianer vor ihren Tipis saßen und Katies Geschichte lauschten.

»Ein Geist«, kreischte ein Mädchen. »Ein echter Geist!«

»Huuuuhuu«, machte Jola und lenkte Wolkenherz einmal um die Tipis herum. Noch mehr Kinder kreischten auf, aber ein paar von ihnen lachten auch.

»Da habt ihr aber Glück gehabt«, hörte sie Katie flüstern. »Nicht viele Leute sehen ihn – den echten Geist vom Ginsterhof!«

Am nächsten Morgen holten sie die Ponys von der Weide, und die kleinen Indianer mussten verschiedene Geschicklichkeitsaufgaben zu Pferd bewältigen, die Katie und Jola in aller Frühe aufgebaut hatten. Natürlich wurde das Ganze dadurch erschwert, dass sie wie echte Indianer ohne Sattel reiten mussten. Jola kam sich vor wie ein Kindermädchen, weil ständig jemand an ihrem Ärmel zupfte und irgendwas von ihr wollte. Aber irgendwie machte es auch Spaß, und als Helen nach einem zweiten Frühstück mit den Kindern Indianerschmuck und Traumfänger bastelte, setzten sie und Katie sich dazu und bauten sich ebenfalls lustige Federhauben. Die Kinder wurden richtig kreativ, bemalten die Federn bunt oder knüpften sich kleine Armbänder daraus. Ein Mädchen flocht sich die Federn in die Haare und sah damit tatsächlich wie ein wildes Indianerkind aus.

Nach dem Mittagessen gab es noch eine Schnitzeljagd in den Wald. Helen hatte sich eine ganz einfache Strecke ausgedacht und sie mit bunten Hölzern markiert, damit sich auch wirklich niemand verlaufen konnte. Sie teilte die Kinder in Dreierteams auf und jede Gruppe durfte sich eines der Ponys aussuchen und am Strick mitführen. Dazu bekamen sie eine Liste mit Dingen, die es im Wald zu finden gab und die gesammelt werden mussten – das Team, das am schnellsten war, gewann einen schönen Preis!

»Und wir haben endlich Pause«, freute sich Katie. »Ich nutze die Zeit gleich mal und verschwinde mit Keira auf den Reitplatz.«

Jola räumte Farbe und Federn weg und stromerte durch den Stall, wo es herrlich kühl war. Sie hätte nie gedacht, dass ein paar kleine Kinder so anstrengend sein konnten! Als sie eine Stimme hörte, blieb sie stehen. Da war noch jemand im Stall – in Keiras Box! Sie hielt den Atem an und lauschte.

»… keine Erinnerung mehr an sie. Aber du, du hast sie zurückgebracht. Dafür danke ich dir, Wolkenherz. Ich wollte euch nie vergessen und doch musste ich es tun. Nur so konnte ich ohne euch weiterleben.«

Das war Opa Max! Jola merkte, wie sie eine Gänsehaut bekam. Was redete er denn da? Das klang, als wolle er sich verabschieden. Dachte er etwa, dass Wolkenherz bald verschwinden würde? Oder hatte er die Hoffnung bereits aufgegeben, Lotte zu finden, solange er … noch am Leben war? Jola wollte zu ihm gehen und ihm sagen, dass Lotte ihren Mann verlassen hatte und dass sie den Ort gesehen hatten, an dem sie gelebt hatte, wenigstens eine Weile –

– aber ein lautes Wiehern riss sie aus ihrer Starre.

Feuerworte

Vor dem Koppelgatter lief ein aufgeschrecktes Indianerpony auf und ab. Eigentlich war es Bonnie, die eierschalfarbene Stute, die über und über mit indianischen Zeichen bemalt war. Sie trug nur ein Halfter und einen Strick und sie wollte eindeutig zurück auf die Koppel und nicht weiter Indianerpony spielen.

»Bonnie!« Jola lief zu ihr und griff nach ihrem Strick. »Wo sind denn deine Kinder, hm? Hast du die im Wald vergessen?«

Sie spähte zum Waldrand hinauf. Von den Kindern war nichts zu sehen, aber sie wusste, dass die Schnitzeljagd an einem abgesägten Baumstumpf endete, wo Helen mit ein paar kniffligen Fragen wartete. Bestimmt war Bonnies Team ohne sie weitergelaufen.

Sie brachte die Stute zum Wasserschlauch und wusch ihr die Farbe aus dem Fell, dann wartete sie, bis Bonnie sich auf dem Sandplatz ausgiebig gewälzt hatte.

Gruselig ruhig war es auf dem Ginsterhof! Als ob – etwas in der Luft lag. Jola schüttelte die Gedanken ab. Was sollte schon sein? Die Kinder waren ja nicht geritten, also konnte auch keines vom Pferd gefallen sein. Und verlaufen hatte sich auf dem kurzen, gut markierten Wegstück bestimmt auch niemand. Sie entließ Bonnie auf die Koppel zu den anderen Pferden und überlegte eben, ob sie Opa Max und Wolkenherz bei ihrem Privatgespräch im Stall stören sollte, als sie aufgeregte Stimmen hörte.

Jola blickte sich um. Sie blinzelte, dann sah sie mehrere Gestalten aus dem Wald kommen. Ganz vorn, das war Helen! Sie blieben am Reitplatz stehen und kurz darauf galoppierte Katie mit Keira zum Wald hoch.

Da stimmte was nicht! Helen lief nun schneller. Die vier Ponys zockelten ihr hinterher wie dicke Schatten und auch die anderen Kinder schienen es mit einem Mal ziemlich eilig zu haben.

»Sind sie hier?«, rief Helen schon von Weitem.

»Bonnie?« Jola deutete zur Koppel. »Ja, keine Angst! Sie stand vor dem Gatter. Ich hab sie sauber gemacht und ...«

»Nicht Bonnie!« Helen atmete heftig vom schnellen Lauf in der warmen Luft. »Die Mädchen!«

Jola warf einen Blick auf die Kinder, die hinter Helen standen. Ihnen allen stand der Schreck ins Gesicht geschrieben.

»Du meinst, die Mädchen, die mit Bonnie unterwegs waren?« Sie schüttelte langsam den Kopf. »Bonnie kam allein hier an.«

»Oh, verdammt!« Helen fuhr sich mit beiden Händen durch die Haare, sodass ihr Federschmuck zu Boden fiel. »Wo können die nur sein?«

»Vielleicht sind sie nur irgendwo falsch abgebogen«, versuchte Jola zu trösten.

»Aber da hingen überall bunte Stöcke«, warf ein Junge ein, der sich seine Federn als Kette umgehängt hatte. »Man konnte sich gar nicht verlaufen!«

Eine Weile standen sie unschlüssig herum und warteten, aber niemand kam aus dem Wald. Helen trat nervös von einem Fuß auf den anderen.

»Ich gehe zurück in den Wald. Vielleicht suchen sie uns ja beim Treffpunkt.« Sie schaute die Kinder der Reihe nach an. »Ihr bleibt hier bei den Tipis, verstanden? Wir treffen uns alle genau hier wieder!«

»Katie wird sie schon finden«, wisperte Jola ihr leise zu. Aber sie ahnte, wie Helen sich fühlte. Sie trug die Verantwortung für die Kinder, und da durfte man schon mal panisch werden, wenn etwas schiefging.

Helen trat auf Billy zu, nahm dem Mädchen, das ihn führte, den Strick aus der Hand und schwang sich auf seinen blanken Rücken. Mit einem lauten »Heya!« galoppierte sie zum Wald hinauf.

Eine bedrückte Stimmung machte sich breit.

»Wo können sie nur sein?«, piepste ein kleines Mädchen ängstlich.

Eines der Kinder fing an zu weinen, ein zweites fiel gleich mit ein. Jola fühlte, wie Panik in ihr aufstieg. Wenn jetzt alle hysterisch wurden, war den verschwundenen Mädchen auch nicht geholfen!

»Los, helft mir mal«, sagte sie zu den anderen. »Ihr dürft jetzt die Ponys abduschen und dann zeige ich euch einen echten Geheimkeller!«

Doch als sie nach einer halben Stunde wieder aus dem Gewölbekeller kletterten und weder Helen oder Katie noch die fehlenden Mädchen zu sehen waren, wurde Jola auch mulmig zumute. Ihr fiel wieder ein, wie sie nach Lea gesucht hatte, zwischen all den fremden Läufern. Wolkenherz hatte gespürt, was sie vorhatte – ob er auch die Kinder finden konnte?

»Ihr bleibt hier«, sagte sie zu den verschreckten Indianern. »Räumt die Tipis auf oder so. Hauptsache, ihr geht nicht auch noch verloren!«

Sie lief zurück in den Stall, wo Opa Max neben Wolkenherz auf einem Strohballen saß und friedlich schlummerte. Vorsichtig berührte sie seine Schulter.

»Sorry, aber ich … ich brauche mal kurz Ihr Pferd!«

Opa Max schaute sie verwirrt an. »Jola«, murmelte er. »Wohin reiten wir?«

»Nur ich!« Jola stülpte Wolkenherz ein Halfter über die Ohren und klinkte Stricke links und rechts in die Seitenschnallen. »Können Sie ein bisschen auf die Kinder aufpassen?«

Als Jola mit Wolkenherz aus dem Stall kam, starrten die Kinder sie erschrocken an. »Das ist ja das Geisterpferd!«

Jola biss sich auf die Lippe. »Genau! Und jetzt hilft es uns, eure Freunde zu finden.«

Sie führte Wolkenherz zum Zaun, stieg auf den zweiten Balken und kletterte von dort auf seinen Rücken. Für einen Moment war sie an einem anderen Ort, auf einer Straße mitten im Nirgendwo, und sie spürte den Takt der Hufe, Hufe, die sie sicher nach Hause brachten – in das Haus, das …

Jola blinzelte die Bilder weg. Nein, keine Zeit für Visionen. Jetzt musste Wolkenherz einmal ihr helfen!

Sie nahm die Strickzügel auf und ließ Wolkenherz losgehen. In ihren Ohren rauschte der Wind, ein Wind, den es nicht gab, der mit ihr spielte und flüsterte und der unheimlich war, aber Jola beschloss, dass Geisterwind und Flüsterstimme immer noch besser waren, als tatenlos auf dem Ginsterhof herumzusitzen. Sie machte die Augen zu, drückte ihre Schenkel gegen Wolkenherz' Bauch und fühlte die Energie, die durch seinen Körper floss.

Jetzt war der Wind real, sie flogen, leicht wie die Wolken, sie trieben dahin, und der Wind blies sie in die richtige Richtung, ganz von selbst. Wolkenherz machte einen kleinen Hüpfer und Jola riss die Augen auf – sie waren im Wald, tief in seinem grünen Herzen. Hier war sie noch nie gewesen. Vor ihr lag ein Tümpel, schlickig und braun und noch unappetitlicher als der Ententeiher. Trotzdem beugten sich drei Gestalten über die Oberfläche und spritzten sich das Wasser ins Gesicht. Sie waren so versunken, dass sie Jola gar nicht bemerkten, erst als das kleinste Mädchen zufällig aufschaute – und erschrocken aufschrie.

»Der Geist!«

Vor lauter Erleichterung musste Jola lachen. Sie rutschte vom Pferderücken, lief zu den Kindern und umarmte sie fest, eines nach dem anderen.

»Keine Angst«, japste sie atemlos. »Wolkenherz ist ein sehr lieber und äußerst praktischer Geist!«

Am Abend gab es ein großes Lagerfeuer am Ginsterhof, bei dem alle den Schreck verdauen konnten. Helen rollte Brotteig auf lange Stöcke und verteilte sie an die Kinder. In der Glut dampften Kartoffeln vor sich hin, und Katie reichte eine große Schale mit Marshmallows herum, die man ebenfalls auf die Stöcke spießen und ins Feuer halten konnte, bis sie zerschmolzen waren.

»Tapfere kleine Indianer«, lobte Helen die Kinder. »Ihr habt euch heute wirklich großartig verhalten!« Sie schaute die drei Mädchen an, die erschöpft nebeneinander auf einer Bank hockten. »Und ich bin so, so froh, dass wir euch drei kleine Squaws heil wiedergefunden haben!«

»Wie konntet ihr euch überhaupt verlaufen?«, fragte der Junge mit der Federkette.

»Wir haben uns nicht verlaufen«, antwortete eines der Mädchen leise. Es war das mit den Indianerzöpfen. »Wir haben Bonnie gesucht!«

»Ja, wir haben sie nur ganz kurz losgelassen, um ein paar Blätter abzupflücken! Und da ist sie einfach weggelaufen!«

»Wir dachten, sie verirrt sich«, piepste das dritte Mädchen. »Und wir sind schuld, wenn ihr etwas Schlimmes passiert! Also haben wir sie gesucht.«

»Und habt euch dabei selbst verlaufen«, schloss Katie. »Oh Mann, Mädels!«

»Ich hab so einen Schreck bekommen, als Bonnie plötzlich weg war«, gestand das Mädchen mit den Zöpfen. »Ich hab gar nicht mehr nachgedacht!«

»Das ist natürlich sehr verantwortungsbewusst und tapfer von euch, aber es war trotzdem gefährlich, einfach hinterherzulaufen.« Helen beugte sich zu ihr und legte ihr die Hand auf die Schulter. »Ein Pferd läuft immer nach Hause zurück. Es möchte bei seiner Herde sein, dort, wo es sich sicher und geborgen fühlt. Und es findet den Weg besser als wir, weil es einen Sinn für die richtige Richtung hat. Wir Menschen sind aufgeschmissen, wenn wir uns im Wald verirren. Pferde nicht.«

»Wir werden nie wieder weglaufen«, versprachen die Mädchen. »Das war total dämlich!«

»Dann ist ja gut!« Helen lächelte. »Ich bin nur froh, dass euch nichts passiert ist.«

Anna trat aus der Dunkelheit zu ihnen und zog ihre Gitarre auf den Schoß. Während die Kinder Kartoffeln aus dem Feuer angelten, begann sie, Lagerfeuerlieder zu spielen und dazu zu singen. Die Musik half und die ganze Stimmung entspannte sich fühlbar.

Jola schloss die Augen und hörte eine Weile einfach nur zu. Sie war so erschöpft, dass ihre Gedanken wie Lottobälle durch ihren Kopf wirbelten. Doch als Anna »500 Miles away from home« anstimmte, geschah plötzlich etwas Seltsames mit ihr. Es war, als würde eine fremde Energie durch ihren Körper strömen, der Wind, den nur sie spürte, dieser kühle, geisterhafte Hauch – und die Lottobälle fielen herab und formten ein Wort, das Wort, das für alles stand, was in den letzten Monaten geschehen war, was bald geschehen würde. Das Wort, um das es ging.

HOME. Zuhause.

Jola machte die Augen wieder auf. Die Flammen fraßen ihr Stockbrot, das inzwischen schwarz geworden war. Sie zog es aus dem Feuer und stand auf. Noch immer strömte eine fremde Energie durch ihren Körper, aber jetzt war sie greifbar. Sie war genauso stark wie die Flammen, die ihr zuflüsterten, was sie die ganze Zeit schon gewusst hatte, aber erst jetzt kapierte. Oh, sie war so dumm gewesen, so blind und taub! Dabei hätte sie schon längst darauf kommen können. Oder nicht? War es notwendig gewesen, all die Spuren zu verfolgen, die Lotte hinterlassen hatte, damit sie verstand, was mit ihr geschehen war? Damit sie ihre Verbindung zu Wolkenherz nachfühlen konnte?

Jola stand auf und trat von der Feuerstelle zurück. Die Dunkelheit verschluckte sie, als sie aus dem Flammenschein heraustrat, nur ihre Schritte hallten noch auf dem Kies. Sie lief schneller, immer schneller, zur Koppel, stieg über das Gatter und duckte sich unter dem Stromzaun durch, bis sie vor Wolkenherz stand.

Der Hengst hob den Kopf und sah sie aus wachen Augen an.

»Wolkenherz«, wisperte Jola. »Kannst du uns nach Hause führen?«

Lotte
1957

Der Morgen schimmerte in nebligen Pastellfarben, als sie Wolkenherz aus dem Stall führte. Sie holte Putzzeug und bürstete damit über sein silbrig glänzendes Fell. In ein oder zwei Jahren würde er vollends weiß sein!

Siehst du ihn, Max?, dachte sie. Er sieht prächtig aus, genau, wie wir ihn uns immer vorgestellt haben. Das Training hat ihm gutgetan, seine Muskeln sind kräftig.

Sie lächelte vor sich hin, holte Sattel und Zaumzeug aus der Kammer und legte sie ihm an.

»Wohin willst du?«

Die Stimme riss sie aus ihren Gedanken. Sie wirbelte herum und sah Klaus aus dem Stall kommen. Er war dort drin gewesen? Warum hatte er nichts gesagt, als sie Wolkenherz geholt hatte?

»Wohin reitest du, Lotte?«, fragte er noch einmal, und diesmal klang seine Stimme schon weniger freundlich. In der Hand hielt er eine Peitsche, die er zwischen seinen Fingern knetete.

»Nirgendwohin«, sagte sie leise. »Wir reiten einfach nur.«

»Dann reite hier«, befahl er knapp.

Sie starrte ihn an. In letzter Zeit war er ständig so schlecht gelaunt, und sie verstand nicht, warum.

»Was ist los mit dir?«, fragte sie sanft. »Habe ich etwas falsch gemacht?«

»Ich will nicht, dass du allein in der Gegend herumreitest«, polter-

te er los. »Du bist jedes Mal stundenlang weg! Was ist es, Lotte? Oder sollte ich fragen: Wer ist es?«

Ihr Herz machte einen Satz. Dabei war es ganz und gar nicht so, wie er dachte – sie ritt zu keinem anderen Mann! Aber gerade eben hatte sie an Max gedacht, Max, ihren Max. Der Gedanke an ihn war kein Verrat an ihrer Ehe, und doch wurde sie rot, das spürte sie.

»Du kannst gehen, wohin du willst«, sagte Klaus grimmig und griff nach den Zügeln. »Aber Wolkenherz bleibt hier.«

»Was?« Sie versuchte, Wolkenherz zurückzubekommen. Aber Klaus drängte ihn rückwärts und stellte sich zwischen sie. »Klaus«, versuchte sie, ihn zu besänftigen. »Ich reite nur mit ihm aus, es gibt nichts, worüber du dir Sorgen …«

»Verkauf mich nicht für dumm«, brüllte Klaus, und Wolkenherz warf erschrocken den Kopf hoch. »Ich höre dich doch. Du wisperst im Schlaf, du träumst mit offenen Augen. Manchmal redest du mit dem Wind, glaubst du, ich merke das nicht? Sag es mir, Lotte! Wer ist er? Wer ist dieser … dieser Max?«

Erschrocken ließ sie die Arme sinken. »Max«, hauchte sie, so als könnte er sie hören. Dann sah sie ihrem Mann fest in die Augen. »Max ist tot.«

Klaus runzelte die Stirn. Er war so in seiner Wut gefangen, dass er ihr bestimmt nicht glaubte. Ein paar Wimpernschläge lang standen sie voreinander und sahen sich nur an. Dann packte Klaus die Zügel fester, zog mit einer Hand den Sattelgurt nach und schwang sich – noch im Pyjama – auf Wolkenherz' Rücken.

»Nein«, rief sie und wollte nach den Zügeln greifen, aber Klaus war schneller. Er trieb Wolkenherz erbarmungslos von ihr weg. »Klaus, bitte! Lass Wolkenherz da raus!«

»Ab sofort reite ich Wolkenherz wieder«, verkündete Klaus barsch.

»Da er als Zuchthengst nicht zu gebrauchen ist, muss er sich seinen Lebensunterhalt eben wieder auf Turnieren verdienen.«

»Klaus, nein«, bettelte sie. »Nimm mir nicht Wolkenherz, bitte!«

Ihr Mann wandte sich ohne ein weiteres Wort von ihr ab und trieb Wolkenherz voran. Der Hengst bäumte sich auf und wich rückwärts weg, aber Klaus ließ die Peitsche knallen, wieder und wieder, bis Wolkenherz nachgab und in einer wirbelnden Staubwolke davonpreschte.

Einen Augenblick stand sie wie vom Donner gerührt und konnte nicht fassen, was eben geschehen war. Klaus war eifersüchtig, wegen Max! Und nun ließ er seinen Ärger an Wolkenherz aus. Aber das würde sie nicht zulassen. Niemals!

Als sie zurück in den Stall stapfte, saß jemand im Stroh und sah ihr mit großen Augen entgegen. Sie erschrak, aber dann erkannte sie den Sohn des Stallburschen, der sie mit großen Augen ansah.

»Was … was geschieht jetzt mit Wolkenherz?«

Sie ging vor ihm in die Hocke und verbarg für einen Moment das Gesicht in den Händen. »Nichts«, murmelte sie leise und halb zu sich selbst. »Wolkenherz geschieht nichts.«

»Aber Herr Neumann – er ist böse auf ihn, oder? Er hat ihn geschlagen.«

»Eigentlich war er böse auf mich.« Sie sah auf und runzelte die Stirn. Dann streckte sie ihr Bein aus und ließ sich neben dem Jungen ins Stroh fallen. »Weißt du, was? Ich verrate dir ein Geheimnis. Aber du darfst es niemandem sagen, auch nicht deinem Vater! Versprochen?«

Der Junge nickte eifrig.

»Wolkenherz und ich werden für eine Weile fortgehen.«

»Fort? Wohin?«

»Auf die grüne Insel!« Sie musste lächeln, als sie an das leer stehende Haus dachte. Eigentlich war sie bloß immer dorthin geritten, um mit ihren Erinnerungen an Max, ihren Vater und die alte Heimat allein zu sein. Das nächste Mal würde sie länger dortbleiben. Vielleicht sogar für immer!

»Ist das weit von hier?«, fragte der Junge, und sein Blick wurde traurig.

»Nein, es ist nicht weit. Wolkenherz kann mich ganz leicht hintragen.« Sie biss sich auf die Lippe. Wenn ihr wüsstet, dachte sie, wo Wolkenherz mich schon überallhin getragen hat!

Der Junge machte ein zufriedenes Gesicht, und wieder musste sie daran denken, wie ähnlich er ihr doch war – nein, nicht ihr, sondern dem Mädchen, das sie früher einmal gewesen war. Der Tochter des Stallmeisters. Verborgen unter dem Haselstrauch, im Traum ständig auf dem Rücken eines feurigen Pferdes.

»Aber Sie verabschieden sich von mir, ja?«, bat er. »Sie gehen nicht einfach fort!«

Sie schüttelte den Kopf und lauschte auf Hufgetrappel, aber Klaus und Wolkenherz waren noch nicht zurück. Oh Wolkenherz! Für einen Moment wurde sie so wütend, dass sie am liebsten ins Haus stürmen und ihre Sachen packen wollte, gleich jetzt, noch heute! Aber es war nicht richtig, einfach zu gehen.

Sie würde sich ordentlich von ihm verabschieden.

Man wusste schließlich nie, ob man sich noch einmal wiedersah.

Der Plan der Pläne

Katie ließ die Zügel lang, als sie Jola entdeckte. »He, was machst du denn hier?«

»Ich muss mit dir reden.«

»Wir reden doch ständig miteinander!«

Jola trieb Wolkenherz vorsichtig an und schloss zu Keira auf, die sofort ihre Nüstern an Wolkenherz' Nase legte. »Aber ich muss in Ruhe mit dir reden. Und allein.«

Katie deutete mit dem Kopf in Richtung Waldweg. »Dann komm! Ich kenne eine coole Strecke, wo wir jetzt toll galoppieren können.«

Sie ließen die Pferde nebeneinanderher gehen, und Jola merkte, dass Keira und Wolkenherz exakt im selben Takt liefen.

Es passt alles, dachte sie, wir sind eins. Genauso habe ich es mir gewünscht! Und nun muss ich fort.

Umso wichtiger war es, diesen Ritt zu genießen, mit Katie, aber auch mit Wolkenherz. Wie würde es mit ihm weitergehen, wenn sie erst in Peru war? Was würde aus ihm werden? Blieb er auf dem Ginsterhof, bis Max starb? Oder Lotte? Was passierte mit einem Geist, wenn sein Geistergrund nicht mehr da war?

»Was wolltest du mir erzählen?«, fragte Katie nach einer Weile.

»Ich hab was rausgefunden.« Jola legte ihre Hand auf Wolkenherz' Hals. »Oder besser: Mir ist was klar geworden! Ich weiß jetzt, wie wir Lotte finden können.«

»Was?« Katie fiel beinahe von Keiras Rücken. Dann musste sie lachen. »Einfach so, ja? Da bin ich jetzt aber mal echt gespannt!«

»Deine Mutter hat es zu dem Mädchen gesagt. Am Lagerfeuer, letzte Nacht. Und Niko hat auch schon einmal genau dasselbe zu einem Reitschulmädchen gesagt. Wolkenherz hat es uns selbst gezeigt, nur haben wir ihn nicht verstanden, weil wir immer dachten, es ginge ihm nur um Max! Dabei waren wir so blind, Katie, es ist alles so logisch!«

»Also, ich kapiere gar nichts. Kannst du mal Klartext reden?«

»Wolkenherz führt uns zu ihr.« Jola sah Katie erwartungsvoll an, aber die runzelte nur verständnislos die Stirn. Sie seufzte. »Katie! Pferde laufen immer nach Hause zurück. Dorthin, wo sie leben, weil sie zurück zu ihrer Herde wollen, in die sichere, vertraute Umgebung!«

Jetzt war der Groschen bei Katie gefallen, das sah sie an ihrem Gesicht. Aber dann lachte Katie wieder und schüttelte den Kopf. »So ein Quatsch, Jola! Du kannst ihn doch nicht einfach loslaufen lassen! Erstens, wenn er irgendwohin wollte, hätte er das ja schon längst machen können. Er hatte ja wohl endlos Gelegenheiten, vom Ginsterhof wegzulaufen, oder? Und zweitens …«

»Nein«, unterbrach Jola sie. »Darum ging es ihm ja gar nicht. Er läuft nach Hause, aber nicht ohne Max. Weißt du noch, die Heuernte? Als die beiden plötzlich verschwunden waren?«

»Opa ist eingeschlafen.«

»Tja. Und Wolkenherz? Der ist einfach weitergelaufen.«

»Du meinst …« Katie wurde blass. »Nee, Jola. Das glaube ich nie im Leben!«

»Vielleicht ja doch. Vielleicht ist er schon an diesem Abend in die richtige Richtung gelaufen!« Jola versuchte, sich auf ihre

Gedanken zu konzentrieren, was gar nicht so einfach war, da Wolkenherz ihr unkontrolliert Bilder schickte, Sequenzen, die sie nicht verstand, wie bei einem Film, den man vorspulte und von dem man nur abgehackte Bilder in Erinnerung behielt. »Natürlich können wir ihn nicht wochenlang in irgendeine Richtung laufen lassen. Wie sollten wir den anderen das klarmachen? Aber es gibt da vielleicht eine andere Möglichkeit.«

»Nämlich?«

»Bad Grafenstein!«

»Aha. Wir setzen ihn an seinem alten Stall aus. Und dann?«

»Wir fahren mit ihm dorthin und sehen einfach, was passiert. Ich weiß doch auch nicht, ob es funktioniert, Katie! Aber es ist eine Chance, meinst du nicht? Der Gärtner hat gesagt, sie hat nicht allzu weit weg gelebt, weil ihr Mann sie regelmäßig besuchen konnte. Also können wir von dort vielleicht auch hinreiten!«

Katies Augen blitzten auf. »Das ist eine extrem coole Idee.«

»Also machen wir es? Gleich nächste Woche, wenn die großen Ferien anfangen?«

»Mal langsam. Zuerst einmal: Meine Mam erlaubt nie im Leben, dass wir einfach ein paar Tage mit den Pferden abhauen! Und zweitens habe ich in drei Wochen mein Turnier, schon vergessen? Ich trainiere wie besessen dafür. Endlich spüre ich, dass Keira mir wieder besser zuhört! Ich kann das nicht absagen, Jola. Das ist mein Traum, verstehst du? Ich muss da mitmachen!«

Jola biss sich auf die Lippe. »Ja klar. Verstehe ich.«

Katie seufzte laut. »Okay, pass auf. Das Turnier ist in drei Wochen. Wenn wir direkt im Anschluss fahren und Keira auf der Koppel bleibt, könnte ich …«

Jola schüttelte den Kopf. Ganz langsam. Wolkenherz schickte

ihr ein strahlendes Lächeln aus dem Gesicht einer großen, dunkelhaarigen Frau, und diesmal war Jola ganz sicher, dass es sich dabei um ihre Mutter handelte: Lotte war nämlich blond gewesen, es konnte gar nicht Lotte sein, die sie in ihren Visionen sah!

»Warum nicht?«, fragte Katie. »Bis wir alles geplant und Mama überredet haben, das kann sowieso dauern.«

»Weil ich dann nicht mehr da bin«, sagte Jola tonlos. »In genau vier Wochen geht unser Flieger. Nach Peru.«

Katie starrte sie fassungslos an. »Nein!«

»Doch. Leider. Wir müssen früher fliegen, weil Papa …«

»Aber Jola!« Katie bremste Keira ab und jetzt sah Jola den Schock in ihrem Gesicht. »Ich hab immer gedacht … also, dass du nicht mitgehst, wenn dein Vater uns nach dem Jahr verlässt. Ich dachte, du bleibst bei uns, auf dem Ginsterhof! Mama hat gesagt …«

»Ich weiß!« Jola lächelte. »Sie hat mir das Zimmer gezeigt. Und das ist auch wahnsinnig nett von euch, dass ihr mir das anbietet. Aber er ist mein Papa. Ich hab doch nur noch ihn, ich kann ihn doch nicht auch noch verlieren.«

»Du verlierst ihn doch nicht!« Katies Augen füllten sich mit Tränen. »Er kann auch jederzeit wiederkommen. Bitte, Jola, bitte! Du bist doch längst wie eine Schwester für mich, du darfst nicht abreisen! Bitte bleib hier!«

Wolkenherz machte zwei Schritte auf Keira zu, sodass Jola Katie den Arm um die Schultern legen konnte.

»Ich komm ja wieder«, versprach sie. »Ganz fest versprochen!«

»Aber Jola«, schniefte Katie. »Was wird denn dann aus Wolkenherz? Wenn du gehst, verschwindet er bestimmt auch! Mann, ohne dich wäre er doch nicht mal hier, weil wir alle zu blind waren, um ihn zu bemerken!«

»Ich will doch gar nicht weg«, murmelte Jola, und dann musste sie auch gegen die Tränen kämpfen.

Keira begann, mit dem Vorderhuf zu scharren und im Kreis zu tänzeln, also ließen sie die Pferde wieder loslaufen.

»Ich hab rausgefunden, dass es der Traum meiner Mutter war, nach Peru zu gehen. Zusammen mit Papa. Aber sie konnten es nicht durchziehen, weil ich geboren wurde. Verstehst du? Ich bin schuld, dass ihr Traum geplatzt ist! Und jetzt, wo er die Chance hat, darf ich ihm das nicht kaputtmachen. Ich kenne ihn nämlich. Wenn ich sage, dass ich hierbleibe, bleibt er am Ende auch. Und wird superunglücklich dabei.«

»Was ist daran schlimm? Er ist ein toller Fotograf! Er könnte doch in Steinbach einen Laden …«

»Das ist nicht Papa.« Jola seufzte. »Papa muss reisen, er muss unterwegs sein. Er geht drauf, wenn er zu lange an einem Ort ist. Und er kann auch nicht vom Hopfenzupfen leben.«

»Dann kommen wir eben alle mit nach Peru.« Katie schob ihre Unterlippe vor und Jola musste lachen. Am Ende lachten sie beide, so lange, bis ihnen wieder Tränen übers Gesicht liefen und sie selbst nicht mehr wussten, ob sie eigentlich weinten oder lachten.

»Da vorne ist es!« Katie wischte sich die Tränen weg und deutete auf ein lang gestrecktes Stoppelfeld, das eine kleine Kurve machte und dann zum Wald hin anstieg. »Bereit?«

»Bereit, Wolkenherz?« Jola stellte die Füße fest in die Steigbügel. Auf Billy hätte sie jetzt Magenflattern bekommen. Aber Wolkenherz würde sie nicht abwerfen, ganz sicher nicht! »Okay«, rief sie, und im selben Moment schoss Keira aus dem Stand los.

Wolkenherz schloss sich ihr an, blieb – ganz Gentleman – leicht hinter ihr zurück, und Jola spürte den Wind in ihren Haaren und die Leichtigkeit, die plötzlich zurück war. Reiten, einfach reiten. Mit dem Herzen voraus. Sie hörte eine Frau lachen, überschäumend, und sie fühlte dasselbe Glück – oder war es ihr eigenes Lachen gewesen? Vor ihr breitete Katie die Arme aus, als würde sie jeden Augenblick davonfliegen und Keira mit sich nehmen. Keira schlug mit den Hinterbeinen aus und sprang vor lauter Übermut zweimal in die Höhe, aber Katie störte das überhaupt nicht. Und Jola wusste, dass sie gerade das größte Geschenk von Katie erhielt. Sie teilte mit ihr das, was sie am meisten liebte.

»Wow«, keuchte Jola, als sie am Waldrand abbremsten. Ihre Beine zitterten, aber bloß vor Anstrengung. »Das war … schnell.«

Katie lachte überschwänglich. »Ja, mega, was? Du, Jola, ich hab mir was überlegt. Gerade eben.«

»Du kommst doch nicht mit nach Peru?«

»Haha. Ich verzichte auf das Turnier. Wir machen lieber den Trip nach Bad Grafenstein.«

»Echt jetzt? Aber …«

»Ssscht!« Katie hob die Hand. »Sag nichts. Sonst überlege ich es mir doch noch anders.«

»Jetzt ist er total ruhig«, meinte Jola und ließ Wolkenherz am langen Zügel auslaufen. »Keine Anstalten, dass er irgendwohin laufen will.«

»Dann ist dir ja klar, was das heißt, oder?« Katie verdrehte die Augen. »Oh Gott, Jola, das klappt doch nieniemals!«

»Was meinst du?«

»Na, wenn er nur heimläuft, wenn Opa dabei ist … dann muss Opa mitkommen nach Bad Grafenstein!«

»Auf gar keinen Fall!«, sagte Helen und nahm ihrer Tochter das Geschirrtuch aus der Hand. »Kommt nicht infrage!«

»Aber Mama!« Katie ließ sich auf einen Stuhl plumpsen, während Jola schnell den nächsten Topf abtrocknete. »Wir haben doch Ferien!«

»Und ich kann sogar verstehen, dass ihr gern einen Wanderritt unternehmen möchtet. So was ist ein tolles Abenteuer, habe ich auch schon gemacht. Aber nicht mit dreizehn, tut mir leid!«

»Opa kann doch mitkommen und auf uns aufpassen!« Katie zwinkerte Jola zu. Sie hatten sich das so schön zurechtgelegt, eine Strategie entwickelt, wie sie Helen rumkriegen wollten. Aber natürlich sagte sie trotzdem Nein.

»Opa.« Helen schnaubte. »Der kann ja nicht mal mehr auf sich selbst aufpassen! Und es geht auch gar nicht allein um euch. Ihr hättet schließlich auch noch die Verantwortung für die Pferde!« Sie schüttelte noch einmal den Kopf, um ihren Worten den nötigen Nachdruck zu verleihen.

»Dann muss eben ein Erwachsener mitkommen«, schlug Jola vor.

»Und wer? Ich habe Ferienkurse, ich kann hier nicht weg. Immerhin leben wir von den Reitstunden! Und ich bezweifle, dass Stefan seine Werkstatt tagelang zusperrt, um mit euch ausreiten zu gehen.«

Was ist mit Papa? Aber Jola sprach den Gedanken nicht aus. Ihr Vater steckte mitten in den Vorbereitungen für ihre Abreise, das wusste Helen ebenso gut wie sie. Im August stand die Hopfenernte an, und er hatte Herrn Maier versprochen, bis zum Tag vor ihrer Abreise parat zu stehen und mit anzupacken.

»Ach, bitte«, versuchte Katie es nun mit Betteln. »Wir nehmen nur zwei Pferde mit, wir übernachten in irgendwelchen Ställen, und wenn es ein Problem gibt …«

»Katie!« Helen ging zu ihr und sah ihr direkt in die Augen. »Ich habe Nein gesagt. N-E-I-N. Okay?«

Katie sank in sich zusammen. Dann fiel ihr noch etwas ein. »Aber mit dem Fahrrad könnten wir los! Wir müssten nur Wolkenherz …«

»Herrgott noch mal«, rutschte es Helen heraus. »Hörst du mir eigentlich zu oder kann ich gleich mit der Wand reden? Ihr begebt euch nicht allein auf Wanderschaft. Nicht mit und nicht ohne Pferd. Ist das jetzt angekommen?«

»Hm.«

»Gut.«

»Aber …«

»Katie!« Jola legte das Geschirrtuch auf die abgetrockneten Töpfe und trat zwischen die beiden. »Ist schon gut«, murmelte sie und versuchte, Katie mit den Augen eine Botschaft zu schicken. Wir reden später. Lass es jetzt gut sein, bevor sie von dem Thema gar nichts mehr wissen will!

Und Katie verstand sie, ganz ohne Worte. Sie senkte den Kopf, nickte und stand auf.

»Wir gehen noch mal raus«, sagte Jola zu Helen, und dann verließ sie mit Katie eilig die Küche.

»Das ist sooooso typisch meine Mama! Echt. Sie selbst hat lauter coole Sachen gemacht und erlebt, als sie jung war. Und mir verbietet sie es!«

»Du musst sie schon auch verstehen«, erwiderte Jola. »Wir sind nun mal minderjährig. Verantwortung und so.«

»Ja, zu dämlich.« Katie kickte ein Steinchen herum und traf beinahe Minnie, die erschrocken aufsprang. »Oh, sorry. Dich habe ich ja glatt übersehen!«

»Ich hab vielleicht eine Idee, wie sie doch noch Ja sagt.« Jola biss sich auf die Lippe und grinste ein bisschen schief. »Niko!«

»Was, Niko?«

»Na, wir fragen Niko, ob er mitkommt! Wetten, der sagt sofort Ja? Und wenn wir jemanden mitnehmen, der fast erwachsen ist, dann ist das vielleicht eine ganz andere Nummer.«

»Niemals! Außerdem will ich Niko nicht einweihen.«

Jola wurde rot. »Ähm, das habe ich schon. Also nicht über Wolkenherz … Aber die Sache mit Max und Lotte, das habe ich ihm erzählt.«

Katie stöhnte. »Na super. Bist du jetzt etwa auch in Niko verknallt oder was?«

»Spinnst du?« Jola schüttelte entrüstet den Kopf. »Aber er könnte uns helfen. Denk doch mal nach!«

Katie seufzte tief und verdrehte die Augen. Eine Weile schlurften sie schweigend nebeneinander durch den Kies und kickten Steinchen herum.

»Also fragen wir Niko?«

»Ja, meinetwegen. Aber das übernimmst du!«

»Einverstanden. Dann musst du dafür sorgen, dass Opa Max mitkommt.«

»Und dann schreiben wir eine Packliste. Und einen Notfallplan.«

»Und erst ganz zum Schluss, wenn alles schon feststeht, fragen wir noch mal Helen!«

Reiselfieber

Es war nicht schwierig, Niko rumzukriegen, mit auf einen Wanderritt zu kommen.

»Ich hab sowieso nichts vor«, meinte er lässig. »Solange Helen meine Stunden übernimmt?«

Auch Katie hatte keine Schwierigkeiten, Opa Max mit ins Boot zu holen – oder besser: auf die Kutsche. Denn auf einem Pferd konnte er nicht längere Zeit hocken. Es war immerhin möglich, dass sie Tage unterwegs waren! Aber in der Ponykutsche konnte er sich ausstrecken und auf einem Fell sitzen, und notfalls konnte er sich dort sogar hinlegen, wenn es gar nicht anders ging.

Sobald er hörte, was sie herausgefunden hatten und welchen Plan sie verfolgten, war er Feuer und Flamme dafür. Und er versprach, so lange auf Helen einzureden, bis sie es erlaubte.

Jolas Vater hatte nur einen Einwand: »Wann seid ihr wieder zurück?«

»Keine Sorge. Rechtzeitig, bevor der Flieger geht.«

»Wenn Niko auf euch aufpasst, habe ich nichts dagegen. Ich würde euch auch selbst begleiten, aber ich habe schon den Maiers für die Hopfenernte zugesagt und kann sie jetzt nicht hängen lassen.«

»Weiß ich doch. Danke, Papa!«

Sie überlegten, welche Pferde gut ins Reiseteam passen würden: Wolkenherz auf jeden Fall, auf ihm würde Jola reiten. Obwohl … Wenn er plötzlich durchging und verrückt spielte, war Jola dann noch sicher auf seinem Rücken? Nein, besser, Wolkenherz kam als Handpferd mit. Als Leitpferd. Jola würde Miley reiten, die war recht fleißig und machte wenig Unfug. Katie entschied, Keira mitzunehmen, damit sie in Form blieb und nicht nur auf der Koppel herumhing. Als Kutschpony würden sie Justin einsetzen, der hatte mehr Power als die zarte Bonnie und weniger Blödsinn im Kopf als Billy. Und da Niko die Kutsche lenken würde, war es besser, ein stärkeres Zugpferd dabeizuhaben. Unhandliches Gepäck konnten sie auf der Kutsche transportieren und leichtere Utensilien ließen sich gut in den Sattelpacktaschen verstauen.

»Wo schlafen wir eigentlich?«, fragte Katie, als sie schon die halbe Liste erstellt hatten und ein riesiger Haufen an Gepäck vor ihnen auf dem Fußboden lag. »In irgendwelchen Pensionen?«

»Aber wir kennen unsere Route gar nicht«, meinte Jola. »Wir müssen für alle Fälle ein Zelt dabeihaben.«

»Oje. Und Opa?«

»Was meinst du?«

Katie grinste. »Mein Opa wird bald neunzig! Glaubst du im Ernst, er schläft da noch im Zelt auf dem Boden?«

Jola musste lachen. »Ehrlich, daran habe ich noch überhaupt nicht gedacht!«

»Er wahrscheinlich auch nicht.«

»Können wir ihm nicht ein Feldbett mitnehmen? Dann muss er nicht auf dem Boden schlafen und mit einer Auflage hat er es sogar bequem.«

»Gute Idee! So, und was machen wir jetzt mit all diesem Krempel? Das passt nämlich nicht alles auf die Kutsche. Wenn wir das so mitnehmen wollen, braucht jeder von uns noch mindestens ein Packpferd!«

Jola ging auf den Gepäckhaufen zu und fing an, die Sachen nebeneinander auszubreiten. »Zuerst suchst du alles raus, von dem du glaubst, dass du es mitnehmen willst. Dann halbierst du den Haufen, sodass nur noch das Notwendigste übrig bleibt. Wenn das geschafft ist, halbierst du den Haufen noch mal, und du hast dein Reisegepäck.« Jola grinste. »So haben wir es damals gemacht, als wir unsere Wohnung verkauft haben. Geflogen sind wir beide nur mit Handgepäck.«

»Aber …« Katie sah entsetzt aus. »Ich brauch alles davon!«

»Brauchst du nicht. Und weißt du, was? Ich wette, du merkst nicht mal, was du dagelassen hast.«

Jola schrieb eine Notfallliste. Darauf standen alle Krankenhäuser in der Umgebung von Bad Grafenstein mit Anschrift und Telefonnummer. Außerdem listete sie Apotheken, Bäckereien, Supermärkte und Drogerien im Umkreis von fünfzig Kilometern rund um den Ort auf. Das Problem war, dass sie ihre Richtung nicht kannten, also konnten sie sich auch auf nichts einstellen. Andererseits machte das den Ritt auch zu einem einzigartigen Abenteuer. Das Helen nur noch erlauben musste!

Sie beschlossen, die Gunst der Stunde zu nutzen, als Helen beim Friseur war. Jola mischte den Teig, und Katie versuchte, nach YouTube-Anleitung daraus Kaiserschmarrn zu zaubern. Aber die erste Portion verbrannte so hoffnungslos, dass sie nicht mal Minnie zugemutet werden konnte. Die zweite Portion wurde schon besser, wobei die Stückchen so klein wurden, dass sie aussahen wie Backerbsen. Erst die dritte Portion gelang Katie richtig gut und wurde fertig, als eben die Tür aufging und Helen zurückkam.

»Mama!« Katie stellte schnell den Herd ab. Niko rutschte ihr den Stuhl zurecht und Opa Max schob ihr einen Teller hin. »Wir haben für dich gekocht. Willst du probieren?«

Helen sah misstrauisch von einem zum anderen, hob aber artig ihren Teller an und ließ sich etwas von dem Kaiserschmarrn aufhäufen. Jola brachte eine Schale mit frisch gezupften Himbeeren dazu, und dann saßen sie alle erwartungsvoll um Helen herum und sahen zu, wie sie aß.

»Okay«, meinte Helen, nachdem sie die halbe Portion vertilgt hatte. »Was wird das?«

»Schmeckt es dir nicht?« Katie machte ein enttäuschtes Gesicht.

»Doch«, sagte Helen schnell. »Ziemlich gut sogar! Aber ihr kocht nie für mich. Geht es um den Wanderritt?«

Drei Gesichter neigten sich betreten gen Fußboden. Nur Opa Max stand auf, ging auf Helen zu und nahm ihre Hände in seine. »Meine liebe Helen. Ich weiß, wie es dir geht! So viele Jahre lang habe ich mir Sorgen um dich gemacht, jedes Mal, wenn du allein irgendwohin gefahren bist. Und weißt du, was? Das ist etwas Schönes! Wenn wir uns sorgen, lieben wir. So ist es doch, oder? Wir lieben uns und wir passen aufeinander auf. Doch es gibt etwas, was du nicht von mir weißt, was ich keinem von euch erzählt habe. Mein größtes, liebstes Geheimnis.«

Und dann erfuhr auch Helen die Geschichte von Lotte, dem Stallmädchen, dem er als Junge heimlich das Reiten beibrachte. Lotte, die ihn verzaubert und ihm den Kopf verdreht hatte und die einst das Pferd entdeckt hatte, das sein Vater dann für ihn kaufte. Dass er beide verloren hatte, als der Krieg sie trennte, sie niemals wiedergefunden hatte, sosehr er auch suchte. Und dass er erst jetzt – dank Katie und Jola – erfahren hatte, dass Lotte, seine Lotte, womöglich noch lebte!

Helen hörte mit regloser Miene zu, aber Jola sah, wie ihre Unterlippe zitterte. Als Opa Max seine Geschichte beendete, stand sie auf und umarmte ihren Vater sehr lange und sehr fest.

»Dann dürfen wir …?«, begann Katie ungeduldig.

Helen ließ die Arme sinken. Jola sah, dass sie Tränen in den Augen hatte.

»Ja«, murmelte sie. »Ja, ihr dürft!«

Katie stieß einen Freudenschrei aus und umarmte erst Helen und dann Jola. Opa Max setzte sich wieder hin und zwinkerte Jola verschwörerisch zu. Dann packte Jola ihre Listen aus und gemeinsam diskutierten sie mit Helen die Pferdeauswahl und die Art der Übernachtung.

Helen bestand darauf, dass sie Opa Max nicht auf ein Feldbett packen, sondern jeden Abend eine Unterkunft für ihn suchen würden. Und sie versprach, sich um einen mobilen Weidezaun zu kümmern. »… und um ein Stromgerät. Sonst wacht ihr am Morgen auf und stellt fest, dass ihr die Kutsche ab sofort selbst ziehen müsst!«

Die letzte Schulwoche verging wie im Flug. Lea erzählte, dass sie mit ihrem Vater eine Woche Sporturlaub in Hurghada machen würde und Kitesurfen lernen wollte. Sanne redete nur von Jonas und davon, wo Sunset Barn ihren nächsten Auftritt hatten. Katie hatte Jola versprochen, nichts von ihrem bevorstehenden Abschied zu erzählen – das wollte Jola selbst machen, beim großen Grillfest am Ginsterhof, das Helen extra für Jola und ihren Vater steigen lassen wollte. Zu diesem Grillfest mussten natürlich auch Lea und Sanne kommen und Jola lud sogar Jonas dazu ein. Vielleicht konnte sie ja ein wenig kuppeln und Sanne ein Abschiedsgeschenk bereiten?

»Und was habt ihr so vor in den Ferien?«, fragte Lea, als sie zur letzten Stunde ins Klassenzimmer liefen.

Katie und Jola sahen sich an und grinsten.

»Reiten«, verkündeten sie wie aus einem Mund, und Lea rollte mit den Augen.

Herr Ernst war ungewohnt fröhlich an diesem Tag.

»Der feiert, dass er uns jetzt 'ne Weile los ist«, murmelte Jonas, und Jola musste kichern.

Dann schritt der Lehrer durch die Reihen und teilte die Zeugnisse aus. Er legte jedem seines verdeckt auf den Tisch, sodass man selbst entscheiden konnte, ob man es herumzeigen oder lieber ungelesen in den Rucksack packen wollte.

Jola warf nur einen kurzen Blick auf ihres und schob es in ihr Englischheft. Die Noten waren allesamt gut – aber was half ihr das? Deshalb war sie im kommenden Schuljahr trotzdem nicht mehr hier.

»Euch allen schöne Ferien«, wünschte Herr Ernst, als das allgemeine Geraschel und Getuschel losging. Dann kam er zu Jola an den Tisch und steckte ihr einen kleinen roten Zettel zu. »Alles Gute für dich, Jola. Mein Angebot gilt: Melde dich, wenn du Hilfe brauchst.«

Jola starrte auf den Zettel in ihrer Hand. Herr Ernst hatte ihr seine E-Mail-Adresse und die Telefonnummer aufgeschrieben! Sie bedankte sich höflich und passte auf, dass Jonas den Zettel nicht zu sehen bekam, aber der war damit beschäftigt, die Noten der Mädchen hinter ihm auszuspionieren.

»Und?«, fragte Jola beim Zusammenpacken. »Wie sieht dein Zeugnis aus?«

Katie zuckte mit den Schultern. »Na ja, kein Glanzstück. Aber hey, ich bin versetzt! Was will man mehr?«

Sie sahen sich an. Jola blinzelte und Katie deutete mit dem Kopf in Richtung Tür. »Lass uns hier schnell verschwinden, ja?«

Als sie draußen in der Sonne standen, drehte Jola sich noch einmal um.

»Tschüs, Schule!«, flüsterte sie.

Katie legte den Arm um sie. Eine ganze Horde Fünftklässler rannte johlend um sie herum, aber sie standen einfach da und hielten für ein paar Augenblicke die Zeit an.

»Alles gut?«, fragte Katie leise.

»Alles gut«, gab Jola zurück und lächelte. »Mission Lotte kann beginnen!«

Stefan hatte einen Kunden, der jemanden kannte, dessen Freund eine Verleihfirma für Transportfahrzeuge besaß. Von ihm konnte er sich relativ günstig einen Pferdetransporter ausleihen, in den alle vier Pferde passten. Die Ponykutsche kam hintendrauf und ihr Gepäck in den Stauraum. Leider war in der Fahrerkabine nur Platz für drei Leute, also würden Niko und Jola einfach mit dem Motorrad hinterherfahren.

Helen wuselte die ganze Zeit um sie herum, am allermeisten um ihren Vater. »Ruf an, wenn du etwas brauchst, hörst du? Ich lasse alles stehen und liegen und hole dich sofort, egal, von wo!«

»Ja, Helen.«

»Hast du deine Medizin eingepackt?«

»Ja, Helen.«

»Und der Klappsessel, den ich dir gekauft habe? Mit der Extra-Auflage? Ist der auch dabei?«

»Ja, Helen.«

»Wenn du in den Pensionen nicht schlafen kannst, müsst ihr die Reise abbrechen. Ich habe dir ein eigenes Handy eingepackt, für Notfälle.«

»Helen?« Er nahm sie bei den Armen, sodass sie stehen bleiben und ihn angucken musste. »Ich bin der Vater und du das Kind.«

»Ach, Mensch, Papa!«

Katie und Jola sahen glucksend zu, wie Opa Max Helen beruhigen musste.

»Übrigens sollen wir Minnie mitnehmen«, sagte Katie. »Du hast doch nichts dagegen?«

»Natürlich nicht! Außer sie schnarcht.«

»Das macht sie bestimmt nicht.«

»Sind die Pferde bereit?« Helen überprüfte die Transportgamaschen, ging um jedes Pferd zweimal herum und blieb schließlich neben der Rampe stehen, damit sie notfalls nachhelfen konnte, wenn eines von ihnen Zicken machte. Aber bis auf Keira, die immer ein Rückwärtsrennen veranstaltete, liefen alle brav in den Transporter und begannen umgehend, die Heunetze anzuknabbern.

Wolkenherz war der Letzte, der in den Hänger durfte. Der Hengst hatte kein Problem mit der Rampe, zumindest sah es am Anfang so aus. Auf halber Höhe blieb er plötzlich stehen, riss den Kopf hoch und drehte sich halb herum, sodass Jola beinahe über seine Beine gestolpert wäre. Wolkenherz stieß ein lautes, lang gezogenes Wiehern aus – es klang fast wie ein Abschied.

»Ist schon gut«, murmelte Jola und legte ihm die Hand auf den Hals.

Bilder durchzuckten sie, von Helen als Kind, von Katie und Anna beim Fangenspielen im Stall, von Opa Max, der lachend mit seinen Enkeln herumtollte. Von Minnie, als sie noch ein winziges Fellbündel gewesen war, von Stefan, wie er Helen heimlich im Stall küsste, und schließlich sogar von sich selbst, wie sie ängstlich auf ihn zutrat. Das musste ihre erste Begegnung gewesen sein! Jola nahm die Hand herunter und schluckte. Nein, bitte jetzt nicht weinen! Sonst überlegte Helen es sich am Ende doch noch anders.

»Ich verstehe wirklich nicht, warum Wolkenherz unbedingt mitkommen muss.« Helen streckte die Hand aus und Wolkenherz pustete hinein. Ein Lächeln huschte über ihr Gesicht. »Passt mir gut auf ihn auf, ja?«

»Wir sollten langsam los«, meinte Stefan und schob seine Frau sanft zur Seite. Jola schloss die Klappe und Katie und Opa Max stiegen im Fahrerhaus des Transporters ein.

»Passt mir gut auf euch alle auf! Und ruft an, jeden Abend, hört ihr? Und …«

»Helen.« Jola trat zu ihr und lächelte. »Danke! Danke, dass du uns vertraust. Wir enttäuschen dich nicht, du wirst schon sehen!«

»Ach, Jola!« Helen zog sie in ihre Arme und drückte sie fest an sich. »Ich hab euch eben so unendlich lieb!«

Sie lotsten den Transporter durch das Tor – unter dem er gerade so durchpasste – und winkten, bis er am Ende der Allee verschwunden war. Dann stieg Niko auf sein Motorrad und reichte Jola den Zweithelm.

»Stopp!«

Anna kam aus dem Haus gerannt und bremste dicht vor dem Motorrad. Sie hielt ihr Handy in der Hand, von dem ein Paar Kopfhörer herabbaumelte.

»Jola«, keuchte sie. »Du musst … dir das … noch schnell anhören!«

Jola sah sie verwundert an.

»Mein neuer Song!« Anna grinste ein wenig schräg. »Du hast gesagt, ich soll die Geschichte weitererzählen. Den Abschied in einen Neuanfang verwandeln. Das hab ich gemacht.«

Jola griff nach den Kopfhörern und steckte sie sich in die Ohren. Anna atmete tief ein und wieder aus, dann drückte sie auf Play, und Jola schloss die Augen.

Zuerst hörte sie bloß Annas Stimme, sacht und ruhig. Die Melodie war viel weicher, viel harmonischer als bei »Schatten im Wind«. Dann setzte die Gitarre ein, es wurde lauter und der Beat gab das Tempo vor. Jola merkte, dass sie kaum still stehen konnte – sie wurde automatisch mitgerissen und fing an, mit dem Kopf im Takt zu wippen. Annas Stimme war immer noch ruhig, trotz des Beats, aber jetzt hörte es sich an, als ob sie beim Singen gelacht hätte.

Ich bin kein Kind der Schatten, ich drehe mich im Wind
Ich tanze mit dem Schimmer, wo wir zu Hause sind
Mit dir in meinen Armen macht alles wieder Sinn
Hey, jedes fiese Ende ist zugleich ein Beginn.

Als der Song zu Ende war, zog Jola die Kopfhörer aus ihren Ohren und reichte sie Anna zurück. »Wow, Anna. Das ist mega!«

»Gefällt es dir?« Anna strahlte. »Ich nenne es ›Schimmer‹. Oh

Mann, heute muss ich es den Leuten von Cloudy Records vorspielen!«

»Die werden es lieben. Es ist grandios!«

»Danke!« Anna trat vor und umarmte Jola. »Viel Spaß auf eurem Trip!«

Jola stieg hinter Niko auf das Motorrad und stellte ihre Füße auf die Stützen. Niko ließ den Motor an, aber Anna hob die Hand, und er stellte ihn wieder ab.

»Das hätte ich beinahe vergessen. Harry von Radio Active hat gesagt, ich soll dir was ausrichten.« Anna trat näher an das Motorrad heran, damit Jola sie durch den dicken Helm auf ihrem Kopf verstehen konnte. »Da hat jemand angerufen, der eure Frau kennt.«

»Welche Frau?«, rief Jola aus dem Helm.

»Na, diese Lotte.«

»Was?« Jetzt riss Jola sich den Helm doch noch mal vom Kopf, um besser hören zu können. »Es hat jemand angerufen, der Lotte kennt? Lotte Thaler?«

»Was heißt kennt. Er hat mal etwas von ihr gekauft, vor langer Zeit. Und weil er schon immer mal seine Stimme im Radio hören wollte, hat er angerufen.« Anna grinste.

»Und was … was hat er von ihr gekauft?« Jola biss sich vor Aufregung auf die Lippe.

»Na, was wohl.« Anna wickelte die Kopfhörer auf ihr Handy und trat zwei Schritte zurück, damit Niko ihr nicht über die Füße fuhr. »Ein Pferd natürlich!«

Raschelfelder

Die ganze Fahrt über dachte Jola über das nach, was Anna gesagt hatte. Ein Mann, irgendein Mann, der ein Pferd gekauft hatte. Von Lotte. Ihrer Lotte? Oder gab es noch eine andere Frau, die auch Lotte Thaler hieß und zufällig etwas mit Pferden zu tun hatte? Zu gern hätte sie gewusst, was für ein Pferd das war oder wo er es gekauft hatte! Aber der Mann hatte leider keine Kontaktdaten hinterlassen, er hatte einfach nur die Gelegenheit genutzt, einmal im Radio anzurufen.

Der Morgendunst löste sich auf, während sie über die Landstraße fuhren. Feine Wolkenfetzen zogen über den Himmel, ansonsten war der Tag klar und schön und so blau, wie man ihn sich nur wünschen konnte. Fast zu perfekt. Jola merkte, wie sie eine Gänsehaut bekam. Etwas würde sich ändern auf ihrer Reise, da war sie sicher. Es lag einfach in der Luft.

Stefan wendete den dicken Transporter auf dem Parkplatz der Wellness-Oase, und Jola konnte sehen, wie die weiß gekleideten Damen um die Rezeption herumkamen und hinter den hohen Fensterscheiben zu tuscheln begannen. Die würden gleich richtig staunen, wenn sie erst die Pferde ausluden! Es war ihre Idee gewesen, hier mit der Suche zu starten. Sie fand, das ergab am allermeisten Sinn – dies war der Ort, an dem Wolkenherz definitiv mit Lotte zusammen gewesen war.

Sie hielten ganz am Ende des großen Parkplatzes, und Katie

sprang aus dem Führerhaus, um die Rampe herunterzulassen. Keira wieherte ihr ungeduldig entgegen, aber sie musste noch warten. Zuerst wollten sie die Ponykutsche vom Heck schnallen und das Gepäck darin verstauen. Gemeinsam schafften Stefan und Niko das kleine Gefährt zu Boden. Jola und Katie schleppten den Klappsessel herbei und postierten ihn so, dass er während der Fahrt nicht herunterrutschen konnte, dann wurden Zelt, Schlafsäcke und Isomatten einfach dazwischen reingequetscht.

»Fertig«, rief Katie. »Nur den mobilen Weidezaun noch!«

Somit war das größte Gepäck untergebracht, und sie hatten Platz in den Sattelpacktaschen für Wechselkleidung, Proviant und Kleinkram, der nun mal mit auf eine Reise musste: Erste-Hilfe-Set für Pferde und Menschen, Zeckenzange, Hufauskratzer, Wurzelbürste, Zahnpasta, Zahnbürste und eine Landkarte der Umgebung, die sie aus dem Internet ausgedruckt und zusammengeklebt hatten.

Als sie fertig waren, stopfte Stefan noch einen kleinen Sack voll Hafer hinter den Kutschbock. »Hier. Falls sie müde werden. Das gibt neue Energie!«

Dann, endlich, durften auch die Pferde raus! Sie fingen mit den Haflingern an, die ganz vorn standen und sich nur milde von der neuen Umgebung beeindrucken ließen. Justin steckte seine Nase umgehend ins fein säuberlich gemähte Gras, und Miley fing an, die akkurat zurechtgestutzten Blätter von den Bäumen zu rupfen.

Jetzt, dachte Jola. Jetzt kommt bestimmt eine der weißen Damen und fragt, was zur Hölle wir hier tun!

Aber niemand ließ sich blicken, und als sie sich umdrehte, sah sie die Frauen wieder hinter der Rezeption stehen und telefonieren.

Keira war die Nächste. Sie war so aufgeregt, dass sie gleich zweimal auf den Asphalt äpfelte.

»Bist du sicher?«, fragte Stefan zum wohl hundertsten Mal. »Soll ich sie nicht lieber wieder mit nach Hause nehmen?«

»Nein.« Katie zog den Gurt straff und wartete, bis Keira fertig war mit Herumtanzen. »Daheim steht sie nur rum. Sie packt das schon.«

Sie sattelten Miley und spannten Justin vor die Kutsche. Opa Max kletterte neben Niko auf den Kutschbock und bekam von Stefan einen breitkrempigen Hut, der ihn vor der Sonne schützen sollte.

»Meidet die Mittagshitze, ja? Denkt daran, wie alt er ist«, flüsterte er Niko zu.

Zuletzt war Wolkenherz an der Reihe. Jola holte ihn aus dem Transporter und merkte sofort, dass dieser Ort etwas in ihm auslöste. Er blieb wie angewurzelt stehen, hob den Kopf und blähte die Nüstern. Dann flehmte er, so als müsse er sich vergewissern, ob er sich auch nicht täuschte!

Jola schob eine Hand unter seine Mähne und empfing eine Flut von Bildern, wild und schnell und so durcheinandergewürfelt, dass sie nicht daraus schlau wurde. Es war unglaublich, wie stark seine Emotionen geworden waren! Zu Anfang hatte sie auf ihm sitzen müssen, um eines der Bilder zu sehen. Nun genügte leichter Körperkontakt und sofort spülten seine Erinnerungen über sie hinweg wie lautlose Hilferufe.

»Sind wir richtig hier?«, fragte sie ihn leise. »Bist du hier zu Hause gewesen?«

Stefan runzelte die Stirn. »Ihr habt mir mal versprochen, kein Geheimnis mehr um ihn zu machen«, sagte er. »Aber ich habe das

Gefühl, hier geht es nicht nur um diese Frau, die ihr sucht. Es geht auch um ihn, richtig?«

Katie und Jola tauschten einen Blick. Genau genommen wusste nicht mal Niko, warum sie Wolkenherz dabeihatten, sie hatten ihm nur das Allernötigste erzählt.

»Weil er Lotte gehört«, sagte da Opa Max.

Stefan riss die Augen auf. »Und wie kam er zu uns? Er ist doch nicht abgehauen, die ganze lange Strecke?«

»Stefan!« Opa Max lächelte. »Du musst nicht alles verstehen. Es ist, wie es ist. Ich danke dir für deine Hilfe!«

Sie verabschiedeten sich von Stefan, prüften noch einmal, ob sie auch alles dabeihatten, und erschraken, als plötzlich jemand vor ihnen stand.

»Ich soll fragen, ob ihr Gäste des Hotels seid.« Der Gärtner trat aus dem Schatten der Büsche und betrachtete neugierig die Pferde. »Es ist nämlich nicht gestattet, unerlaubt hier zu parken und, äh, Pferde abzuladen.«

»Ach so.« Stefan lächelte ihn an und stieg in den Transporter. »Na, dann fahre ich mal besser wieder!« Er wendete, und sie winkten ihm hinterher, bis er um die Kurve verschwunden war.

»Hallo«, sagte Jola zu dem Gärtner. »Erinnern Sie sich an uns? Wir waren letztens schon mal da. Mit dem Motorrad.«

Das Gesicht des Gärtners entspannte sich ein wenig. »Oh! Natürlich. Ihr habt euch nach Frau Charlotte erkundigt.«

Jola sah, wie Opa Max unter seinem Hut zusammenzuckte.

»Genau«, antwortete sie schnell. »Wir suchen sie. Also, das ist der Grund, warum wir hier sind.«

»Wie schön.« Der Gärtner lächelte. »Als sie damals ging, tat sie das genau wie ihr: zu Pferd!«

»Was?« Katie versuchte, die zappelige Keira näher an den alten Mann heranzureiten. »Sie ist umgezogen … auf ihrem Pferd?«

»Oh ja. Sie hätte am liebsten alles nur mit diesem Pferd gemacht.«

Ein Klopfen an der großen Fensterscheibe verriet, dass sie unerwünscht waren. Eine der Damen in Weiß stand dahinter und hob ungeduldig die Arme.

»Entschuldigung«, murmelte der Gärtner. »Ihr müsst bitte das Grundstück verlassen, wenn ihr keine Gäste seid.«

»Kein Problem«, meinte Jola. »Wir wollten sowieso gerade los.«

»Machen Sie es gut«, rief Katie, und Niko tippte sich an die Stirn wie ein Cowboy. Sie ritten und rollten vom Parkplatz. Als sie schon beinahe das Ende der Allee erreicht hatten, hörte Jola plötzlich einen Ruf.

»Wartet!« Der Gärtner kam ihnen hinterher, aber er war nicht mehr so gut zu Fuß, also ritt Jola ihm entgegen. Wolkenherz stupste ihn sacht mit der Nase an, und der alte Mann strich über seine Stirn, ohne ihn richtig wahrzunehmen. »Mir ist noch etwas eingefallen. Ich hatte es ganz vergessen, weil ich nicht schlau daraus geworden bin. Aber ich glaube, Frau Charlotte hat mir damals doch den Ort genannt, an den sie gehen wollte. Sie nannte ihn die grüne Insel.«

»Eine Insel?« Jola versuchte, sich zu erinnern, ob es in der Umgebung ein größeres Gewässer mit einer Insel darin gegeben hatte. Nein – zumindest nicht auf den Karten, die sie ausgedruckt hatten. Aber vielleicht hatte es ja damals einen See gegeben, der heute trockengelegt war?

»Danke«, sagte sie zu dem Gärtner. »Vielen Dank! Wir kriegen schon raus, was das bedeutet.«

Die Sonne stieg immer höher, und die Luft füllte sich mit dem Zirpen der Grillen, die links und rechts im hohen Gras hockten. Hier gab es nirgendwo Schatten, der Weg schlängelte sich zwischen einer langen Reihe von Feldern hindurch, und das Wasser, das sie mitgebracht hatten, brauchten sie viel schneller auf als geplant. Selbst Minnie hechelte bald so stark, dass sie ihr erlaubten, zu Opa Max' Füßen auf dem Kutschbock Platz zu nehmen.

Jola wischte sich den Schweiß von der Stirn. Sie ritt voraus, weil sie Wolkenherz am Strick führte. Dabei hatte sie zuerst geglaubt, ihr ganzer toller Plan ginge in die Hose, denn Wolkenherz hatte nicht so reagiert, wie sie es erwartet hatte. Er wollte dem Gärtner zurück auf das Grundstück folgen, aber dann, als Jola ihn aus dem Tor lotste, war er schnurstracks auf eine der Wiesen gelaufen und hatte sich verwirrt umgesehen. Sie war mit ihm die Allee hinabgeritten, und am Ende, wo die Straße in zwei Richtungen abzweigte, standen sie dann eine ganze Weile und warteten auf eine Regung von ihm. Schließlich war Jola abgestiegen und hatte ihn ein paarmal im Kreis geführt, und da hatte sie eine winzige Bewegung gespürt, einen Linksdrall, also war sie wieder aufgesessen, und sie waren nach links geritten, eine Straße oberhalb von Bad Grafenstein entlang, bis sie schließlich zwischen den Feldern landeten. Sie kämpften sich durch die staubige Hitze, hielten Ausschau nach einem schattigen Plätzchen, wo sie rasten konnten, und tranken und tranken, ohne ihren Durst zu löschen.

»Puh«, stöhnte Katie. »Wanderreiten hab ich mir irgendwie anders vorgestellt.«

An der nächsten Weggabelung blieb Wolkenherz schon wieder stehen. Jola wartete, ob eine Reaktion von ihm kam, dann stieg sie wieder ab und ging zu ihm.

»He, Junge, du sollst uns doch heimführen. Zu Lotte! Was ist los? Hast du den Weg vergessen? Na klar, du bist ja schon so lange nicht mehr hier gewesen, du kennst den Ginsterhof bestimmt besser als deine alte Heimat …« Jola lehnte ihren Kopf gegen seine Schulter. »Ach, Wolkenherz! Ich bin dir nicht böse. Versuch doch, ob du dich an irgendwas erinnern …«

Ein Blitz zuckte plötzlich durch ihren Kopf. Sie starrte ins Gesicht eines Mädchens, nicht viel älter als sie, mit blonden Haaren und großen, sanften Augen. Das Mädchen stand im Dunkeln und schob ein schweres Tor zur Seite, um sie hindurchzulassen …

Jola erschauderte. Die Vision zerfloss, das Licht um sie herum war wieder klar und so gleißend hell, dass sie blinzeln musste. Sie sah Wolkenherz an. Ein Windhauch blies in seine Mähne, seltsam, sie spürte überhaupt keinen Wind – die Hitze stand, die Luft bewegte sich keinen Millimeter! Und dann begriff sie. Wolkenherz kannte den Weg. Er wusste, wo dieses Tor zu finden war! Und sie musste ihm jetzt vertrauen. Doch konnte sie es wagen? Würde er davonlaufen, oder hatte sie recht gehabt mit ihrer Vermutung und er lief nur, solange Max bei ihm war?

»Was machst du?«, fragte Katie von einer ungeduldigen Keira aus.

Jola trat an Wolkenherz heran. Sie griff an den Karabiner, überlegte es sich dann aber anders und öffnete stattdessen die Schnalle seines Halfters. Mit einem sanften Ruck hatte sie es über seine Ohren gestreift. Nun war der Hengst frei – und aus irgendeinem Grund bekam sie plötzlich eine Gänsehaut.

»Jola!« Niko sprang vom Kutschbock und lief zu ihr. »Echt, das geht nicht. Ich weiß, dass ihr Wolkenherz gernhabt und ihm vertraut, aber wir sind hier in einer fremden Umgebung. Halfter und Strick müssen dranbleiben!«

»Ssscht«, machte Jola und legte den Zeigefinger an ihre Lippen. »Er ist kein gewöhnliches Pferd, Niko. Du wirst schon sehen! Er ist … er ist hier zu Hause.«

Wolkenherz warf den Kopf hoch. Er wieherte, schrill und laut, stellte sich auf die Hinterbeine und ragte einen Moment wie ein Riese über ihnen auf. Dann krachte er wieder zu Boden, wirbelte herum und galoppierte in die Richtung davon, aus der sie gekommen waren.

Sternenzelte

Wolkenherz führte sie in den schattigen Wald, auf einen breiten Wirtschaftsweg tief im Gehölz. Die Kutsche holperte ein wenig, aber dafür war die Hitze nun erträglich, und Jola hatte endlich das Gefühl, auf dem richtigen Weg zu sein.

Es war genau, wie sie vermutet hatte: Ohne Opa Max auf seinem Rücken lief Wolkenherz nicht davon, sondern wartete an jeder Biegung, sodass sie ihm mühelos folgen konnten. Sie kamen an einem Fluss vorbei, wo die Pferde trinken konnten, überquerten eine Landstraße und bogen in den nächsten Wald ein.

Als es endlich kühler wurde und das Licht weich und golden schimmerte, fielen ganze Schwärme von Mücken über die Pferde her. Katie packte das Fliegenspray aus ihrer Notfall-Tasche, aber entweder waren es zu viele oder die hiesigen Mücken waren einfach immun gegen ihre Bio-Mittelchen.

»Sollen wir uns langsam mal nach einem Nachtlager umschauen?«, fragte Niko.

»Oh ja, bitte.« Katie stöhnte. »Ich muss unbedingt was essen!«

Niko reckte den Hals. Sie ritten schon seit einer Weile am Waldrand entlang. In der Nähe gab es ein paar verstreut liegende Bauernhöfe, an einem Dorf waren sie schon länger nicht mehr vorbeigekommen.

»Bleiben wir doch hier«, schlug Jola vor. »Es sieht nicht nach Regen aus. Wir können einfach auf der Wiese schlafen.«

Niko lief los, um den Besitzer der Wiese ausfindig zu machen, während sie die Pferde absattelten und Justin von der Kutsche befreiten. Die Haflinger fingen sofort an zu grasen, Keira war damit beschäftigt, sich vor ein paar zusammengerollten Planen zu fürchten, und Wolkenherz war ein Stück entfernt stehen geblieben und blickte in die Ferne. Er sah aus wie ein einsamer Wanderer, der seinen Weg verloren hatte.

»Gute Neuigkeiten!« Niko kam zurück und hob beide Daumen. »Wir dürfen hier übernachten! Die Wiese gehört dem Bauern da vorn. Er hat sogar ein Zimmer für Opa Max! Und wir bekommen frische Milch zum Frühstück.«

Sie bauten den mobilen Weidezaun auf, stellten das Stromgerät an und ließen die Pferde hineinlaufen. Katie sprühte alle noch mal dick mit dem Fliegenspray ein, aber das Gras war nun sowieso wichtiger und die Pferde kümmerten sich nicht mehr groß um die Plagegeister.

»Jetzt fehlt nur noch ein zweiter Zaun für Wolkenherz.« Niko ging zu dem Hengst, um ihn aufzuhalftern, aber Wolkenherz lief ein Stück von ihm weg und sah weiter in die Ferne.

»Er wird nicht weglaufen«, sagte Jola. »Lass ihn einfach.«

Niko runzelte die Stirn. »Er ist ein Hengst! Wahrscheinlich riecht er eine rossige Stute. Auf keinen Fall lassen wir den in der Nacht frei herumlaufen!«

»Er wird keine Stute bespringen.« Katie kicherte. »Und wenn, dann passiert nichts. Also zeugungstechnisch.«

Niko runzelte die Stirn. »Sorry, Mädchen. Ich habe die Verantwortung übernommen, und ich sage, wir zäunen ihn ein.«

Katie und Jola wechselten einen Blick. »Was, wenn wir dir verraten … dass Wolkenherz kein normales Pferd ist?«

»Aha.« Nikos Augen blitzten amüsiert. »Und was ist er dann? Ein verzaubertes Einhorn?«

»Der Geist.« Jola blieb völlig ernst, trotzdem lachte Niko nur.

»Alles klar. Wir zäunen ihn trotzdem mal lieber ein! Nicht dass er heute Nacht über die Wiese spukt.«

Also zog Niko einen zweiten Zaunkreis, in den sie Wolkenherz brachten. Aber Jola bestand darauf, dass er kein Halfter brauchte. Dann rollten sie einfach die Isomatten aus und breiteten die Schlafsäcke darüber, mitten auf der Wiese. Katie zauberte zwei Dosen Ravioli aus ihrer Satteltasche und sie entzündeten den Minigaskocher und kippten den Inhalt in einen Alutopf. Schon kurz darauf war die Mahlzeit angerichtet – nicht wirklich lecker, aber sie füllte den Magen!

Nach dem Essen stand Opa Max auf, um ins Bett zu gehen. Minnie wollte ihm nachlaufen, aber Katie pfiff sie zurück. »Sorry, Minnie, aber Mama sagt, du sollst in der Nacht auf uns aufpassen. Die Luxusübernachtung ist also nicht für dich!«

Niko streckte sich lang im Gras aus und seufzte wohlig. »Ratet mal, wie weit wir gekommen sind auf unserer glorreichen ersten Etappe!«

»Keine Ahnung.«

»Ganze achteinhalb Kilometer! Da vorne steht ein Schild.«

»Es geht ja auch nicht darum, möglichst viel Strecke zu machen«, murmelte Jola. »Das Ziel ist der Weg, äh, oder so ähnlich.«

Niko fing an zu lachen. »Oh my god, was mache ich eigentlich hier? Ihr habt kein Ziel, auf das wir zureiten, und es ist auch egal, wie schnell wir vorankommen. Oder wie weit. Hat dieser Trip irgendeinen Sinn? Außer dass ihr und dieser verrückte alte Mann ein Abenteuer erleben wolltet?«

»Ja«, sagte Jola fest. »Hat er.«

»Aha. Und welchen?«

»Wir suchen Lotte.«

»Irgendwo hier draußen. In der niederbayerischen Pampa.«

»Und es geht um den Geist«, klärte Katie ihn auf. »Den Geist vom Ginsterhof.«

»Genau«, stimmte Jola ihr zu. »Wir wollen ihn … erlösen.«

»Ihr und Opa Max, ja?« Niko grinste immer noch. Er glaubte ihnen ja sowieso kein Wort.

»Wegen ihm ist der Geist überhaupt nur auf den Ginsterhof gekommen! Um ihn wieder mit seiner großen Liebe zu vereinen. Mit Lotte!«

»Der Wolkenherz angeblich gehört.« Niko gluckste. »Alles klar. Wisst ihr, was? Ich geh jetzt schlafen. Weckt mich, wenn der Spuk losgeht, ja? Ein Geisterpferd. Das ist zu geil!«

Niko kroch in seinen Schlafsack, und es dauerte gar nicht lang, da hörten sie ihn mit Minnie um die Wette schnarchen.

»Das ist ja wohl nicht wahr«, murrte Katie. »Wie sollen wir da bitte in Ruhe schlafen?«

»Komm«, flüsterte Jola. »Wir legen uns einfach ein Stück weg!«

»Aber zuerst lasse ich Wolkenherz wieder raus.« Katie stand auf, öffnete den kleinen Zaunkreis und wartete, bis Wolkenherz um sie herumgelaufen war. Dann schloss sie den Zaun wieder. »So denkt er, Wolkenherz hat sich in der Nacht rausmaterialisiert.«

Jola kicherte. »Er hat uns kein Wort geglaubt, oder?«

»Nee. Dabei hat alles gestimmt, was wir ihm erzählt haben.«

Sie klaubten ihre Isomatten und Schlafsäcke vom Boden auf und bezogen Quartier beim Pferdezaun. Das Stromgerät knackte leise und ab und zu schnaubte eines der Pferde, ansonsten war es herrlich ruhig hier drüben. Sie schlüpften einfach in ihren Klamotten in die Schlafsäcke, kuschelten sich ein und grinsten sich verschwörerisch an.

»Schau mal, wie schön die Sterne leuchten.«

»Ja, voll cool.«

Ein runder, torkelnder Schatten wankte schlaftrunken auf sie zu. Katie machte mit den Füßen Platz auf ihrer Matte, und Minnie drehte sich zweimal im Kreis, bevor sie sich darauf niederließ und einen Grunzer ausstieß. Kurz darauf schnarchte sie zufrieden weiter.

»Oh Mann, Minnie!« Katie versetzte ihr einen Stubs. »Kannst du wenigstens leise schnarchen?«

Aber die Hündin rührte sich nicht, sie zuckte nur mit den Pfoten und kuschelte ihren Kopf zwischen Katies Füße.

»Ich bin froh, dass wir hergekommen sind«, murmelte Jola leise. »Ich meine, zum Ginsterhof. Papa wollte erst nicht, weißt du? Aber unser Visum war abgelaufen. Ich hab die ganze Zeit geglaubt, dass es Schicksal ist, dass wir zurückgerufen wurden. Von … irgendwem. Findest du das bescheuert?«

»Genauso bescheuert wie Geister, die plötzlich zu Pferden werden, meinst du?«

Jola musste lachen.

»Du, Jola.« Katie wurde plötzlich ernst. »Ich werd' dich schrecklich vermissen.«

»Ich dich auch. Und die Pferde! Und Minnie und Opa Max und deine Eltern und … und alles. Ich liebe es bei euch zu Hause.« Sie schluckte, weil sie nicht schon wieder weinen wollte. »Meiner Mama hätte es dort auch gefallen. Ganz bestimmt!«

»Aber du besuchst uns doch, oder? In allen Ferien!«

»Sooft ich kann.«

»Und schreib mir. Leg dir endlich ein Handy zu!«

»Ich schreib dir Briefe. Und E-Mails. Und Postkarten, wenn ich welche finde.«

Sie flachsten noch eine Weile herum, aber Jola merkte, wie müde sie war. Die Hitze und die Aufregung hatten sie so schläfrig gemacht, dass sie kaum noch die Augen aufhalten konnte.

»Katie«, murmelte sie. »Erinnere mich dran, dass wir morgen früh nach der grünen Insel fragen.«

Dann war sie auch schon eingeschlafen.

In der Nacht wurde Jola von einem Gefühl geweckt. Zuerst dachte sie, es wäre ihre Blase, weil sie am Abend gar nicht mehr auf dem Klo – oder besser: zwischen den Bäumen – gewesen war. Aber das Gefühl kam aus dem Bauch, wie ein Kribbeln, das man spürt, wenn gleich etwas Aufregendes passiert.

»Wolkenherz?« Sie richtete sich ein wenig auf. Die Pferde schliefen mit hängenden Köpfen. Justin und Miley hatten sich aneinandergelehnt, wie sie es immer taten. Aber Keira war wach und lief unruhig am Zaun entlang. Jola wollte schon aufstehen und zu ihr gehen, da trat Wolkenherz plötzlich aus dem Schatten der Bäume und streckte seinen Hals lang über den Stromdraht. Die beiden Pferdenasen trafen sich und einen Moment sah ihre Berührung aus wie ein Kuss! Wolkenherz blies der roten Stute sanft in die Nüstern und endlich schien die Anspannung von Keira abzufallen. Ihr Kopf sank herab und schon seufzte sie erschöpft auf und sank in tiefen Schlaf.

Der weiße Hengst stand eine Weile reglos und wartete, bis Keira wirklich schlief. Dann lief er zurück zwischen die Bäume. Sah er blasser aus? Oder täuschte sie sich bloß, weil es so dunkel war auf ihrer Wiese? Sie sah ihm nach …

… und keuchte erschrocken auf.

Auf der Wiese stand jemand! Dort, zwischen den Bäumen! Eine Gestalt … und sie schien auf Wolkenherz zu warten. Jola rieb sich die Augen. Sie streckte die Hand aus, um Katie wach zu rütteln, aber da war die Gestalt schon wieder verschwunden und Wolkenherz verschmolz allein mit den Schatten.

Ich träume, dachte Jola.

Oder träumt Wolkenherz?

Lotte
1963

Das grüne Meer rauschte ihnen entgegen, als sie über den Hügel ritten. Zufrieden schnaubten die Pferde ab und sie klopfte Wolkenherz lächelnd den Hals. Sein Fell war diesen Sommer so hell geworden, dass er in der Sonne schimmerte.

»Ob Wolkensturm auch ein Schimmel wird?«, fragte die Frau, die neben ihr ritt.

»Nein«, sagte sie. »Bis jetzt haben all seine Kinder die Farben ihrer Mütter behalten. Wolkensturm wird ein wunderschönes sandbraunes Pferd bleiben.«

»Gut.« Die Frau lächelte. »So gefällt er mir auch am besten.«

Wolkenherz blieb zurück und ließ Wolkensturm und seiner Reiterin den Vortritt. Sie folgten dem schmalen Weg zum Haus, und wieder fragte sie sich, ob es richtig war, den jungen braunen Wallach schon zu verkaufen. Er war noch so sanft und verspielt. Am liebsten hätte sie all ihre Pferdekinder behalten und keines davon je hergegeben! Sie betrachtete Wolkensturm und seine Reiterin, während sie durch das schmiedeeiserne Tor ritten. Vom Reiten verstand sie etwas, das hatte sie bewiesen – aber würde sie auch liebevoll mit Wolkensturm umgehen?

Sie ritten zum Haus und sattelten die Pferde ab.

»Ich bin gleich wieder da«, sagte sie zu der Frau und tat, als habe sie etwas sehr Wichtiges im Haus zu erledigen. Wolkenherz folgte ihr auf die Veranda, blieb aber stehen, als müsste er über Wolkensturm wachen.

Im Haus trat sie leise ans Fenster. Die Vorhänge waren zugezogen, doch man konnte hindurchsehen, wenn man ganz nah an sie herantrat. Eine Weile beobachtete sie nur, wie die Frau Wolkensturm streichelte und sich abwartend umblickte. Dann bückte sie sich, hob einen Huf nach dem anderen an. Fuhr mit den Händen seine Beine entlang. Ging um ihn herum, prüfte seinen Körperbau. Wolkensturm legte neugierig seine Nase an ihre Wange und prustete ihr ins Ohr – das tat er immer, ganz sacht, so als würde er seinem Menschen etwas zuflüstern. Die Frau stand ganz still und ließ ihn gewähren, dann, langsam, drehte sie den Kopf, bis ihre Lippen seine Nüstern berührten und sie ihn sanft anhauchen konnte.

Wolkenherz wieherte leise, als sie zurück nach draußen trat, und nebeneinander gingen sie zu Wolkensturm und der Frau zurück.

»Er ist so wundervoll«, flüsterte die Frau und streichelte sein Fell.

»Dann haben Sie sich entschieden? Für ihn?«

Die Frau seufzte. »Ich würde ihn sofort nehmen! Nur … mein Mann. Er ist skeptisch. So viel Geld für ein Pferd, das noch nicht mal Papiere hat, sagt er. Aber wenn ich ihm Wolkensturm zeige, wenn er sieht, wie großartig sein Exterieur …«

»Was ist Ihr Mann denn bereit, für ihn zu bezahlen?«

Die Frau sah sie mit großen Augen an. »Wie meinen Sie das, Lotte?«

Sie lächelte. »Ich meine, Sie sollten Wolkensturm haben. Bringen Sie Ihren Mann ruhig her! Wir werden uns schon einig.«

Einen Moment lang starrte die Frau sie noch sprachlos an. Dann ließ sie Wolkensturm stehen und fiel ihr um den Hals, voller Freude und Übermut. »Oh, danke, ich danke Ihnen – das bedeutet mir so viel! Ich werde gut auf ihn aufpassen, sein Leben lang, das verspreche ich!«

»Das ist gut«, murmelte sie und betrachtete den jungen Hengst, der Wolkenherz so ähnlich war. »Das ist es, was zählt.«

Weggefährten

Als sie am nächsten Morgen aufbrachen, war Jola sicher, dass etwas mit Wolkenherz nicht stimmte. Sie rief nach Katie, und die tastete ihn überall ab, hob seine Hufe an und guckte ihm sogar ins Maul.

»Alles gut. Er geht weder lahm noch sind seine Augen trüb. Wir beobachten ihn die nächste Stunde einfach genauer.«

»Aber schau ihn dir doch nur mal an! Er ist so … blass, findest du nicht?«

Katie gluckste. »Na ja. Er ist ja auch ein Schimmel! Und noch dazu ziemlich alt. Also, für mich sieht er aus wie immer.«

Jola hatte beschlossen, Katie nichts von ihrem seltsamen Traum von letzter Nacht zu erzählen. Inzwischen war sie ganz sicher, dass sie sich die Gestalt zwischen den Bäumen nur eingebildet hatte. Sonst hätte Minnie doch gebellt, oder nicht?

Sie ritten los, der Morgensonne entgegen. Von der Bauersfrau hatten sie jeder ein Stück Brot mit Käse und ein Glas Milch bekommen, damit sie gestärkt in den Tag starten konnten. Wolkenherz durfte wieder voranlaufen, genau wie am Tag zuvor. Und trotzdem wurde Jola das Gefühl nicht los, dass etwas mit ihm nicht stimmte, dass er anders aussah, heller, noch weißer als sonst und irgendwie … geisterhafter.

»Sollen wir uns heute ein richtiges Mittagessen gönnen?«, fragte Niko, als sie Schlag zwölf Uhr durch ein kleines Dorf kamen.

Sie banden die Pferde im Schatten riesiger Kastanienbäume an und Katie füllte einen Eimer mit Wasser vom Dorfbrunnen. Niko kam mit vier Pizzen aus einem kleinen Stehimbiss, und sie hockten sich damit auf eine Bank, von der aus sie die Pferde gut im Blick hatten.

»Gibt es irgendeinen Anhaltspunkt, wohin wir reiten?«, fragte Niko zum wiederholten Mal. Er war immer noch stinkig, weil Katie Wolkenherz einfach rausgelassen hatte. Natürlich hatte er keine Sekunde lang geglaubt, der Hengst hätte sich auf geisterhafte Weise selbst befreit, und er hasste es, wenn nicht gemacht wurde, was er sagte.

»Haben wir dir doch schon gesagt: Nein!«

»Doch«, warf Jola ein. »Die grüne Insel.«

»Was?«, fragten Niko und Opa Max wie aus einem Mund.

»Der Gärtner hat mir erzählt, Lotte ist damals auf die grüne Insel gezogen.«

Niko ließ den Kopf auf seine Arme fallen und fing an zu lachen. »Ey, Leute, das ist jetzt nicht euer Ernst!«

»Warum?«, wollte Katie wissen. »Weißt du, wo die ist?«

Niko stöhnte laut. »Nimm doch mal dein Handy in die Hand. Und dann googele grüne Insel.«

Katie holte ihr Handy aus der Tasche. Und wurde mit einem Mal sehr blass um die Nase. »Ach, du Kacke!«

»Was ist? Wo ist diese Insel?«

Katie reichte Jola das Handy und Jola verschluckte sich an ihrer Pizza und musste husten. »Irland?«

»Irland wird auch die grüne Insel genannt.« Niko verdrehte die Augen. »Also ehrlich! Dann können wir wohl an dieser Stelle abbrechen und Stefan anrufen, damit er uns abholt.«

»Warte mal.« Jola schüttelte den Kopf. »Das stimmt nicht, überleg doch mal. Erstens muss sie hier in der Nähe wohnen, weil dieser Klaus Neumann sie oft besuchen konnte. Der ist doch bestimmt nicht mal eben nach Irland gejettet! Und zweitens reiten wir doch in die völlig entgegengesetzte Richtung! Irland liegt westlich von Großbritannien. Wir sind aber südöstlich unterwegs!«

»Na, dann täuscht sich euer Pferdegeist eben.«

»Ich glaube, der Gärtner hat das einfach nur falsch in Erinnerung. Er ist ja auch nicht mehr der Jüngste.«

»Na, na«, murmelte Opa Max. »Wie wäre es, wenn wir jemanden fragen? Möglicherweise gibt es hier in der Gegend eine Insel, die so genannt wird.«

»Gute Idee!« Niko sprang auf. Vor dem Imbiss stand ein Mann und wartete auf seine Pizza. Niko lief über die Straße zu ihm und rief schon von Weitem: »Entschuldigung, kurze Frage. Wissen Sie, wo wir die grüne Insel finden könnten?«

Sie hörten nicht, was der Mann antwortete, aber als Niko zurückkam, machte er ein grimmiges Gesicht.

»Irland«, murrte er. »Er hat sofort Irland gesagt!«

»Ach, komm, das kann doch nicht sein.« Katie drückte auf ihrem Handy herum. Die Karten, die sie sich ausgedruckt hatten, deckten nur etwa den Bereich von fünfzig Kilometern um Bad Grafenstein herum ab. Katie suchte nach Wasser, nach einem See oder einem größeren Weiher mit einer Insel, aber die einzigen Gewässer waren Flüsse, und keiner von ihnen schien breit genug für eine Insel.

»Das muss ein Name sein!« Jola stand auf und lief im Kreis herum. »Was könnte man noch als Insel bezeichnen? Was ist grün und …«

Sie ließ sich wieder auf die Bank sinken. Nein, ihr fiel auch nichts ein. Niedergeschlagen starrte sie vor sich hin.

»Dann suchen wir eben weiter.« Opa Max lächelte aufmunternd in die Runde. »Wir folgen Wolkenherz, wie wir es geplant haben! Er wird uns hinführen. Solange Wolkenherz bei uns ist, wird alles gut.«

Sie warteten, bis die Sonne ihren Zenit verlassen hatte, und folgten dann der Straße ans Ufer eines Bachlaufs. Bis auf Keira liefen alle Pferde hinein und planschten herum, also stiegen sie ab und zogen sich Schuhe und Socken aus, um ebenfalls die erhitzten Füße zu kühlen.

Opa Max nickte auf seinem Klappsessel ein, bis zu den Waden im Wasser, und sie brachten es nicht übers Herz, ihn aufzuwecken, also ließen sie ihn schlafen und warteten, bis er von selbst wach wurde.

Als sie am Abend Quartier in einer leer stehenden Scheune bezogen (für Opa Max hatten sie ein kleines Zimmer in einer nahen Pension gefunden), lagen wieder nur knapp zehn Kilometer hinter ihnen, und Jola merkte, wie sie selbst langsam unruhig wurde. War Lotte wirklich diesen Weg geritten? Und hatten sie und Wolkenherz damals auch Rast gemacht unterwegs, vielleicht sogar an einem der Orte, wo sie selbst heute gesessen hatten? Oder waren sie schneller gewesen, viel schneller, und hatten die Strecke an einem Tag bewältigt? Aber es half nichts. Opa Max war ein sehr alter Mann. Sie mussten Rücksicht auf ihn nehmen. Und eigentlich war Wolkenherz ein altes Pferd! Auch wenn er genau genommen schon nicht mehr am Leben war.

In der Nacht wachte Jola erneut auf. Diesmal war es Minnie,

die winselnd unter der Kutsche hockte und in die Nacht hinauslauschte.

»Minnie«, flüsterte Jola. »Minnie, was ist los?«

Minnie kroch unter der Kutsche hervor und schlich geduckt zu Jola herüber. Jola schlüpfte aus ihrem Schlafsack und legte ihre Arme um den Hund.

»Hast du was Gruseliges gehört? Sollen wir mal nachsehen?«

Aber Minnie wollte nicht nachsehen. Sie drückte sich an die Wand und zog den Kopf zwischen die Pfoten. Also schlüpfte Jola allein nach draußen. Wieder glitzerten die Sterne, und wieder war die Nacht erfüllt von dem Schimmer, der von Wolkenherz ausging. Er leuchtete ihr den Weg, und sie ging zu ihm, langsam, durch das Gras, ohne ein Geräusch zu machen.

»Wolkenherz«, flüsterte Jola, weil sie ihn nicht erschrecken wollte. »Wolkenherz, ich kann nicht …«

Etwas bewegte sich von Wolkenherz weg. Ein Tier? Nein, ein Schatten! Etwas, was aussah wie ein … ein Mensch? Aber es konnte kein Mensch sein, denn es löste sich auf, in dem Moment, als Jola Wolkenherz berührte.

Sie lief zu der Stelle, wo sie die Gestalt zuletzt gesehen hatte. Tastete blind durch die Luft, rief: »Hallo? Hallo!«, machte ein paar Schritte nach links, nach rechts, geradeaus und wieder zurück, bis sie wieder neben Wolkenherz stand – aber das Schattenwesen blieb verschwunden.

»Was ist das?«, fragte sie Wolkenherz. »Was passiert hier?«

Wolkenherz schnaubte leise. Sein Fell schimmerte so hell, dass sie darüberstreichen musste, um sich zu vergewissern, dass er es war. Die Mähne glitt durch ihre Finger wie kühles Flusswasser, und Jola hatte das Gefühl, sie gar nicht richtig greifen zu können.

»Guter Junge«, murmelte sie. »Alles okay!«

Aber nichts war gut. Etwas – oder jemand? – suchte Wolkenherz heim! Das war am Ginsterhof nie passiert, das hätte sie bemerkt, ganz sicher! War die Gestalt der Grund dafür, dass er so seltsam schimmerte? Aber wer war sie? Und was wollte sie?

»Ich kann dich nicht allein lassen«, murmelte Jola. »Was, wenn das Schattending zurückkommt?«

Sie lief in die Scheune, um ihren Schlafsack zu holen. Minnie hatte sich neben Katie eingerollt und schlief friedlich in einer Kuhle mit Stroh und Jola betrachtete sie lächelnd. Minnie war der mit Abstand hässlichste Hund, den sie je gesehen hatte! Und doch hatte sie das größte Herz von allen. Sie konnte Helen gut verstehen. Auch sie hatte Minnie längst so lieb gewonnen, dass sie ihre Schrumpelnase und die faltige Haut mit dem stoppelkurzen Fell gar nicht mehr wahrnahm. Sie sah nur einen liebenswerten Hund, der immer auf seine Menschen aufpasste.

Mit dem Schlafsack unterm Arm kletterte sie auf einen Bretterstapel und lockte Wolkenherz zu sich. Der Hengst hielt still, als sie auf seinen Rücken stieg, den Schlafsack um ihre Hüfte schlang und die Arme um ihn breitete.

»Ich pass auf dich auf«, flüsterte sie. »Schlaf ruhig weiter! Ich lass nicht zu, dass dir was passiert, Wolkenherz.«

Jola kuschelte sich tief in die Mähne und versuchte, Wache zu halten. Doch Bilder rauschten durch ihren Kopf wie ein Flusslauf. Sie sah Wolkenherz als junges Fohlen über eine Wiese tollen. Oder war es gar nicht Wolkenherz? Das Fohlen war schwarz, nicht silbergrau. Doch von ihm ging dieselbe Kraft aus, dasselbe Feuer. Und mit diesem Traumbild glitt sie schließlich in einen tiefen, wohligen Schlaf.

Am nächsten Morgen kamen sie schneller los. Katie kümmerte sich um die Pferde, Jola half Opa Max, Justin anzuschirren und auf den Kutschbock zu klettern, und Niko war für das Gepäck zuständig, dafür, das Essgeschirr abzuwaschen und alles wieder auf der Kutsche und in den Packtaschen der Pferde zu verstauen. Er hatte am ersten Abend den Fehler gemacht zu behaupten, Abwasch wäre Mädchensache – seitdem hatten sie mit nur einer Gegenstimme beschlossen, diese Aufgabe ihm zu überlassen.

Minnie lief wieder den ersten Teil des Weges mit, bis es ihr zu warm wurde. Dann sprang sie auf die Kutsche und schlief stundenlang, ohne sich von dem Gezockel stören zu lassen.

»Gut, dass wir unseren Wachhund dabeihaben«, witzelte Katie, als Minnie besonders laut schnarchte. »Ich fühle mich total gut beschützt!«

»In der Nacht passt sie auf«, meinte Jola. »Gestern hat sie bemerkt, dass jemand bei Wolkenherz war.«

»Was?« Katie, die neben Jola ritt, riss die Augen auf. »Hast du deshalb auf ihm geschlafen?«

»Ja. Ich wollte ihn bewachen, falls … also, falls derjenige wiederkommt.«

»Und wer war es? Ein Mann? Eine Frau?« Katie sah jetzt ernsthaft schockiert aus.

»Ich hab es nicht so genau gesehen«, gestand Jola. »Und als ich hingekommen bin, ist die Gestalt sowieso … na ja, verschwunden.« Sie erzählte, wie Minnie gewinselt hatte und wie sie rausgeschlichen war und das Schattenwesen entdeckte.

»Das ist ja voll gruselig.« Katie schüttelte sich. »Wetten, heute Nacht krieg ich kein Auge zu?«

»Dann kannst du ja bei Wolkenherz Wache halten.«

Katie verzog das Gesicht. Dann schaute sie sich plötzlich suchend um. »Du, wo ist der eigentlich?«

»Wer, Wolkenherz?« Jola suchte die Umgebung ab. »Komisch. Gerade war er doch noch vor uns!«

Sie drehten sich gleichzeitig um. Hinter ihnen trottete Justin mit der Pferdekutsche. Den weißen Hengst sahen sie nirgends.

»Wolkenherz«, riefen Jola und Katie gleichzeitig. »Wolkenherz, wo bist du?«

»Direkt vor euch!«, rief Opa Max von hinten. »Seht ihr ihn denn nicht?«

Jola blinzelte. Und dann bemerkte sie ihn. Wolkenherz stand mitten auf dem Weg und wartete auf sie! Das Sonnenlicht blieb in den Laubblättern hängen und tauchte sein helles Fell in fleckige Schatten. Komisch … einen Moment wirkte es tatsächlich so, als ob das Laub durch sein Fell durchschimmern würde! Aber jetzt, als sie ihn anblickte, kam sie sich selber dumm vor. Wie hatte sie ihn nur übersehen können?

»Seltsam«, murmelte auch Katie neben ihr. »Ich hab ihn gerade echt nicht bemerkt!«

Jola hob die Hand und hielt an. Dann stieg sie ab, lief zu Wolkenherz und legte eine Hand auf seinen Hals. Aber da war kein Widerstand, ihre Finger griffen ins Leere! Voller Schreck schrie sie auf.

»Jola, was ist los?« Katie trieb Keira auf sie zu. »Was hast du gesehen?«

»Nichts!« Jola biss sich fest auf die Lippe und versuchte es noch einmal. Wolkenherz' Fell schimmerte grünlich, aber das war nur das Waldlicht, es hatte nichts zu bedeuten! Sie legte ihre Hand auf seinen Hals – und fühlte Fell, weich, kühl und fest. Der Grünschimmer war verschwunden, Wolkenherz war wieder weiß, und er scharrte mit dem Huf, weil er endlich weiterwollte.

»Alles klar?«, fragte Katie leise.

»Ja, ich …« Jola ließ die Arme sinken. »Er war so … so weg!«

»Wie, weg?«

Jola versuchte, das Gefühl in Worte zu fassen. »Erinnerst du dich an die Gewitternacht? Als wir versucht haben, die Pferde in den Stall zu bringen, und dann ist Keira weggelaufen, und wir haben Wolkenherz gesucht?«

»Er ist fast verschwunden.« Katie sah Wolkenherz erschrocken an. »Oh Gott, meinst du, das passiert gerade mit ihm? Stirbt er jetzt?«

»Er sicher nicht«, murmelte Jola. »Er ist ja schon tot. Aber …«

»Opa!« Katie machte kehrt und galoppierte zur Kutsche. »Opa, geht es dir gut? Bist du gesund?«

»Aber Katie!« Opa Max lachte. »Mir geht es besser denn je!«

»Was habt ihr denn?«, wollte jetzt auch Niko wissen. »Kommen wir heute noch mal aus diesem Wald raus?«

»Jaja.« Katie winkte Jola zu. Als sie wieder nebeneinanderritten, flüsterte sie: »Das war doch damals nur, weil Opa krank war. Er ist aber hier, und es geht ihm prächtig, wie du siehst! Bestimmt hast du dich getäuscht, meinst du nicht?«

»Hm«, machte Jola. Sie wagte nicht, den Gedanken auszusprechen, der ihr bei Katies Worten kam: dass es nämlich noch jemanden gab, der sterben konnte, noch jemanden, der Wolkenherz' Anwesenheit beeinflussen würde.

Lotte.

Der Tag zog sich lang hin, weil sie schier endlos durch den Wald stapften und erst am Abend das nächste Dorf erreichten. Es war nicht mehr so schwülwarm wie am ersten Tag, aber sie beschlossen trotzdem, einen Tag Pause einzulegen und den Pferden etwas Ruhe zu gönnen. Sie fanden einen kleinen Hof, der ihnen einen Offenstall anbot und jede Menge Heu zur Verfügung stellte.

»Und wir?«, fragte Katie und sah sich ratlos um.

»Ich hab schon was für uns gefunden.« Niko grinste. »Ist zwar ein Stückchen von den Pferden entfernt, aber sie sind ja hier gut untergebracht.«

Was Niko entdeckt hatte, war ein schön angelegter Campingplatz mit einem eigenen Swimmingpool, einer Grillstelle und einer tollen Eisdiele, die sie gleich dreimal besuchten. Obwohl Jola sich vorgenommen hatte, in der Nacht bei Wolkenherz vorbeizuschauen, schlief sie wie ein Stein und wachte erst am Morgen wieder auf. Zum Glück schien ihm nichts passiert zu sein, er stand reglos neben den anderen auf seinem Wiesenstück und schaute in die Ferne. Das Seltsamste an ihm – was aber nur auffiel, wenn man wusste, worauf man zu achten hatte – war, dass er überhaupt nicht mit dem Schweif oder Kopf schlug oder mit seinen Muskeln zuckte, so wie die anderen Pferde das ständig machten, um die Mücken zu vertreiben. Wolkenherz blieb von den Plagegeistern verschont – aber weder Niko noch die freundlichen Besitzer des Bauernhofs nahmen Notiz davon.

Sie verbrachten den Tag am Pool, schliefen im Schatten eines übervollen Apfelbaums und genossen es, einmal kein Schlafquartier suchen zu müssen. Am Abend spielten sie Karten und lachten bis spät in die Nacht hinein.

Auch in der zweiten Nacht auf dem Campingplatz wollte Jola

eigentlich zu Wolkenherz schleichen. Doch als sie eben aus dem Zelt krabbelte, raschelte es im Schlafsack nebenan, und Niko schälte sich ebenfalls ins Freie.

»Kannst du auch nicht schlafen?«

»Doch, eigentlich schon. Ich will nach den Pferden schauen.«

»Gut«, flüsterte Niko. »Ich komme mit.«

»Musst du nicht.«

»Ich will aber.« Niko schaute sie prüfend an. »Oder willst du mich nicht dabeihaben?«

»Doch, klar! Ich meine nur, du musst nicht extra wegen mir mitkommen. Ich traue mich auch alleine.«

Die Pferde dösten friedlich in ihrem Unterstand. Sie hatten sich am Heu satt gefressen und zusätzlich noch eine kleine Portion Hafer bekommen, um am nächsten Tag wieder fit zu sein.

»Glaubst du, dass sie glücklich sind?«, fragte Jola, als sie in einem Bogen um die schlafenden Pferde herumliefen.

»Unsere Pferde? Aber natürlich, warum denn nicht?«

»Weil wir sie einsperren und zwingen, unsere Reittiere zu sein.«

Niko lächelte. »Das tun wir, stimmt. Aber dafür kümmern wir uns auch gut um sie. Mit uns müssen sie nicht selbst nach Futter suchen oder gegen Raubtiere kämpfen. Ich denke schon, dass wir voneinander profitieren.«

»Und glaubst du, dass es Menschen gibt, die besser für ein Pferd sind als andere?«

Niko überlegte einen Moment. »Ich glaube, dass es Menschen gibt, die Pferde verstehen. Und diese Menschen werden unglücklich, wenn sie keine Pferde um sich haben. Helen ist so ein Mensch. Die braucht ihre Pferde wie die Luft zum Atmen! Und sie hat viel Gespür für sie.«

»Katie ist genauso.«

»Ja.« Niko lachte. »Allerdings! Nur weiß Keira das noch nicht. Aber die zwei werden sich bestimmt noch …«

Mit einem Mal wurde Niko blass um die Nase. Jola blieb stehen und wartete, ob er weiterreden würde, aber Niko streckte nur die Hand aus und deutete nach vorn.

»Da … da ist …«

Jola wusste, was er gesehen hatte. Sie wirbelte herum, zu Wolkenherz, der halb hinter einem riesigen Rundballen verborgen stand. Diesmal hatte sich das Schattenwesen nicht nur zu ihm geschlichen – es saß auf ihm drauf!

»Wolkenherz!« Jola schrie, dann rannte sie los. So schnell sie konnte, wollte sie zu ihm, aber in ihrer Hast blieb sie mit dem Ellbogen am Stromdraht hängen und stolperte rückwärts, als der Schlag sie durchzuckte. Niko griff nach ihren Schultern und half ihr auf, und als sie wieder zu dem Rundballen schauten, zu dem Hengst mit seinem unheimlichen Reiter, da war das Wesen verschwunden, genauso spurlos wie beim letzten Mal.

»Ich glaub, ich spinne.« Niko rieb sich die Augen. »Hast du das auch gesehen?«

»Ja. Ich hab es schon öfter gesehen, schon zweimal.«

»Was? Diesen … diesen Geist?«

Jola biss sich auf die Lippe. Ein Geist? Der Gedanke war neu. Aber so unrecht hatte Niko gar nicht. Nur: Wessen Geist sollte Wolkenherz heimsuchen? Sie startete einen erneuten Versuch, in die Koppel zu klettern, und diesmal schaffte sie es. Wolkenherz sah sie an, und sie hatte schon wieder das Gefühl, durch ihn hindurchzublicken. So als wäre er eine Projektion, ein Bild, das echt wirkte, aber in Wirklichkeit gar nicht richtig da war.

»Was war das?« Niko schüttelte immer wieder den Kopf. »Ich hab mir diese Gestalt doch nicht eingebildet, oder?«

»Nein«, antwortete Jola leise. »Ich hab sie auch gesehen.«

»Was macht sie hier?«

»Wolkenherz«, sagte Jola nur. Sie streckte die Hand aus … zog sie aber wieder zurück. Wolkenherz machte keine Anstalten, zu ihr zu kommen. Im Gegenteil, sie hatte sogar das Gefühl, ihn bei etwas gestört zu haben!

Plötzlich bekam sie Angst. Riesige, kalte Angstgedanken. Wolkenherz und ein Geist? Das konnte doch nur Lotte sein! Aber wenn Lotte ein Geist war … wo liefen sie dann hin?

»Komm.« Niko griff nach ihrer Hand. »Lass uns zurückgehen.«

»Nein, wir müssen … Was, wenn sie wiederkommt?«

Niko dachte einen Moment nach. »Okay. Du gehst zurück und schläfst im Zelt, ich bleibe hier. Ich kriege jetzt sowieso kein Auge mehr zu. Und ab morgen wird immer jemand von uns Wache halten.« Er lächelte grimmig. »Wäre doch gelacht, wenn wir diesem Geist nicht auflauern könnten!«

Hitzegewitter

Jola schlief schlecht in der restlichen Nacht. Sie träumte wirres Zeug, von einer Frau namens Ch. Neumann, deren Gesicht man nicht sehen konnte und die auf Billy ein Turnier gewann, bei dem er über lauter große Pferde springen musste. Als sie aufwachte, war sie so durcheinander, dass sie Kopfschmerzen bekam.

»Sollen wir noch einen Tag Pause machen?«, schlug Niko vor, als er Jolas Augenringe sah.

»Nein, auf keinen Fall!« Jola machte ein paar Hampelmannsprünge. »Hier, bin fit! Wir müssen weiter.«

Sie packten das Zelt ein und sahen den anderen Campinggästen wehmütig dabei zu, wie sie ihre Badesachen zusammensuchten und in Richtung Pool wanderten. Der Tag schien wieder so richtig heiß und drückend zu werden, und Jola merkte, dass Opa Max seltsam still auf seinem Kutschbock saß.

»Opa?« Katie überließ Jola die Führung und ritt neben ihn. »Geht es dir wirklich gut?«

»Jaja.« Opa Max lächelte. »Alles gut. Nur die Hitze … die Hitze macht alles so schwer.«

»Wir können ja in der Nacht reiten«, schlug Niko vor. »Und bei der Hitze lieber schlafen.« Er sah Jola an. »Wenn wir in der Nacht sowieso wach bleiben müssen.«

»Ist das Schattenwesen noch mal zurückgekommen?«, fragte Jola erschrocken.

»Nee.« Niko runzelte die Stirn. »Und da war ich auch ganz froh. Ich wüsste gar nicht, was ich mache, wenn so ein Geist plötzlich vor mir steht!«

»Weißt du«, begann Jola, »Geister sind eigentlich nicht böse. Sie wollen etwas. Die Aufgabe ist es eben herauszufinden, was das ist.«

»So wie …« Niko sah zu Wolkenherz und schluckte. Der Hengst schien über den Waldboden zu schweben, und sein Fell schimmerte wieder so hell, als könnte ein einziger Windhauch die Partikel seines Körpers auseinanderwirbeln. Nicht einmal Niko konnte leugnen, dass etwas mit ihm geschah.

»Er ist wirklich ein Geist«, sagte Jola leise. »Ein sehr lieber Geist! Er wohnt seit vielen, vielen Jahren bei euch im Stall. Helen hat ihn gesehen, als sie ein kleines Kind war, und Katie und Anna auch! Aber je älter sie wurden, desto weniger haben sie an die Gestalt geglaubt, und Wolkenherz verblasste wieder. Doch er war da, die ganze Zeit!«

Sie erzählte Niko von ihrer ersten Nacht auf dem Ginsterhof, wie sie im Heubett gelegen und den Geist gehört hatte. Die Schritte. Das unheimliche Schnaufen. Ein bisschen hatte sie sich schon gegruselt. Und dann war er plötzlich da gewesen, das schönste Pferd, das sie je gesehen hatte!

Niko hörte ihr stumm zu und nickte nur ab und zu. Bestimmt verstand er jetzt, warum sie nie einen Besitzer von Wolkenherz aufgespürt hatten und das Pferd quasi aus dem Nichts gekommen war.

»Er will niemandem etwas tun«, schloss Jola. »Er will einfach nur, dass Lotte und Max wieder vereint sind.«

Doch wenn Lotte tot ist, dachte sie dann, was ist dann mit Max? Was muss mit ihm geschehen?

Gegen Mittag wurde die Hitze unerträglich. Und ausgerechnet jetzt führte Wolkenherz sie an einer viel befahrenen Landstraße entlang, die null Schatten bot. Katie und sie stiegen ab und führten die Pferde, damit sie es etwas leichter hatten.

Autos überholten sie, ohne abzubremsen. Eines scherte so dicht vor Jola zurück auf seine Spur, dass es beinahe Wolkenherz von den Beinen riss. Erst im allerletzten Moment sah der Fahrer den Hengst und vollführte einen gefährlichen Schlenker nach links.

»Wie wäre es mit etwas Rücksicht, du …«, schrie Katie ihm hinterher.

Erst nach über einer Stunde zweigte der Weg wieder zwischen die Felder ab und von da an ging es stetig bergauf. Laut Schild war das nächste Dorf nur noch zwei Kilometer entfernt, doch durch die Hitze und den Anstieg brauchten sie für jeden Meter eine gefühlte Ewigkeit.

»Wo … führt … uns … der … bloß … hin?«, keuchte Katie, die neben Keira herstiefelte und einen knallroten Kopf hatte. Sie hielten an, tranken jede Menge Wasser, und Niko spannte die Plane so über die Kutsche, dass Opa Max in seinem Klappsessel möglichst im Schatten saß.

»Lange geht das nicht mehr gut«, flüsterte er den Mädchen zu. »Dein Opa sieht gar nicht gesund aus, Katie! Wir gehen nur noch bis zum nächsten Ort. Da müssen wir ihm ein Quartier suchen. Der holt sich bei der Hitze noch den Tod!«

Katie zuckte zusammen. »Sag so was nicht!«

»Ich sage nur, wir müssen auf ihn aufpassen. Er ist fast neunzig, verdammt!«

Sie stapften tapfer weiter, und auch Minnie musste laufen, damit Justin nicht gar so schwer zu ziehen brauchte.

»Ich könnte auch absteigen«, bot Opa Max an. »Oder ich reite Wolkenherz.«

»Auf keinen Fall!«, riefen Katie und Jola wie aus einem Mund.

Dabei bezweifelte Jola, dass überhaupt noch jemand auf Wolkenherz reiten konnte. Sein Fell hatte die Farbe von Milchglas angenommen, und manchmal, wenn das Licht ungünstig stand, wurde er völlig durchsichtig.

Am späten Nachmittag, als sie den Hügel beinahe erklommen hatten, zogen endlich erste Wolken über den Himmel.

»Das ist cool!« Niko breitete die Arme aus und auch die Pferde wurden sofort wieder munterer.

Aber sie hatten sich zu früh gefreut, denn die Wolken brachten keinen Schatten, sondern erste Regentropfen. Im Nu war der Himmel schwarz, und aus der ersehnten Abkühlung wurde ein Wolkenbruch, der Pferde und Menschen mit Hagelschauern und Regen überschüttete. So schnell waren sie noch nie auf die Pferde geklettert.

Katie brüllte nur: »Mir nach!«, und los ging es, den restlichen Hügel hinauf und zwischen die Bäume, während die Plane über der Kutsche flatterte wie der Mantel eines fliegenden Vampirs.

»Wie weit ist es noch?«, keuchte Niko. »Seht ihr das Dorf schon?«

»Nein!«, schrie Katie. »Nichts! Nur so ein Schober, gleich da vorn!«

»Dann nichts wie rein!«

»Ist aber eingezäunt!«

»Egal. Wir stellen uns da unter, wir können nicht weiter!«

Der Wind blies Jola die Haare ins Gesicht. Sie klebte am Sattel, und sie sah Wolkenherz nicht mehr – der Regen hatte ihn verschluckt, genau wie damals, genau wie in der Gewitternacht auf dem Ginsterhof! Ein Blitz zuckte über den Himmel. Dann grollte der Donner. Katie schrie auf.

Die Pferde wurden wild, sie wollten nicht weiterlaufen, sondern sich gegen den Wind drehen und Schutz suchen, aber sie trieben die Tiere unaufhörlich weiter, bis sie die Wiese mit dem Schober erreicht hatten. Ein einfacher Drahtzaun umschloss die Wiese, aber Niko kappte einfach ein Ende mit seinem Messer und wickelte es anschließend wieder fest. Völlig durchnässt und fertig stellten sie sich in dem Schober unter, als eben der nächste Donner über ihren Köpfen krachte.

»Scheiße«, wimmerte Katie. »Das war ja heftig!«

»Jetzt bleiben wir erst mal hier.« Niko half Opa Max von der Kutsche und spannte Justin aus, damit er sich ein wenig strecken konnte. Das Gewitter tobte so heftig, dass sie nicht wagten, jetzt einen Stromzaun zu bauen.

»Da war doch ein Zaun«, meinte Jola. »Lassen wir sie doch einfach laufen, sie stellen sich sowieso zu uns rein.«

Niko versuchte, das Ende der Wiese zu erspähen, aber die Wolkenwand war längst zu dicht, sie sahen nur grauen Wasserschleiernebel.

»Also gut«, stimmte Niko zu. »Hoffentlich ist der Zaun nicht irgendwo offen.«

Die Pferde rührten sich tatsächlich nicht vom Fleck, sobald sie von Sätteln und Zaumzeug befreit waren. Sie drängten sich unter dem Dach zusammen und waren zufrieden, als Katie in einem Eck etwas loses Heu entdeckte und ihnen zuschob. Jedes Pferd bekam noch eine Handvoll Hafer, Minnie einen Knochen (mit dem sie sich sofort unter die Kutsche verzog) und für die Menschen gab es wieder einmal Dosennahrung.

So gruselig der Himmel auch aussah, irgendwie war es ganz gemütlich in dem Schober! Ganz hinten wurde man nicht mal nass. Sie spannten die Plane so auf, dass sie alle dahinter Platz fanden, und rollten die Schlafsäcke einfach am Boden aus. Für Opa Max bauten sie ein Bett auf den Heuballen, wo er es zumindest warm und gemütlich hatte.

Als es dunkel wurde – und ohne die Sterne wurde es richtig, richtig dunkel! –, suchte Jola nach Wolkenherz. Sie fand ihn mitten im Sturmregen vor dem Schober, den Kopf hocherhoben, die Nüstern gespannt geweitet.

»He, Kumpel«, flüsterte sie ihm zu.

Wolkenherz senkte den Blick. Er wieherte, ganz leise, so als würde er jemanden rufen. Jola merkte, wie ihr die Tränen kamen. Wolkenherz sah so anders aus! Sein blasser Körper, sein schimmernder Umriss – hatte sie ihn überhaupt etwas fressen sehen in den letzten Tagen? Er stand immer nur so da und starrte in die Ferne. Sie hob die Arme, schloss sie um seinen Hals. Tränen liefen aus ihren Augen, Tränen, die niemand sah, die nur Wolkenherz gehörten.

Warum weinte sie? Es war nichts Schlimmes passiert! Aber ihre Hände griffen ins Leere. Sie spürte nur den Hauch einer Berührung, wie das Flattern eines Flügels. Zart und unwirklich. Sie ließ ihre Arme sinken, trat einen Schritt zurück. Ansehen konnte sie ihn noch, bei ihm sein, mit ihm reden. Aber ihn nicht mehr berühren.

»Bitte«, wisperte sie. »Bitte, verlass mich nicht!«

Irgendwann in der Nacht hörte der Sturm auf zu wüten. Der Regen verstummte, das Gewitter zog fort. Nur die Dunkelheit blieb, schwarz und stumm und voller wirrer Träume.

Jola wachte auf, als jemand sich neben ihr bewegte. Sie war sicher, vorhin noch neben Katie gelegen zu haben, aber nun spürte sie eindeutig Nikos Hand auf ihrem Arm.

»Jola!«

»Was?«

»Ich glaube … ich glaube, die Gestalt ist wieder da!«

Blitzartig fuhr Jola hoch. Sie kroch aus ihrem Schlafsack und stolperte über Katie, die sich sofort murmelnd beschwerte.

»Sorry«, flüsterte Jola. »Schlaf weiter!«

Sie tasteten sich an den Rand des Schobers. Niko leuchtete mit seinem Handy und Wolkenherz' geisterhaft glimmender Umriss zeichnete sich vor der Dunkelheit ab.

»Hallo?«, rief Niko leise. »Ist da wer?«

Natürlich bekamen sie keine Antwort. Dafür fuhr Jola erschrocken zusammen, als ihr einer der Haflinger ins Genick schnaubte.

»Ich dachte, ich hätte was gesehen«, murmelte Niko und schaltete das Licht aus.

»Wie lange bist du denn schon wach?«

»Eine Weile. Mir geht das dauernd im Kopf rum, weißt du … was du heute erzählt hast.«

Jola musste lächeln. »Dann glaubst du uns? So richtig?«

Niko lachte leise. »Hey, wir sind in einer Scheune mitten im Nirgendwo. Und es ist so dunkel, dass du nicht mal die Hand vor den Augen siehst. Wenn ich dieses Pferd anleuchte, sieht er aus … keine Ahnung, wie aus Glas gegossen! In so einer Situation würde dir das jeder glauben.«

Jola seufzte. Natürlich. Niko war wie die meisten Leute. Im Dunkeln, da waren Geister eine gruselige Angelegenheit. Aber bei Tageslicht lächelte man über sie. Das war der Grund, warum keiner von ihnen Wolkenherz je bemerkt hatte, warum erst sie kommen musste, um ihn zum Leben zu erwecken – weil sie die Einzige gewesen war, die wirklich ehrlich an Geister glaubte.

»Meinst du, dieses Schattending kommt noch mal zurück?«, fragte Niko leise.

»Keine Ahnung. Bist du müde?«

»Ja. Schon.«

»Dann geh schlafen. Ich bleibe hier und passe auf.«

»Also gut. Aber weck mich, wenn du etwas siehst, ja?«

»Mach ich.«

Sie standen noch einen Moment schweigend nebeneinander, dann hörte Jola, wie er vorsichtig zurück in den Schober stieg und sich an der Wand entlangtastete. Sein Display glomm auf, damit er nicht auf Katies Haare trat und seinen Schlafsack wiederfand.

Jola ließ sich am Rand des Schobers nieder und lehnte sich mit dem Rücken gegen das Holz. Kühl und feucht war die Luft und schmeckte nach Erde und Wind. Sie lauschte, hörte das Knacken von Holz, ein leises Rascheln, das vielleicht von Mäusen verursacht wurde … und dann eine sachte Stimme. Zuerst atmete sie nur, federleicht, doch dann begann sie zu wispern, und Jola lehnte sich vor, um ihr näher zu sein. In der Stille war es gar nicht schwer zu verstehen, was sie sagte.

»Wolkenherz«, sang die Flüsterstimme. »Wolkenherz, komm zu mir. Komm nach Hause.«

Die grüne Insel

Ein ängstliches Wiehern weckte Jola am Morgen. Zuerst wusste sie nicht, wo sie war – Holzbalken in ihrem Rücken, feuchte Erde unter ihrem Gesicht. Sie lag auf dem Boden, aber nicht in ihrem Schlafsack, sondern draußen, unter freiem Himmel. Sie hatte gewacht, über Wolkenherz …

»Wolkenherz!« Blitzartig schlug Jola die Augen auf. Und schaute in die Gesichter von einem Dutzend Kühe.

»Jola?«, erklang eine ängstliche Stimme hinter ihr. »Bist du da?«

Jola rappelte sich hoch. Die Kühe rührten sich nicht, zum Glück. Sie standen nur da, in einer Reihe vor dem Schober, und starrten sie an. Um ihre Füße waberte dichter morgendlicher Nebel, der aussah, als hätte er sie erst in diesem Moment hierhergezaubert. Sie ging vorsichtig rückwärts, Schritt für Schritt, um die Kühe nur ja nicht nervös zu machen.

»Wo kommen die denn her?«, murmelte Niko schläfrig und rieb sich die Augen.

»Ist mir ganz egal«, quiekte Katie. »Sag mir lieber, wie wir hier wieder rauskommen!«

»Aber, Kinder«, mahnte Opa Max. »Es sind nur Kühe! Die tun keinem was.«

»Sie sind aber verdammt groß.« Katie rollte ihren Schlafsack zusammen und presste ihn wie einen Schutzschild vor ihre Brust. »Kscht! Haut schon ab!«

»Wahrscheinlich sind eher wir die Eindringlinge in ihrem Zuhause.« Niko stand auf und streichelte Keira, die nervös mit dem Kopf schlug. Dann nahm er sich einen der Stöcke, mit dem sie am Tag zuvor die Plane aufgespannt hatten, und schwang ihn vor den Kuhnasen hin und her. »Na los, ihr Süßen! Geht frühstücken!«

»Aber nicht uns«, piepste Katie. »Wir schmecken gar nicht!«

»Du weißt schon, dass Kühe Vegetarier sind, oder?« Niko lachte. »Also ehrlich. Reitet jedes Wildpferd, aber bei einer einfachen Kuh fürchtet sie um ihr Leben!«

»Ich hab keine Angst«, murrte Katie. »Nur Respekt!«

Die Kühe ließen sich tatsächlich von Niko verscheuchen. Offenbar waren sie nicht böse, dass ein paar Nichtvegetarier in ihrem Futterlager übernachtet hatten. Jola sah, dass es weiter unten auf der Wiese noch einen zweiten Unterstand gab, der viel größer war als ihrer. Dort hatten wahrscheinlich die Kühe residiert.

Opa Max erhob sich ebenfalls von seinem Lager. Er war ganz wackelig auf den Beinen, und Jola sah, dass seine Hände zitterten. Er fing an, sein Lager zusammenzuräumen, also lief sie schnell zu ihm und half ihm dabei.

»Danke«, sagte er und lächelte. »Ich habe nicht so gut geschlafen letzte Nacht.«

»War Ihnen kalt?« Jola sah sich nach der Wolldecke um, die sie als Unterlage benutzt hatten. Sie fand sie zwischen den Schlafsäcken und hängte sie Opa Max um die Schultern.

»Ich habe geträumt«, flüsterte er, und nun zitterte auch seine Unterlippe, und er wurde ganz blass um die Nase. »Ich habe geträumt, Lotte war hier. Sie hat Wolkenherz mitgenommen!«

Ein eisiger Schauer lief Jola über den Rücken. Sie schluckte, und dann sah sie, dass auch ihre Hände bebten. »Das war kein

Traum«, flüsterte sie zurück. »Aber keine Angst, Wolkenherz ist hier! Noch ist er hier …«

Sie sahen sich um. Die Kühe hatten sich auf der Wiese verstreut und grasten friedlich. Wolkenherz schritt zwischen ihnen umher, unruhig und rastlos, als wollte er sie zum Aufbruch treiben.

»Er verschwindet«, sagte Opa Max. »Siehst du, Jola? Er wird bald nicht mehr hier sein.«

»Aber wir müssen fast am Ziel sein!« Jola merkte, wie ihre Augen sich erneut mit Tränen füllten. Was war nur los mit ihr? Sie blinzelte, doch als Opa Max ihr den Arm um die Schulter legte und sie fest an sich drückte, war es um sie geschehen, und die Tränen rannen haltlos.

»Wir haben es versucht. Du hast so viel getan, Jola, für mich und für Wolkenherz. Du bist ein tolles Mädchen, weißt du das?«

»Ich gebe nicht auf«, schluchzte sie. »Nicht jetzt. Ich weiß, dass wir sie noch finden können!« Sie drehte sich zu dem schimmernden Wesen, das einmal ihr stolzer weißer Hengst gewesen war, und schrie: »Wir geben noch nicht auf!«

Sie ritten Richtung Osten, der aufgehenden Sonne entgegen, die den Dunst von den Feldern und Wiesen verscheuchte. Opa Max saß blass und zusammengesunken neben Niko auf dem Kutschbock. Alle Sachen, die nass geworden waren, hatten sie auf der Kutsche ausgebreitet, damit Fahrtwind und Sonne sie trocknen konnten.

Am späten Vormittag war es schon wieder so heiß, dass man es in der Sonne kaum noch aushielt. Und als sie endlich das nächste Dorf erreichten, kam Niko zu ihnen und raunte: »Mädels, Max gefällt mir gar nicht!«

»Mir auch nicht«, gab Katie leise zu. »Diese Kackhitze!«

»Wir müssen noch mal einen Pausetag einlegen«, bestimmte Niko. »Oder besser zwei. So können wir auf keinen Fall weiterreiten!«

Jola sah erschrocken zwischen den beiden hin und her. »Das geht nicht!«

»Was heißt, das geht nicht? Natürlich geht das!«

»Aber Wolkenherz …« Jola schluckte. »Wolkenherz verschwindet! Seht ihr das nicht? Er löst sich auf, er hält nicht mehr lange durch! Wenn wir jetzt anhalten, verlieren wir ihn!«

Katie sah zu Wolkenherz hinüber und schluckte ebenfalls. »Einer von uns muss mit Max dableiben. Er kann auf keinen Fall weiterfahren. Aber die anderen beiden können doch weitersuchen!«

»Okay.« Niko nickte zögerlich. »So machen wir es.«

Als sie durch das Dorf ritten, lehnte Jola sich zu Katie hinüber und flüsterte: »Es wird nicht klappen, das weißt du, oder?«

»Warum nicht?« Katie warf einen Blick nach hinten zu Niko. »Ich krieg ihn schon dazu, dass er dableibt! Dann können wir beide schneller …«

»Max«, sagte Jola. »Ohne Max wird Wolkenherz uns nirgendwohin führen.«

Katie klappte den Mund auf und wieder zu. »Oh.«

»Aber du hast recht«, meinte Jola nachdenklich. »Zu zweit wären wir schneller! Dann suchen wir diese grüne Insel eben allein.«

In einer Bäckerei kauften sie sich Frühstück und füllten ihren Trinkwasservorrat auf. Dann fragten sie nach einer Unterkunft, einer Pension oder einem Bauernhof, wo sie ein oder zwei Tage bleiben konnten, und die freundliche Dame bot ihnen sofort an, in ihrem eigenen Gästezimmer zu übernachten, das sogar ein eigenes Bad besaß.

Opa Max weigerte sich natürlich, den Platz auf dem Kutschbock aufzugeben. Sie mussten zu dritt auf ihn einreden und ihm versprechen, dass sie nur einen einzigen Tag rasten würden, aber erst als Katie damit drohte, Helen anzurufen, gab er nach und kam mit in das herrlich klimatisierte Gästezimmer. Die Bäckerin brachte ihm eine lauwarme Hühnerbrühe und ließ sich mit staunenden Augen erzählen, was sie und Opa Max in den letzten Tagen alles erlebt hatten.

»Kennen Sie vielleicht die grüne Insel?«, fragte Jola ohne allzu große Hoffnung.

»Eine Insel?« Die Bäckerin überlegte. »Nein. Es gibt keinen See in der Gegend, der groß genug für eine Insel wäre.«

»Vielleicht ist es ein Ort, der nur so genannt wird«, versuchte Katie es nun. »Noch nie gehört?«

Aber die Frau konnte nur den Kopf schütteln.

Katie schnaufte resigniert, und Jola meinte nachdenklich: »Vielleicht fragen wir einfach nur die falschen Leute!«

Während Opa Max ein Schläfchen hielt, suchten sie nach einer Wiese, auf der sie die Pferde unterbringen konnten. Zum Glück gab es ringsum genug Platz und einen freundlichen Bauern, der kein Problem damit hatte, wenn sie für ein oder zwei Tage einen mobilen Weidezaun aufstellten.

»Die Leute sind toll, wenn man so unterwegs ist«, meinte Katie. »Findest du nicht? Je weniger man mit sich rumschleppt, desto mehr bekommt man geschenkt. Weideplatz für die Pferde zum Beispiel!«

Jola schaute sich um. »Siehst du Wolkenherz irgendwo?«

Katie streckte den Arm aus. »Ja. Dort! Wenn du so schräg guckst, siehst du ihn.«

»Wolkenherz«, rief Jola und breitete die Arme aus. Der blasse Umriss des Hengstes machte kehrt und galoppierte auf sie zu. Sie hörte keinen Hufschlag, spürte keinen Luftzug. Und doch war er da. Er war immer noch da, und das hieß, es gab noch Hoffnung!

»Komm«, sagte sie zu Katie. »Lass uns noch ein Stück reiten, okay? Vielleicht finden wir was, irgendeinen Hinweis auf diese grüne Insel muss es doch geben!«

Sie verließen die Ortschaft und hielten sich weiter auf der Route, die Wolkenherz eingeschlagen hatte. Natürlich war die Richtung nur eine vage Vermutung, aber mehr hatten sie nicht, und auch den Hengst – oder das, was von ihm übrig geblieben war – sahen sie nirgends.

»Das ist unglaublich«, sagte Katie und deutete auf Keira. »Siehst du das? Ich kann sie mit durchhängenden Zügeln reiten. Und sie geht total locker und entspannt! Ich glaube, so harmonisch war es noch nie zwischen uns beiden.«

»Siehst du? Sie hat mal Urlaub gebraucht von dem ganzen Training.«

»Pah. Als ob man das Urlaub nennen könnte!«

»Für sie schon! Hier muss sie zwar laufen, aber du zuppelst nicht ständig an ihr rum. Nicht sie ist entspannter, du bist es! Weil du kein Ziel im Kopf hast. Du reitest einfach bloß.«

Katie legte den Kopf in den Nacken und lachte. »Oh Mann. Also, wenn sie in Zukunft rumzickt, mache ich einfach einen Mehrtagesritt mit ihr, und schon läuft die Sache wieder!«

»Dann brauchst du aber auch eine richtige Mission. Es muss

mindestens um Leben und Tod gehen!« Jola wollte noch etwas sagen, aber in dem Moment zuckte Miley zusammen und knickte unter ihr weg. Jola konnte gerade noch ihre Füße aus den Steigbügeln ziehen, da lag Miley auch schon auf dem Boden.

»Scheiße!« Katie sprang noch im Gehen aus dem Sattel und stürzte auf Miley zu. »Mäuschen, hey, was hast du denn?«

Jola trat einen Schritt zurück und griff nach Keiras Zügeln. Katie versuchte, Miley zum Aufstehen zu bewegen, und tatsächlich stemmte Miley sich auf die Vorderbeine hoch und stand kurz darauf wieder auf allen vier Füßen. Das linke Vorderbein zog sie allerdings hoch, als hätte sie Schmerzen.

»Was ist mit ihr?«, fragte Jola erschrocken.

»Haben wir gleich.« Katie blieb ganz ruhig. Sie ließ Miley Huf geben und nickte grimmig. »Sie hat sich einen Stein in den Strahl eingetreten! Mann, sitzt der tief. Den kriege ich so nicht raus. Haben wir …« Sie sah sich um.

»Die Satteltaschen haben wir auf der Kutsche gelassen«, sagte Jola.

»Mist. Hm … Dann such mal einen großen Stein.«

Jola suchte, aber sie fand nur kleine Steinchen. Zu klein, um damit den Minifelsen aus Mileys Huf zu klopfen.

»Verflixt!« Katie sah sich um. Dann deutete sie auf den Sattel. »Steigbügel! Bau mal aus.«

Jola merkte, dass sie noch nie einen Steigbügel von einem Sattel abgebaut hatte. Aber es war gar nicht schwer, man brauchte nur den Riemen zu lösen und den Steigbügel auszufädeln. Mit dem schweren Metall gelang es Katie dann tatsächlich, Mileys Huf von dem Stein zu befreien. Miley trat sogar wieder auf, aber sehr vorsichtig – als ob sie immer noch Schmerzen hätte.

»Wir müssen sie führen«, sagte Katie niedergeschlagen. »Heute geht aber auch alles schief!«

»Wird sie wieder?«, fragte Jola angstvoll. Sie streichelte Mileys Hals und lockerte ihr den Sattelgurt, damit sie leichter laufen konnte.

»Na klar. Wir müssen nur was auf die Stelle tun, damit es sich nicht entzündet.«

»Und was?«

»Keine Ahnung! Mama wüsste bestimmt, was man da macht. Aber wenn ich sie jetzt anrufe …«

»… steht sie morgen auf der Matte und holt uns ab!«

»Genau.«

Der Rückweg dauerte viel, viel länger als ihr Ritt durch die Felder, und die Sonne stand tief, als sie das Dorf wieder erreichten. Katie klopfte an die Tür einer kleinen Apotheke, die zwar geschlossen hatte, doch der Besitzer war so nett und sperrte trotzdem noch mal für sie auf. Katie schilderte das Problem, aber der Apotheker hatte überhaupt keine Ahnung von Pferden, also rief er in einer Tierklinik an und schob ihnen ein Fläschchen Wasserstoffperoxid-Lösung zu, die sie heute und morgen auf die betroffene Stelle träufeln sollten, und eine Mischung aus Mandelöl und Kurkuma für die kommenden Tage, um einer Entzündung vorzubeugen. Katie bedankte sich herzlich, dann brachten sie Miley auf die Wiese und versorgten ihren Huf wie empfohlen.

Niko stöhnte, als sie ihm später von dem Zwischenfall erzählten. »Na super. Jetzt haben wir schon zwei Invaliden!«

»Haha!« Katie streckte sich müde auf dem Fußboden aus, wo ihre Isomatte ausgerollt lag. »Gut, dass der Apotheker uns gleich geholfen hat.«

Jola wartete, bis alle schliefen. Dann schnappte sie sich ihren Schlafsack und schlich raus zu den Pferden. Es gab keinen Unterstand auf ihrem Stückchen Weide, also legte sie sich einfach ins Gras und beschloss, so lange wach zu bleiben, bis das Schattenwesen zu Wolkenherz kam. Sie würde alles tun, um ihren Freund zu beschützen – einfach alles!

Dann wurde ihr klar, wie widersinnig dieser Gedanke war. Wovor beschützen? Wolkenherz war ein Geist! Es war von Anfang an klar gewesen, dass er nicht für immer als Pferd bei ihnen bleiben würde. Aber dass er sich nun auflöste, bevor seine Mission erfüllt war, ergab keinen Sinn!

Und bei dieser fremden Gestalt, die ihn jede Nacht heimsuchte, konnte es sich nur um Lotte handeln. Aber wenn Lotte herumwandeln konnte, musste auch sie ein Geist sein. Wie passte das nun wieder zusammen? Warum war Wolkenherz dann überhaupt so lang auf dem Ginsterhof geblieben?

Außer, dachte Jola, Lotte ist gerade erst jetzt gestorben. Genau da, als wir angefangen haben, nach ihr zu suchen. Dann konnte sie ein Geist sein und versuchen, Wolkenherz heimzuholen – und das würde auch erklären, warum er sich auflöste.

»Wolkenherz«, murmelte Jola. Mit aller Macht versuchte sie, ihre Augen offen zu halten. Schließlich spürte sie … etwas. Kein Fell, keine Pferdenase, keine seidige, lange Mähne. Doch Wolkenherz war hier, bei ihr. Im matten Schein der wenigen Sterne sah sie seinen Umriss neben sich im Gras schimmern. Er hatte sich hingelegt, den Kopf zur Seite geneigt und sah sie an.

»Du warst alles für mich«, wisperte sie ihm zu. »Das erste Pferd, dem ich vertrauen konnte. Du hast die Erinnerung an meine Mutter lebendig gemacht, du hast mir gezeigt, was ich wirklich will – wer ich bin! Dafür kann ich dir gar nicht genug danken. Danke, Wolkenherz! Ich werde dich nie vergessen. Und wenn du nun zu Lotte gehen musst …« Sie holte tief Luft. »Wenn du gehen musst, ist das okay. Wir vergessen dich nicht, Wolkenherz. Niemals! Das verspreche ich …«

Aber Wolkenherz verschwand nicht, und es tauchte auch kein Schattenwesen auf, das ihn mit sich nahm. Die Nacht blieb still und flüsterlos.

Jola streckte die Hand aus. Sie erwartete, ins Leere zu greifen, aber ihre Finger berührten etwas, was sich ein bisschen wie schweres Wasser anfühlte. Ein Bild schwamm in ihren Kopf und sie schloss die Augen.

Kinderlachen. Eine liebevolle Hand, die sie hielt. Ihr Spiegelbild in den Augen eines schwarzen Pferdes. Und dann sie selbst auf seinem Rücken, zusammen mit ihrer Mutter, die den Arm um sie geschlungen hatte und lachte, hell und klar …

»Danke«, murmelte Jola lächelnd. »Ich danke dir …«

Dann schlief sie ein.

»Jooooolaaaa!«

Die Stimme rief schon eine Weile nach ihr, aber sie hatte noch keine Lust, die Augen aufzumachen. Es war so schön, hier zu liegen … Die Luft duftete nach Gras und Pferden und nach … Pferdeäpfeln.

Jola riss die Augen auf und verzog die Nase.

»Na, gut geschlafen?« Katie hockte sich vor sie auf den Boden. »Kannst du wenigstens einen Zettel dalassen, wenn du in der Nacht abhaust? Wir haben uns echt Sorgen gemacht!«

»Wo soll ich denn schon sein?«, murmelte sie.

»Na, jedenfalls will Niko heute hierbleiben. Mit Opa Max. Er sagt, wir können noch mal losziehen – ohne Miley natürlich. Du musst Justin nehmen.«

Sie fütterten die Pferde und holten dann Frühstück für sich und Niko und Opa Max aus der Bäckerei.

»Voll das Luxusleben.« Katie kicherte. »Ich hab sogar geduscht, kannst du dir das vorstellen?«

Auch Jola ging duschen, während die anderen frühstückten. Sie stellte sich unter den warmen Strahl und spülte sich den Schweiß und die Sorgen der letzten Tage vom Körper. Leider verschwanden die Sorgen nicht aus ihrem Kopf. Aber wenigstens Miley ging es besser! Gut, dass der Apotheker gleich gewusst hatte, wen er fragen musste …

Jola erstarrte. Die falschen Leute gefragt, dachte sie. Wir haben einfach nur die falschen Leute gefragt!

Sie holte Katie und zerrte sie mit raus auf den Flur. Dann bat sie um ihr Handy und rief ihren Vater an.

»Papa, du musst mir mal helfen, bitte. In der obersten Schublade in der Kommode neben der Schlafcouch, da liegt ein Zettel. Er ist rot, du kannst ihn gar nicht übersehen! Kannst du mir den mal vorlesen, bitte?«

Ihr Vater fragte nicht, was sie mit diesem Zettel wollte. Er war in Eile, also las er ihr schnell die Telefonnummer vor, die darauf notiert war.

»Was hast du jetzt vor?« Katie starrte sie verständnislos an.

Jola holte tief Luft. Das war der Tiefpunkt – dass sie einmal diese Nummer anrufen musste! Es tutete, viermal, fünfmal. Dann nahm jemand ab. Jola hörte nur ein schnelles »Ernst!«.

»Herr Ernst? Hier ist Jola.«

Schweigen. Dann, überrascht: »Jola! Es sind noch Ferien. Bei dir nicht? Bist du schon in Peru?«

Jola hatte keine Lust, sich mit Plaudereien aufzuhalten. »Nein, also, ich bin … Herr Ernst, ich habe nicht viel Zeit. Ich brauche bitte Ihre Hilfe! Haben Sie schon mal was von einer grünen Insel gehört? Und sagen Sie jetzt bitte nicht Irland, das meine ich nicht!«

Wieder schwieg der Lehrer. Jola dachte schon, er hätte einfach aufgelegt. Aber dann hörte sie ein Räuspern. »Ähm, nun ja. Es gibt eine spezielle Art von Farnen, die, wenn sie in großen Feldern wachsen, mitunter als grüne Inseln bezeichnet werden.«

Jola ließ vor lauter Aufregung beinahe das Telefon fallen. »Was sind das für Farne?«, fragte sie. »Und warum heißen die so?«

»Weil sie eine besondere Struktur besitzen, die sie, sofern sie in Feldern wachsen, aussehen lassen wie ein wogendes grünes Meer.« Herr Ernst schien in einem Buch zu blättern. »Ah, hier habe ich es. ›Die Struktur der Wald-Schachtelhalme verleiht ihnen einen einzigartigen optischen 3-D-Effekt, der im ersten Moment an Wellen erinnert.‹«

»Wald-Schachtelhalm«, flüsterte Jola. »Oh, vielen Dank, Herr Ernst! Sie haben uns echt geholfen!«

Die Frau in der Bäckerei nickte. »Ja, so etwas gibt es. Sogar ganz hier in der Nähe. Es führt aber keine Straße hin, man muss zu Fuß gehen oder mit dem Fahrrad … ach, nein, ihr habt ja Pferde!« Sie lächelte. »Dort leben auch Pferde. Oder zumindest früher einmal.«

»Und Sie haben wirklich noch nie den Ausdruck ›grüne Insel‹ gehört?«

»Nein«, gab sie zu. »Aber es stimmt, was ihr sagt. Die Pflanzen dort sehen tatsächlich aus wie ein grünes Meer.«

Katie drehte sich zu Jola um. »Du, wir müssen dahin. Sofort!«

Jola nickte. Ihr Herz schlug wie verrückt vor Freude. »Grüne Insel, wir kommen!«

Das Pferdehaus

»Wir hätten es ihnen sagen sollen«, meinte Katie bestimmt zum zehnten Mal, während Keira und Justin im flotten Trab dahinflogen.

»Nein«, beharrte Jola. »Stell dir vor, wir täuschen uns! Oder Lotte ist gar nicht mehr da. Oder … schlimmer. Das wäre doch schrecklich für Opa Max! Lieber suchen wir diesen Ort zuerst allein.«

Sie waren nun wieder in südlicher Richtung unterwegs. Und Jola bemerkte überrascht, dass Wolkenherz sie begleitete! Zuerst hielt sie ihn für ein Trugbild, aber die Sonne verschwand immer wieder einmal hinter den Wolken, und in diesen kurzen Momenten der Schatten tauchte er wie aus dem Nichts auf und galoppierte neben ihnen her.

Wir sind richtig, dachte sie. Diesmal muss es stimmen!

Der Weg führte über einen Hügel, der sich endlos hinzuziehen schien. Dafür war die Aussicht auf die umliegenden Berge mit ihren Wiesen und Wäldern atemberaubend schön!

»Komm«, rief Katie, und dann ließen sie die Zügel locker und flogen bis ans Ende der Hügelkuppe. Jola merkte, dass sie überhaupt keine Angst mehr hatte – reiten war längst so natürlich wie laufen, essen und atmen geworden. Sogar im Galopp!

»Wow. Oh, wow!« Katie bremste ziemlich abrupt, und Jola musste einen Bogen reiten, damit Justin nicht in Keira hineinklatschte. Dann sah sie, was Katie meinte.

Ein Meer aus Grün. Mit wogenden Spitzen, die im leisen Wind tanzten. Die Schachtelhalme wuchsen so dicht, dass man sie tatsächlich für eine Einheit halten konnte. Ein Pfad führte hindurch, schmal und halb versteckt. Es war der einzige Zugang zu dem Haus, das in seiner Mitte stand – ein zugeranktes Haus, von dem man nur noch ein Stück des Dachs sah, umgeben von hohen Hecken. Ein verstecktes Haus auf einer Insel. In einem grünen Meer.

»Krass.« Katie sah Jola an. »Das ist echt irre, oder?«

»Es sieht verlassen aus.«

»Ja. Verwildert.«

»Gehen wir nachschauen?«

»Aber natürlich!« Katie ließ Keira antraben. Als der Hügel steiler abfiel, parierte sie die Stute zum Schritt durch. Sie umrundeten das grüne Meer, bis sie an die Stelle gelangten, wo der Pfad zwischen den Schachtelhalmen hindurchführte. Ganz vorn am Weg stand ein verwitterter amerikanischer Briefkasten, auf dem aber kein Name klebte.

»Können wir da einfach reinreiten?« Jola hielt Justin an.

»Warum denn nicht?«

»Vielleicht haben sie einen fiesen Hund!«

»Dann erzählen wir ihm, dass wir auch einen fiesen Hund dabeihaben.«

»Sehr lustig.«

»Jetzt komm schon! Bestimmt ist sowieso niemand zu Hause.«

Sie ritten hintereinander auf den Pfad, und Jola hatte die ganze Zeit das Gefühl, von links und rechts ein Rauschen zu hören.

»Das ist ja wie in der Bibel«, murmelte Katie, »als Moses das Meer geteilt hat!«

»Wo ist Wolkenherz?« Jola drehte sich um. »Gerade war er doch noch bci uns!«

»Er wird schon kommen.« Katie bremste, als vor ihr ein großes Tor aufragte. Die Flügel hingen schief in den Angeln, und es öffnete sich, als Keira nur ganz leicht mit der Nase dagegenstupste. Katie trieb die Stute hindurch und wartete, bis Jola ihr gefolgt war. Staunend sahen sie sich um.

Der Garten war riesig. So groß, dass ein kompletter umgefallener Baum darin Platz hatte. Der Baum hatte nur knapp das Dach verfehlt, ein paar Schindeln waren heruntergebrochen. Ein bisschen erinnerte Jola der Anblick an das Haus in Ostpreußen, das ihr Vater einmal fotografiert hatte – das Haus, das von einem Baum verschlungen wurde. Bloß dass dieses Haus noch stand. Es wurde lediglich vom wilden Wein verschluckt.

»Hier wohnt keiner mehr.« Katie ließ Keira einmal um den Garten wandern. Überall wuchsen Erdbeerranken und Büsche voller roter Johannisbeeren, die niemand gepflückt hatte und schon überreif zu Boden fielen. Weiter hinten standen Obstbäume, Äpfel und Birnen, und gleich darauf schloss sich ein kleiner, vergessener Gemüsegarten an.

»Das muss mal total schön gewesen sein«, flüsterte Jola. »Schau dir nur mal diese Blumenbeete an!«

»Aber jetzt nicht mehr. Jetzt ist es bloß noch … grün!«

Sie ritten nun an der Rückseite des Hauses entlang, bis Jola etwas im Gras entdeckte. »Katie, schau mal!«

Katie stoppte und zog überrascht die Brauen hoch. »Das sind Hindernisstangen!«

»Pferde«, sagte Jola. »Die Bäckerin meinte doch, es gab hier einmal Pferde!«

Katie deutete auf den Zaun. »Der sieht auch verdächtig nach Koppel aus.«

Sie zogen weiter. Jola kam aus dem Staunen nicht mehr heraus. In diesem Haus hatte Lotte gewohnt? Ganz allein? Oder war sie zu ihrem neuen Mann gezogen, nachdem sie Herrn Neumann verlassen hatte? Eine Bewegung aus dem Augenwinkel ließ sie stocken. Sie bremste Justin, aber genau in dem Moment schob sich eine Wolke vor die Sonne, und sie erkannte, wer es war: Wolkenherz!

»Oh, Mist!« Katie stieß einen Fluch aus, im nächsten Moment prallte Keira rückwärts gegen Justin. Und dann war da plötzlich noch ein Pferd, genau zwischen ihnen und Wolkenherz. Es sah aus wie er, sein Körper, seine Bewegungen, sogar die lange Mähne und der stolze Hals glichen Wolkenherz wie ein Spiegelbild!

Die beiden Pferde prusteten, als sie sich begegneten. Für einen Moment verharrten sie, Wolkenherz schimmernd und weiß und sein Ebenbild mit silberschwarzem Fell. Dann stiegen sie hoch in die Luft, und ihre Hufe berührten sich, fielen übereinander, ineinander … Genau in dem Moment kam die Sonne wieder heraus und Wolkenherz verschmolz mit dem Körper des anderen Pferdes.

»Ein junger Hengst«, raunte Katie. »Hey, du! Komm doch mal her!«

Das ließ sich der Hengst nicht zweimal sagen! Er wölbte stolz den Hals, schüttelte seine lange Mähne und trabte mit federnden Schritten auf Keira zu. Die Stute legte sofort die Ohren an und quiekte nervös.

»Wolkenwind!«

Beinahe sofort machte der junge Hengst kehrt und galoppierte davon. Katie grinste erleichtert, und sie drehten sich zu der Stimme um, die nach dem Pferd gerufen hatte.

Vor ihnen stand eine Frau in Reitleggings und Stiefeln. Sie trug ein geblümtes Shirt und auf dem Kopf einen Strohhut, der das meiste ihres Gesichts verbarg. Erst als sie ein paar Schritte auf sie zu machte und den Kopf hob, sahen sie, wie alt sie sein musste.

»Ich … äh, also, wir sind einfach reingeritten, weil das Haus so verlassen ausgesehen hat«, plapperte Katie drauflos. »Tut uns leid, wenn wir Ihr Pferd erschreckt haben!«

»Was führt euch her?«, fragte die Frau freundlich und hob die Hand, als sich der junge Hengst an ihr vorbeidrängeln wollte.

Nicht was, dachte Jola. Wer! Sie sah die Frau an und sagte: »Wolkenherz.«

Der Junghengst begann zu grasen. Mit einem Ohr blieb er aufmerksam bei der alten Frau, doch die kümmerte sich nicht mehr um ihn. Ihr Gesicht war blass geworden, und mit den Lippen formte sie: »Wolkenherz!«

Da wusste Jola, wen sie vor sich hatte. Sie sprang von Justins Rücken und ging auf die Frau zu. »Lotte? Sind Sie … Lotte?«

Einen Herzschlag lang sah die Frau sie nur an. Dann nickte sie. »Ja, die bin ich. Mein Name ist Lotte. Und Wolkenherz war mein Pferd, aber er … er ist schon seit langer Zeit fort.«

»Das wissen wir.« Katie stieg ebenfalls ab. Sie schaute Jola unsicher an, dann streckte sie die Hand aus und reichte sie der Frau. »Hallo! Ich bin Katie. Katie Weber! Wir kennen uns noch nicht, aber …«

»Wir haben Ihr Pferd gefunden«, unterbrach Jola schnell. Sie fürchtete, all die Informationen könnten zu viel für Lotte sein. Immerhin musste sie ähnlich alt sein wie Opa Max! »Oder besser: Wolkenherz hat uns gefunden.«

Lotte lächelte. »Das ist unmöglich, leider. Aber kommt doch

rein! Wir nehmen Wolkenwind einfach mit, dann könnt ihr eure Pferde laufen lassen.«

Sie folgten Lotte auf die kleine Veranda. Das Haus war aus silbergrauen Steinen gebaut, und von vorne sah man, wie baufällig es tatsächlich war. Lotte stieg die zwei Stufen hoch, als würde sie das nicht im Mindesten anstrengen. Und Wolkenwind folgte ihr so selbstverständlich, als wäre das in Wirklichkeit sein Haus!

»Entschuldigt«, sagte Lotte und stellte zwei Saftgläser vor sie auf den Tisch. »Ich bin es nicht mehr gewohnt, Gäste hier zu haben.«

»Lebt das Pferd … im Haus?« Katie starrte auf die offene Verandatür, hinter der ein Bett aus Stroh bereitet war.

»Wie er möchte. Wobei er meistens draußen übernachtet.« Lotte seufzte. »Seit wir allein sind, fühlt er sich einsam. Ich habe all meine Pferde verkauft, weil ich langsam zu alt wurde, um mich um sie alle zu kümmern. Aber von ihm konnte ich mich nicht trennen.« Sie sah zu dem jungen Hengst und lächelte. »Er ist der letzte direkte Nachkomme von Wolkenherz!«

»Das sieht man«, entfuhr es Jola.

Lotte sah sie erwartungsvoll an. »Aber nun erzählt mal. Woher kennt ihr denn meinen Wolkenherz?«

Katie und Jola tauschten einen Blick. Wie viel sollten sie erzählen? Andererseits … Sie waren hergekommen, um Lotte zu finden. Und nun saß sie vor ihnen! Warum warten? Worauf? Sie wurden alle nicht jünger!

»Wir kennen Wolkenherz … weil er in unserem Stall gelebt hat«, fing Jola an. »Als Geist.«

Lotte saß sehr still auf ihrem Stuhl und rührte sich nicht. Sie verzog keine Miene, also nickte Jola und Katie erzählte weiter. Von dem Geist im Pferdestall, von Jola, die an Geister glaubte, und dem wunderschönen weißen Pferd, das über Nacht in ihrem Stall aufgetaucht war. Sie erzählte von Helen und den Ponys, vom Ginsterhof, von Stefan und seiner Sattlerei und Anna, die jetzt ein richtiger Rockstar war. Sie malte den Ginsterhof mit ihren Worten in die Luft und seine Farben leuchteten über dem silbergrauen Stein wie bunte Luftballons. Als sie geendet hatte, biss Jola sich auf ihre Lippe, weil sie ahnte, welche Frage Lotte nun stellte.

»Aber … warum?« Lottes Augen schwammen mit einem Mal in Tränen. Sie liefen ihr über das Gesicht, ohne dass sie es merkte. »Warum kam er zu euch?«

Jola sah Katie an. Und Katie flüsterte: »Wegen meinem Opa. Wegen Max.«

Lotte sank auf ihrem Stuhl zusammen. Jola sprang auf, weil sie dachte, die alte Frau wäre ohnmächtig geworden – aber Lotte verbarg nur das Gesicht in den Händen und weinte hemmungslos.

»Es tut mir leid«, murmelte Katie und streichelte ihren Arm. »Ich wollte Sie nicht so aufregen!«

Lotte sah auf. »Es tut dir leid? Katie, du hast mir eben das größte Geschenk gemacht. Die Enkelin von Max! Dann hat er überlebt … er hat überlebt, er war hier, oh Gott, oh mein Gott …«

Jola drückte sie sacht. »Wir haben Ihre Suchkarte gefunden. Die von Wolkenherz!«

Lotte nickte. Und schüttelte den Kopf. »Ja, das … Ich dachte immer, er wird Wolkenherz finden wollen. Ich war doch nur ein einfaches Stallmädchen, aber Wolkenherz … Er war wunderschön, und er war wertvoll, sehr sogar. Ach, hört doch auf mit dem Siezen, bitte sagt Lotte zu mir. Wir sind doch alle Pferdemenschen!«

»Aber warum haben Sie … warum hast du die Adresse nie ändern lassen?«, fragte Katie. »Die Suchkarte hat uns nur zum Linzerhof geführt. Das war eine Sackgasse!«

Wieder schüttelte Lotte den Kopf. »Weil man mir sagte, Max wäre tot. Ein Deserteur, im Krieg umgekommen. Ich hatte keine Hoffnung mehr …« Ihre Stimme brach und tiefe Schluchzer schüttelten ihren schlanken Körper.

»Das stimmt nicht«, erwiderte Jola fest. »Max kam nach Jahren der Kriegsgefangenschaft nach Deutschland und fand Arbeit auf einem Bauernhof. Dort ist er geblieben. Er hat die Tochter des Besitzers geheiratet.« Sie beobachtete Lotte vorsichtig, um zu sehen, wie sie diese Information verkraftete.

Lotte hob den Kopf und schaute Katie an. »Das ist schön. War er glücklich? Bestimmt war er glücklich. Euer Ginsterhof, der klingt wie das Paradies. Ein schöner Ort zum Leben.«

Katie guckte zu Jola und lächelte. »Oh ja, das ist er. Ein perfekter Ort zum Leben!«

Lotte richtete sich auf und straffte die Schultern. Es sah aus, als würde sie sich wappnen. Dann fragte sie: »Und was … was ist mit Max …«

»Er ist hier«, platzte Katie heraus und sprang auf. »Ganz in der Nähe! Wir haben nach Ihnen … nach dir gesucht. Opa ist hier, und ich glaube, er würde alles dafür geben, wenn er dich jetzt sehen könnte.«

Lotte schluckte. Und dann liefen neue Tränen aus ihren Augen. »Er lebt?«

»Klar lebt er!« Katie warf die Arme in die Luft. »Er ist zäh wie Leder. Letzten Winter hatte er einen Herzinfarkt, aber da hat Wolkenherz ihn …« Katie blickte sich nach allen Seiten um. »Wo ist er überhaupt hin?«

Jola begann ebenfalls, sich umzugucken. »Ich sehe ihn nirgends!«

»Aber eben war er doch noch hier!«

»Wolkenherz!«, rief Jola.

Wolkenwind trabte aus dem Haus, und Lotte stoppte ihn mit einer Handbewegung, damit er nicht zu Keira lief. Der junge Hengst wieherte, und einen Moment klang es, als würde sein Echo vom Wind zurückgeworfen.

»Jola«, sagte Katie leise. »Ich glaube, Wolkenherz kommt nicht mehr.«

Jola schluckte. »Er … er gehört hierher, oder?«

Lotte stand auf. »Kommt mit! Dann zeige ich euch was.«

Sie folgten ihr durch den Garten, bis hin zu einem ausladenden Haselstrauch, der ein wenig versteckt im hintersten Teil des Gartens wuchs. Ein einfacher, gerundeter Stein lag dort, auf den eine Elchschaufel gemalt war – das Brandzeichen der Trakehner Pferde. Darunter stand ein Name: WOLKENHERZ.

»Hier … hier liegt er?« Katie verlor ihre Gesichtsfarbe.

»Ja«, sagte Lotte. Sie trat an den Stein heran und faltete die Hände ineinander. Dann hob sie das Gesicht in den flüsternden Wind und schloss für einen Moment die Augen.

»Dann ist er jetzt also wieder zu Hause.« Katie sah Jola an, aber Jola konnte nicht sprechen. Sie schaute sich immer noch um, voller Hoffnung, dass ihr Freund plötzlich wieder aus den Schatten galoppieren würde. Er konnte nicht fort sein, nicht einfach so! Wolkenherz …

Lotte öffnete die Augen und lächelte. »Wisst ihr, was seltsam ist? In den letzten Nächten habe ich von ihm geträumt. Nach all den Jahren! Es waren sehr reale Träume. Ich sah ihn auf einer

Wiese und in einem Stall … Ich bin sogar auf ihm geritten! Und dann dachte ich, dass ich bald sterben müsste und dass er gekommen war, um mich zu sich zu holen.«

»Aber nicht er hat dich geholt«, wisperte Jola mit erstickter Stimme. »Sondern du ihn!«

Lotte ging zu ihr und nahm sie in den Arm. Jola konnte nicht anders – sie heulte hemmungslos. Schluchzer schüttelten ihren Körper, und all die Bilder, die Wolkenherz ihr geschenkt hatte, wirbelten ineinander wie Fotos, die der Wind erfasste. Die Traurigkeit war wie ein körperlicher Schmerz und Lotte legte die Hände um ihren Kopf und tröstete sie wie eine Mutter ihr Kind.

»Ich habe mich all die Jahre gefragt, wo er wohl ist«, flüsterte sie. »Nie hätte ich gedacht, dass er mir so wundervolle Menschen bringt!«

Nach einer Weile konnte Jola die Tränen fortblinzeln. Sie löste sich schniefend aus der Umarmung, ging in die Hocke und berührte den Grabstein sacht mit den Fingern.

Wolkenherz war zu Hause. Sie hatten ihn heimgebracht, und das war es doch, was sie gewollt hatten – von Anfang an! Es war nicht schlimm, dass sie nun traurig war. Sie schloss die Augen, bis jemand sie von hinten anstupste.

»Wolkenwind!« Jola schaute dem jungen Hengst ins Gesicht. Er ähnelte Wolkenherz so sehr, dass ihr schwindelig wurde. Jola hob die Hand und strich ihm über den Hals.

»Mach's gut, alter Freund«, flüsterte sie in den Wind. »Danke für alles!«

Wolkenherzen

Ein leiser Wind blies, als sie aus dem Auto stiegen. Sie winkten der Bäckerin dankend zu und warteten, bis sie davongefahren war. Dann liefen sie auf den verwitterten Briefkasten zu und betraten den Weg zur grünen Insel.

Katie ging neben Opa Max und hielt seine Hand. Er war so aufgeregt, dass er womöglich einen Herzinfarkt bekam, bevor er Lotte gegenüberstand! Dabei war er vorhin fast verzweifelt, weil all seine Hemden staubig und verschwitzt waren von ihrer Reise. Zum Glück konnte die Bäckerin aushelfen und Opa Max ein Hemd ihres Mannes ausleihen. Sie kannte Lotte – alle hier im Dorf kannten sie. Ihre eigenen Kinder hatten früher in dem verwilderten Garten reiten gelernt.

»Manchmal vergessen wir, wie alt sie ist«, hatte die Bäckerin erzählt. »Sie ist fitter als manch einer von uns. Ihren jungen Hengst hat sie ganz allein eingeritten. Eine echte Pferdefrau!«

»Eben.« Katie hatte gelacht. »Die stört das bestimmt nicht, wenn du nach Pferd duftest. Außerdem hast du das doch früher auch getan, oder?«

Aber früher war nicht heute, also hatte Opa Max eine Stunde lang das Bad belagert, sich geduscht, gekämmt und rasiert und anschließend das frisch gebügelte Hemd angezogen. Und dann war Minnie, die eben mit Niko draußen einen Spaziergang zu den Pferden gemacht hatte, an ihm hochgesprungen und hatte hellbraune Pfotenabdrücke auf seine Brust gestempelt. Im ersten Moment dachte Jola, er würde jeden Moment in Ohnmacht fallen, aber am Ende konnte er selbst darüber lachen.

Minnie war die Erste am Pferdehaus. Mit der Nase drückte sie das schiefe Eingangstor auf, als würde sie hier schon jahrelang ein und aus gehen. Ihr stummeliger Schwanz schlug freudig hin und her, und Jola dachte: Wenn sie Minnie nicht mag, haben wir ein Riesenproblem!

Sie liefen durch den Garten, um das Haus herum. Auf der Veranda war schon der Tisch gedeckt, mit einer schönen Decke und einem Strauß Wildblumen in der Mitte. Es duftete nach frischem Kuchen und aus dem Haus drang leiser Gesang.

Wolkenwind bemerkte sie zuerst. Er kam aus dem hinteren Teil des Gartens angaloppiert und stoppte kurz vor Minnie. Prustend beschnupperten sich die zwei, und Minnie – eindeutig eingeschüchtert – wedelte zaghaft mit dem Schwanz.

»Hallo, Wolkenwind!« Jola breitete die Arme aus, wie sie es bei Wolkenherz auch immer getan hatte. »Komm her, du Schöner.«

Wolkenwind schüttelte seine Mähne, aber dann trabte er zu ihr und lehnte seinen Kopf gegen ihre Brust. Jola hörte, wie Opa Max leise aufkeuchte. Kein Wunder! Wolkenwind musste das absolute Ebenbild von Wolkenherz sein … dem Wolkenherz, den er damals gekannt hatte!

»Er ist unglaublich«, hauchte Katie und streichelte das silberschwarze Fell. »In ein paar Jahren wird er genauso aussehen wie …« Sie verstummte und dann sahen sie alle zum Haus hinüber.

Lotte trat hinaus auf die Veranda. Nun trug sie keine Reithosen mehr, sondern einen langen, gemusterten Rock und eine helle

Bluse. Im Sonnenlicht blieb sie stehen und ihr Haar schimmerte dabei so weiß wie Wolkenherz' Fell. Sie lächelte scheu.

Jola konnte kaum die Augen von ihr abwenden. Diese wunderschöne, stolze Frau sollte einmal ein Stallmädchen gewesen sein? Wolkenwind schien denselben Gedanken zu haben, denn er brummelte leise zur Begrüßung. Jola ließ ihre Arme sinken. Katie und sie traten einen Schritt zurück und auch Wolkenwind wich rückwärts und gab den Blick frei – den Blick auf Max.

Für einen Augenblick stand die Zeit still. Die beiden alten Menschen schauten sich so intensiv an, doch keiner von ihnen schien in der Lage, sich zu bewegen. Also ging Jola zu Lotte hinüber und nahm sie bei der Hand. Katie legte ihrem Opa die Hand auf den Rücken und schob ihn sanft vorwärts.

»Max«, flüsterte Lotte.

»Lotte«, wisperte Max.

»Ich …«, begann Lotte, aber Max schüttelte den Kopf.

»Sag nichts. Es ist gleich. Du bist hier! Nur das zählt, Lotte. Nur du zählst jetzt für mich.«

Lottes Lippen begannen zu beben.

Sie fällt gleich um, dachte Jola und ließ ihre Hand los, um sie notfalls aufzufangen.

Opa Max breitete die Arme aus, nur ein wenig – doch Lotte verstand sofort. Sie lachte, sie weinte, sie stolperte, und dann standen sie voreinander, zwei Menschen, die sich ein Leben lang verloren hatten. Sie zögerten beide, sich wieder zu berühren – zu viel war seitdem geschehen! Wolkenwind wieherte und sie mussten lachen. Und auf einmal war die Distanz zwischen ihnen wie weggeweht. Max zog Lotte an sich und küsste sie und er ließ sich dabei alle Zeit der Welt.

Katie hüpfte zu Jola herüber und griff nach ihrem Arm. »Oh mein Gott, ist das schön«, flüsterte sie.

»Psst! Komm mit. Wir stören hier bloß!«

Sie wanderten ein Stück in den Garten hinein, bis sie den Haselstrauch am hinteren Ende sehen konnten.

»Zu dumm, dass Niko das verpasst!« Katie kicherte. »Tja, selber schuld! Was muss er unbedingt jetzt sein Motorrad holen.«

»Ob er nun auch hier wohnen wird?«

»Wer? Opa?«

»Na klar!«

»Auf keinen Fall! Das erlaubt Mama im Leben nicht.«

Jola gluckste. Helens Reaktion konnte sie sich allerdings lebhaft vorstellen! »Aber sie können sich doch nicht gleich wieder trennen! Wo sie sich endlich gefunden haben.«

»Sie können sich ja mailen.« Katie lachte leise. »Oder glaubst du, Lotte ist moderner als du und besitzt ein Handy?«

Jola lächelte nur. Und dann schaute sie wieder zu dem Grab, das versteckt unter dem Haselstrauch ruhte, und ein dicker Kloß rutschte in ihre Kehle.

Katie folgte ihrem Blick. »Er fehlt dir, hm?«

»So sehr.« Jola schluckte. »Mit ihm war alles … richtig.«

»Aber du kannst doch ein anderes Pferd lieb haben! Es gibt nicht nur Wolkenherz, du wirst schon sehen. Dein Pferd findet dich, so war es bei mir und Keira auch! Ganz bestimmt, Jola.«

Ja, dachte Jola. Bestimmt. Schon bald würde sie mit einem Lächeln an Wolkenherz denken und seine Erinnerung tief im Herzen tragen, genau wie die Erinnerung an ihre Mutter. Aber jetzt wollte sie nicht traurig sein. Jetzt wollte sie sich nur für Lotte und Max freuen!

Lotte
1973

Ein leiser Wind blies, als sie vor die Tür trat. Die Abendsonne war schon beinah hinter dem Horizont versunken und ein letzter Schimmer goldrotes Abendlicht lag über den wogenden Gräsern. Im ersten Moment wusste sie nicht, warum sie noch mal nach draußen gekommen war – da sah sie ihn. Er lag am Rande des Gartens, halb verborgen unter dem Haselstrauch, und rührte sich nicht.

»Wolkenherz!« Sie rannte zu ihm, stolperte, fiel hin und rappelte sich wieder hoch. »Wolkenherz«, keuchte sie noch einmal. Streckte die Hand aus, legte sie auf sein schneeweißes Fell. Er atmete, aber schwer und langsam. Sie ließ sich neben ihm ins Gras fallen, hob seinen Kopf an und bettete ihn auf ihren Schoß. Sein Lid flackerte und er sah zu ihr hoch, aus trüben, müden Augen.

»Mein Guter, mein Bester«, flüsterte sie. »Hab keine Angst. Ich bin bei dir, es wird alles gut, ich … bin bei dir.«

Wolkenherz stieß ein leises Brummen aus. Es klang wie eine Begrüßung, aber sie wusste, was es tatsächlich war, und die Tränen liefen ihr nur so aus den Augen. Sie strich mit beiden Händen über seinen Kopf, beugte sich vor und küsste ihn, auf die Nase, die Backe, die Stirn. Die anderen Pferde scharten sich um sie, aber sie alle hielten Abstand. Als ob sie es wüssten.

»Geh zu ihm, mein Schatz«, flüsterte sie in sein Ohr. »Geh jetzt zu Max! Dort warte auf mich. Ich komme zu euch, sobald meine Zeit gekommen ist. Versprochen!«

Sie spürte, wie sich sein Körper hob, wie er den letzten Atemzug tat. Dann lag er still, so still. Ein letztes Mal blies der Wind, flüsterte an ihren Ohren und trug seine Seele fort. Die anderen Pferde kamen und stupsten ihn an, und sie saß zwischen ihnen und weinte, bis es dunkel war. Dann stand sie auf, holte einen Spaten und fing an zu graben, dort, wo er lag, unter dem Haselstrauch. Gleich am Morgen würde sie Freunde im Dorf bitten, ihr zu helfen. Niemand durfte Wolkenherz' Körper von hier wegholen, er musste bei ihr bleiben, damit seine Seele eines Tages wieder zu ihr zurückfand.

Eine tiefe Zufriedenheit erfüllte sie und mit jedem Spatenstich fiel die Traurigkeit ein Stück mehr von ihr ab. Sie hatte alles richtig gemacht – Wolkenherz hatte ein langes, glückliches Pferdeleben gehabt.

Und nun war er endlich wieder bei Max.

Lichter im Wind

Die Blätter in dem alten Kastanienbaum raschelten flüsternd, als Jola die Reifenschaukel anschubste. Sie machte die Augen zu und stellte sich vor, sie säße auf einem Pferd, das im weichen Galopp über eine Wiese flog. Nicht irgendeinem Pferd natürlich. Das Pferd, das ihre Träume heimsuchte, war groß und weiß und anmutig.

Und es war fort. Für immer.

Jemand schubste sie plötzlich an und Jolas Bauch machte einen Hüpfer. Sie riss die Augen auf und sprang von der Schaukel.

»Hey!« Katie grinste. Sie hatte Heu in den Haaren, aber das schien sie nicht mal zu merken. »Du kannst es wohl auch nicht mehr erwarten, was?«

Jola hob die Schultern. »Ach … eigentlich wusste ich nur nicht, wohin mit mir.«

Katie trat zu ihr und legte beide Arme um sie. »Ich weiß«, flüsterte sie. »Ich weiß, wie es dir geht, Jola. Mir fehlt er auch, uns allen!«

»Ich war im Stall. Und dann auf der Koppel. Aber überall denke ich nur an Wolkenherz! Als ob er noch immer hier wäre. Still und heimlich, als Geist.«

»Aber das ist er nicht«, murmelte Katie. »Wir haben selbst gesehen, was mit ihm passiert ist. Und he, wenn ich das nicht mit eigenen Augen gesehen hätte, würde ich es auch niemandem glauben. Echt nicht!«

Sie schwiegen eine Weile. Die Kastanienblätter raschelten, als Katie der Schaukel einen Schubs versetzte. Jola sah zum Haus hinüber, zu den Stufen, vor denen Opa Max unruhig auf und ab ging. Er wartete so sehnsüchtig auf Stefans Rückkehr, dass er den Blick kaum vom Tor und der Auffahrt abwenden konnte.

Noch drei Tage, dachte Jola. Dann verschwinden Papa und ich durch genau dieses Tor. Ziemlich genau ein Jahr, nachdem wir auf den Ginsterhof gekommen sind. Vielleicht gehen wir ja in der Nacht, bei Vollmond – dann ist es wirklich genau wie bei unserer Ankunft!

Sie wollte nicht fort, noch immer nicht. Und doch fühlte es sich an, als wäre ein Teil von ihr schon nicht mehr hier.

Wahrscheinlich ist es besser so, dachte sie. Wie soll ich das aushalten – jetzt, wo Wolkenherz fort ist?

Jeden Morgen, wenn sie aus dem Fenster sah, glaubte sie, ihn auf der hinteren Wiese zu sehen. Reglos, schlaflos und einfach nur wunderschön. Mit seinem Freund Colorado, der ebenso rastlos umherirrte und seinen alten Kumpel vermisste. Nein, es war besser so! Peru war ein Neuanfang. Und, hey – sie hatten es geschafft! Sie hatten Wolkenherz erlöst, sein Geheimnis gelüftet. Und Lotte und Max wieder vereint. Das war ein schönes Gefühl und genau damit würde sie nach Peru fliegen und den Ginsterhof verlassen. In drei Tagen.

»Komm«, sagte Katie und zupfte an ihrem Ärmel. »Gehen wir zu Opa. Der macht Minnie noch völlig kirre, wenn er weiter so herumtanzt.«

Sie setzten sich auf die breiten Steinstufen vor dem Eingang und kraulten Minnie, die winselnd Opa Max beobachtete. Hinter ihm stand die Tür offen, und Jola konnte in die Wohnung sehen, die sie mit ihrem Vater bewohnt hatte und jetzt leer geräumt und verlassen war. Die letzten Nächte würden sie im Haupthaus verbringen, in dem schönen Gästezimmer im ersten Stock. Ihre kleine Wohnung würde nun einen neuen Bewohner bekommen – oder besser: eine Bewohnerin! Helen hatte sich alle Mühe gegeben, auf die Schnelle alles hübsch zu machen, neue Vorhänge gekauft, Blumen aufgestellt und den ganzen Anbau kräftig durchgelüftet.

Dabei hatte Helen am Morgen nach ihrer Rückkehr gar nicht glücklich gewirkt. Jola und Katie hatten lange überlegt, was sie den Erwachsenen erzählen und wie sie Wolkenherz' Verschwinden erklären sollten. Vielleicht war es das Beste, wenn sie bei der Wahrheit blieben, genau wie mit Niko? Aber dann hatten sie einfach nur die Geschichte von Max und Lotte erzählt, und das mit Wolkenherz war angesichts der Tatsache, dass sie Lotte wirklich gefunden hatten, irgendwie untergegangen. Wolkenherz war Lottes Pferd. Und er sah aus wie das Pferd, das einmal Max gehört hatte.

»Sie sind da, sie sind da!« Katie sprang aufgeregt von den Stufen hoch. Opa Max hörte auf, Kreise zu laufen, und schaute mit einem tiefen Seufzer dem Zebraauto entgegen, das den Pferdeanhänger vorsichtig durch das Tor manövrierte. Stefan hielt mitten auf dem Hof, aber Katie war schneller als er und riss die Beifahrertür auf.

»Hallo, Lotte! Wir haben uns schon so auf dich gefreut!«

Lotte stieg aus dem Auto. Sie brauchte ein wenig Hilfe von Katie, aber dann stand sie mitten auf dem Ginsterhof und sah sich staunend um.

»Was für ein schöner Hof.« Sie lächelte. »Ein bisschen erinnert er mich an …«

Sie verstummte, als sie Max ansah. Ihre Augen wurden ganz weich, und dann sagte sie nichts mehr, sondern ging zu ihm und nahm seine Hände in ihre. Die beiden alten Menschen schauten sich an, und Jola merkte, wie ihre Augen feucht wurden. Auch Katie wischte sich mit dem Arm übers Gesicht.

»Ähem.« Stefan räusperte sich. »Ich will ja nicht stören … aber es war eine lange Fahrt. Wir sollten dann mal.«

»Aber natürlich!« Lotte sah zum Anhänger hinüber. Jola sah ihr an, dass sie Max nicht loslassen wollte.

»Das können wir doch machen«, platzte Katie heraus. »Komm, Jola, wir bringen ihn in den Stall!«

Helen kam aus dem Haus und begrüßte Lotte überschwänglich. Die beiden hatten sich noch nicht gesehen, und Jola war gespannt gewesen, wie Helen wohl auf sie reagieren würde – schließlich war Lotte ja irgendwie die Konkurrentin ihrer Mutter Henni! Aber Helen freute sich bloß für Max. So wie sie keine Sekunde lang gezögert hatte, ihr die Wohnung neben Max' Apartment als neuen Wohnort anzubieten.

In dem Pferdehänger rumpelte es, dann erfüllte ein ungeduldiges Wiehern die Luft. Jola zog die Rampe herunter, und Katie trat hinein, um den Strick vom Haken zu lösen. Dann führte sie den jungen Hengst ins Freie. Wolkenwind warf den Kopf hoch und blickte sich aufmerksam um.

»Schau dir den an«, hauchte Katie. »Ich hab vergessen, wie hammerschön er ist!«

Sie ließen Wolkenwind Zeit, sich alles in Ruhe anzusehen. Colorado streckte seinen Kopf aus dem Durchgang und kam neugierig angelaufen.

»Ob er denkt, das ist Wolkenherz?« Katie kicherte.

Das alte Pony streckte dem großen Hengst vertrauensvoll die Nase entgegen. Wolkenwind schnoberte und Colorado marschierte ihm sofort hinterher!

Katie blinzelte, dann hielt sie Jola den Strick hin. »Willst du ihn in den Stall führen?«

Jola griff nach dem Strick und ihre Hände fingen an zu zittern. Warum war sie auf einmal so nervös? Wolkenwind senkte den Kopf und prustete ihr ins Genickt. Es kitzelte, also drehte sie den Kopf und blies ihm sanft ihren Atem in die Nüstern, so wie Pferde es machten, wenn sie sich begegneten. Dann durfte sie die Hand ausstrecken und ihn berühren, an der Stirn, über seinen Augen und am Hals. Sie schloss die Augen. Nein, Bilder empfing sie keine von ihm. Aber sein Fell fühlte sich ganz genauso an … und einen winzigen, glücklichen Augenblick lang war Wolkenherz wieder bei ihr.

Sie brachten Wolkenwind in Keiras Box, weil Wolkenherz dort immer gestanden hatte, holten ihm Heu und ein paar Karotten. Katie füllte einen Eimer mit Wasser und stellte ihn unter die Selbsttränke, und Jola strich ihm noch mal über die Stirn. Sie klinkte den Strick aus seinem Halfter und verriegelte die Tür. Jetzt konnte der Hengst ganz in Ruhe ankommen. Colorado wurde nicht eingesperrt, aber er stellte sich von ganz allein in die Box nebenan, also bekam auch er Heu und Karotten, damit er Wolkenwind Gesellschaft leisten konnte.

Die Erwachsenen brachten gerade Lottes Gepäck in den Anbau. Katie lief zu Lotte und erzählte ihr, dass Wolkenwind bereits einen Freund gefunden hatte.

»Er ist so wunderschön!« Sie seufzte. »Was hast du mit ihm vor?«

Lotte lächelte. »Nichts! Ihn lieb haben. Magst du mir helfen, ihn auszubilden?«

»Ich?« Katie machte große Augen. »Ja klar! Oh mein Gott!«

Lotte sah Jola an. »Und du? Möchtest du auch helfen?«

Jola biss sich auf die Lippe. »Ich … ich kann nicht. Ich bin nur noch drei Tage hier.«

Die Erwachsenen tauschten vielsagende Blicke. Dann trat Helen auf sie zu und legte ihr die Hände auf die Schultern. »Du, Jola, magst du mal schnell in euer Zimmer hochlaufen? Ich glaube, da wartet jemand auf dich.«

Verwirrt verließ Jola ihr altes Zuhause. Katie wollte hinter ihr her, aber Helen hielt sie am Ärmel zurück und flüsterte ihr etwas zu.

Die Treppen im Haupthaus knarrten, so wie immer. Es war seltsam, hierhinauf zu laufen und dort oben zu schlafen – fast, als gehörte sie doch noch richtig zur Familie! Wenigstens für drei Nächte.

Die Tür des dritten Schlafzimmers war nur angelehnt, und Jola sah, dass sich drinnen etwas verändert hatte. Vorsichtig stieß sie die Tür ganz auf. Ein regenbogenbunter Vorhang flatterte leicht vor dem Fenster und auf der Kommode stand eine schmale Vase mit einer einzelnen Sonnenblume darin. Die größte Überraschung aber waren die Wände, denn dort hingen nun Fotos, lauter Schwarz-Weiß-Aufnahmen von Jola und ihrem Vater und Orten, die sie besucht hatten. Über dem Bett hing das größte von allen – es war das Bild von ihr und Wolkenherz. Das Bild, das aussah wie die Fotografie, die sie von ihrer Mutter besaß. Jola schluckte. Und erst da bemerkte sie die Gestalt, die auf dem Bett saß und sie abwartend anguckte.

»Papa!« Sie flog in seine Arme. Aus irgendeinem blöden Grund musste sie weinen, dabei war doch gar nichts Trauriges passiert! Sie drückte sich an ihn, so fest, dass sie kaum noch Luft bekam. Sie wollte ihn nie wieder loslassen.

»Jola, Jola … ist ja gut!« Ihr Vater schob sie ein Stück von sich weg und sie setzte sich neben ihn auf das Bett.

»Hast du das gemacht?«

»Oh ja! Gefällt es dir?«

»Total superschön! Aber, Papa, lohnt sich das denn? Für drei Nächte?«

Er schaute kurz zu Boden. Lächelte. Und als er sie wieder ansah, hatte auch er Tränen in den Augen.

»Ach, Jola«, seufzte er. »Ich sehe doch, wie gern du hierbleiben würdest!«

Jola musste schlucken. »Das hatten wir schon, Papa. Ich habe mich …«

»Psst.« Ihr Vater schüttelte den Kopf. »Weißt du, dass deine Mutter und ich nach Peru gehen wollten? Bevor du geboren wurdest? Wir haben es nicht gemacht und deshalb wollte ich diese Reise so unbedingt durchziehen. Wegen ihr.«

Jola nickte. »Ich weiß«, murmelte sie.

»Du hast eigene Träume«, sagte ihr Vater und schaute ihr jetzt fest in die Augen. »Und das ist gut so! Deshalb frage ich dich jetzt: Willst du hierbleiben, Jola?«

Jola starrte ihn nur an.

»Ich weiß, was Helen dir angeboten hat. Wir haben ausführlich darüber geredet. Du könntest weiter hier zur Schule gehen, mit Katie, du könntest hier wohnen und bleiben, solange du Lust hast. Ich komme dich natürlich besuchen, sooft es geht. Und wenn du irgendwann wieder einmal mit deinem alten Herrn auf Reisen gehen willst, steigst du einfach in den nächsten Flieger und kommst zu mir.«

»Papa …« Jola schluckte. Sie brachte keinen vernünftigen Satz heraus. Alles in ihrem Kopf drehte sich, die Bilder an den Wänden, all die Erinnerungen, Wolkenherz. Sie dachte an Wolkenwind im Stall, an Lotte und Max, an all die Abenteuer, die hier warteten – und sie wusste, was sie wollte. Auch wenn es wehtat.

»Ja«, schluchzte sie. »Ja, ich würde so gern dableiben! Aber … aber, Papa …«

Er nahm sie in den Arm. Hielt sie ganz fest, küsste sie auf den Kopf und murmelte: »Ich bin immer für dich da, Jola. Egal, wo auf der Welt wir gerade sind. Wir gehen uns nicht verloren, niemals.«

Draußen wurde es bereits dämmrig, als Jola und ihr Vater raus auf den Hof traten. Stefan hatte das Feuer angezündet und den Grillrost darübergelegt. Bunte Lampions schlenkerten im leisen Wind. Helen schleppte eine Schüssel mit Teig heraus und Katie holte die Stöcke aus der Remise. Jola sah, dass noch mehr Fahrzeuge angekommen waren – das Polizeiauto, der Geländewagen von Tierarzt Doktor Wolf, Nikos Motorrad und die Fahrräder, die den Mitgliedern von Sunset Barn gehörten. Und dann sah sie die Leute, die sich alle um das Feuer versammelten, Getränke verteilten und lachend Teig auf Stöcke rollten.

Eine Weile standen sie im Dunkeln und guckten einfach nur zu. Aber alle Worte waren gesagt, und Jola wusste, dass es kein richtiger Abschied war, sondern zwei neue Abenteuer, die parallel stattfanden!

Eine Gestalt löste sich aus dem Flammenkreis und kam auf sie zu. Katie hatte die Hände in die Taschen ihrer Shorts gebohrt und schaute sie unsicher an. »Jola? Bist du … ich meine, bleibst du jetzt doch hier?«

Jola musste lächeln. Der Wind trug einen Hauch Stallduft zu ihr herüber. Wie seltsam … als ob sich mit Wolkenwinds Ankunft alles verändert hätte! Plötzlich war sie wieder hier, ganz dicht, ohne sich unsichtbar zu fühlen. Sie machte zwei Schritte auf Katie zu und fiel ihr um den Hals.

»Ich bleibe«, sang sie. »Ich bleibe wirklich hier!«

Katie jauchzte auf. Und dann drehten sie sich und tanzten herum wie kleine Kinder. Lea und Sanne kamen ebenfalls angelaufen, und kurz darauf tanzten sie zu viert weiter, so lange, bis jemand rief: »Eure Stockbrote verkokeln gerade!«

Stefan verteilte Grillwürste an alle und Helen schenkte selbst gemachten Himbeereistee aus. Doktor Wolf lockte Minnie auf seinen Schoß und teilte seine Wurst mit ihr und Sanne unterhielt sich mit Jonas und strahlte die ganze Zeit wie ein Honigkuchenpferd.

»Wir könnten uns Katzen anschaffen«, überlegte Katie laut. »Damit die Mäuseplage im Stall endlich aufhört!«

»Stimmt! Jetzt würden sie wohl bleiben.«

Sie schauten sich an. Katie seufzte. »Aber unser Stallgeist wäre mir lieber.«

Auch Lotte musste erzählen, von Wolkenwind und all den anderen Pferden, die sie auf der grünen Insel großgezogen und ausgebildet hatte.

»Sie alle haben einen ganz besonderen Ahnen«, verriet sie mit glitzernden Augen. »Einen mutigen, wunderschönen, starken Hengst. Er ist einer der letzten Trakehner gewesen, die auf dem

Hauptgestüt zur Welt kamen.« Sie sah Max an und lächelte. »Aber eigentlich gehörte er nicht mir, sondern Max.«

Das war der Moment, als es still wurde am Feuer und alle Augen sich auf Opa Max richteten. Helen stand auf und setzte sich neben ihn, als er zu reden begann, mit leiser Stimme, so als hätte er Angst, die Erinnerungen zu verscheuchen. Auf einmal konnte er darüber reden, über seine Kindheit auf dem Gut in Ostpreußen, über die Trakehner Pferde, die Reiterei …

»Und natürlich Lotte, die Tochter des Stallmeisters.« Max streckte den Arm aus und griff nach Lottes Hand. »Ein Mädchen, das über dem Stall geschlafen hat. Jeden Morgen Stroh in den Haaren hatte. Das Mädchen, in das ich mich als junger Mann verliebt habe.«

Lächeln in den Augen ringsum, überall. Aber Jola wusste, was kam. Die Geschichte ging nicht so schön weiter.

»Dann kam der Krieg über das Land und viele Männer mussten als Soldaten an der Front kämpfen. Ich weiß noch, wie meine Mutter weinte, als sie mich holen kamen.« Max' Augen wurden trüb. Das waren keine Erinnerungen, die er gerne wachrief. »Immer mehr Familien verließen ihre Häuser, ließen Hab und Gut zurück. Zogen gen Westen. Meine Eltern nicht. Sie wollten warten, auf mich, darauf, dass der Krieg zu Ende war und alles seinen gewohnten Gang weitergehen konnte. Doch die Gefahr wurde immer größer. Also verließ ich meine Truppe, um sie zu warnen, um sie fortzuschicken, weit weg vom Krieg.«

Er blinzelte sich zurück ins Hier und Jetzt und sah wieder Lotte an.

»Dich bat ich, auf meinen geliebten silberschwarzen Hengst aufzupassen. Ich versprach dir, bald nachzukommen, bald wieder bei euch zu sein.« Er starrte wieder ins Feuer und schluckte, als würde ihm das Sprechen unendlich schwerfallen. »Bei meiner Rückkehr fiel ich fremden Soldaten in die Hände. Sie brachten mich in ein Gefangenenlager … Ich habe die Jahre nicht gezählt, die ich dort verbrachte. Als ich endlich heimkehren durfte, war von dem Ort meiner Kindheit nichts mehr übrig.«

Keiner lächelte mehr und niemand sagte etwas. Alle sahen nur Max an und warteten darauf, dass er weitersprach.

»Alles, was mir geblieben war, warst du.« Er drückte Lottes Hand. »Ich machte mich auf die Suche nach euch, nach meinen Eltern … aber ich fand niemand mehr. Man erzählte mir immer wieder, wie viele Menschen auf der Flucht aus Ostpreußen umgekommen waren, und irgendwann … irgendwann musste ich davon ausgehen, dass auch ihr nicht mehr am Leben wart.«

In die Stille, die folgte, sagte Helen leise: »Deshalb warst du manchmal so abwesend. So still und traurig. Ich habe es nie so stark empfunden, aber Mama redete oft davon.«

Ganz plötzlich lächelte Max und sein Gesicht veränderte sich. Seine Augen blitzten wieder und seine Mundwinkel zuckten. »Weil in meiner Traurigkeit ein Wunder geschehen ist. Ein kleines, blondes, ziemlich laut schreiendes Wunder namens Helen.«

Helen starrte ihn an und Max legte den Arm um sie.

»Weißt du nicht mehr? Ich habe dir von ihnen erzählt. Von Lotte. Und von … diesem Pferd, das ich verloren hatte.«

Max' Geschichte hing noch lange in der Luft, und Jola wusste, dass er und Lotte sich längst nicht alles erzählt hatten. Trotzdem waren die Geister der Vergangenheit erst einmal vertrieben. Nun konnten sie ein neues Kapitel beginnen – und Wolkenherz würde für immer ein Teil von ihnen bleiben.

»Ich muss auch noch etwas sagen.« Jolas Vater stand auf. Er holte die Kiste hervor, die er mit Fotos des vergangenen Jahres gefüllt hatte, und überreichte sie feierlich an Helen. »Vielen Dank, Leute. Ihr wart eine richtige Familie für mich und Jola. Ich würde meine Tochter bei niemandem lassen außer euch, und wenn ihr künftig mal einen Fotografen braucht – für Menschen oder Pferde oder beides –, dann bin ich euer Mann, okay?«

Helen klappte die Kiste auf und blätterte sich staunend durch die Fotos. »Die sind ja unglaublich, Jan! Vor allem die Pferde.«

Jolas Vater wandte sich Lotte zu. »Das letzte Pferd, das ich fotografiert habe, gehörte meiner Frau. Sein Name war Wolkenstern. Die zwei hatten einen schlimmen Unfall. Aber ich glaube, das wissen Sie schon.«

Lotte sah Jolas Vater aufmerksam an. Dann nickte sie.

»Hä?«, machte Katie und stieß Jola an. »Was hat deine Mutter denn mit Lotte zu tun?«

Jola stand auf. Sie ahnte, was jetzt kam. Irgendwie hatte sie es die ganze Zeit schon gewusst! Deshalb waren die Erinnerungen also so stark gewesen … und all die Bilder so intensiv!

»Wolkenstern«, sagte Lotte ruhig. »Er war etwas ganz Besonderes.«

»Er war einer von Wolkenherz' Kindern«, flüsterte Jola tonlos.

»Sein Enkel.« Lotte sah sie an und lächelte. »Und deine Mutter war so eine talentierte junge Frau! Als sie Wolkenstern kaufte, war er gerade drei Jahre alt. Ich sah sofort, wie gut die zwei zusammenpassten.« Sie blickte Jolas Vater an. »Es tut mir sehr leid, was mit den beiden passiert ist. Aber ich bin sicher, sie wäre jetzt sehr, sehr stolz auf ihre Jola.«

Anna zupfte an ihrer Gitarre und wieder wurde es still am

Lagerfeuer. Sunset Barn brauchten nicht viele Instrumente, sie machten Musik mit dem, was sie hatten: ihren Händen, dem Trommeln ihrer Finger auf der Bank und natürlich ihren Stimmen. Anna stimmte »Schimmer« an – ihr Hoffnungslied – und irgendwie passte es perfekt zu der Stimmung am Feuer. Nach dem zweiten Mal sangen sie alle den Refrain mit, sogar Lotte und Max – und Jola fühlte sich so wohl in ihrer Haut wie schon lange nicht mehr.

»Ich bin so glücklich, dass du hierbleibst«, flüsterte Katie, als Anna das nächste Lied anstimmte. »Ich brauch dich doch, falls es mit Keira mal wieder nicht so läuft.«

»Hat sie nicht gestern ein Turnier für dich gewonnen?«

Katie grinste. »Ja, unser Turnier. Unglaublich, oder? Null Training … und sie gewinnt das Ding!«

»Und jetzt? Bist du schon wieder am Üben?«

Katie senkte den Blick. »Ach, nein. Sie kriegt jetzt erst mal eine Pause. Wir machen was anderes, spazieren gehen oder so. Vielleicht bringe ich ihr ja ein paar Zirkustricks bei, wer weiß?«

Jola lachte. »Du und Zirkustricks? Nie im Leben!«

Katie lachte mit. »Okay, vielleicht auch nicht. Aber hey, wir zwei werden einen Haufen Abenteuer mit den Pferden erleben! Ich mit Keira und du mit Wolkenwind. Das wäre toll, oder?«

»Wolkenwind ist doch Lottes Pferd!«

»Aber Lotte ist mit meinem Opa beschäftigt.« Katie grinste. »Komm schon, gib es zu: Du hast dich längst in ihn verliebt!«

Später, als die Erwachsenen nach Hause gingen und das Feuer erloschen war, schlichen Lea, Sanne, Katie und Jola in den Stall, um noch einmal nach Wolkenwind zu sehen.

»Und was machen wir jetzt?«

»Na, was wohl.« Katie deutete durch das Stallfenster nach draußen, wo ein riesiger weißer Mond vom Himmel leuchtete.

»Heunacht!« Lea klatschte in die Hände.

»Aber keine Geistergeschichten, okay?« Sanne schüttelte sich. »Sonst mache ich wieder die halbe Nacht kein Auge zu.«

Katie und Jola tauschten einen Blick und grinsten sich verschwörerisch an.

»Geister? Also echt.«

»Hier gibt es doch keine Geister!«

Vielen Dank …

… an meine Agentin Michaela Hanauer-Dietmaier, die mein Geisterpferd von Anfang an enthusiastisch unterstützt und mich immer motiviert hat,

… an das tolle Team von Magellan für atmosphärische Reiterhof-Lesungen, traumschöne Buchcover und all Eure Geduld mit einer chaotischen Autorin,

… ganz besonders meiner Lektorin Marion Perko, die immer zwei offene Ohren für Wolkenherz hatte, meine treibende Kraft war und stets für den nötigen Flüsterwind gesorgt hat,

… an Wiebke Rosenthal vom Trakehner-Verband für die Aufklärung über Trakehner-Brandzeichen,

… an meinen Pferdekumpel Jack, der sich freiwillig ;) für das Live-Experiment mit der Fingermalfarbe angeboten hat (wie Wolkenherz am Ende von Teil 1),

… an Hiltraut Bergmann von der Deutschen Reiterlichen Vereinigung für Informationen zu Recherchemöglichkeiten in der FN-Bibliothek,

… an Heike und Tom Kratzer für den Nachhilfeunterricht in Sachen Dialekt ;),

… an die besten Bären, ohne die ich keine freie Sekunde zum Geschichtenbasteln haben würde :),

… und natürlich vielen Dank an Euch da draußen, liebe Leserinnen und Leser, dass Ihr bis zum Schluss mit Jola, Katie und Wolkenherz mitgefiebert habt!

Natürlich magellan©

FSC
www.fsc.org
MIX
Papier aus verantwortungsvollen Quellen
FSC® C083411

Wir pflanzen Bäume
Für unsere Umwelt
www.magellanverlag.de

FAIR PRODUZIERT
www.magellanverlag.de

Hergestellt in Deutschland
Gedruckt auf FSC®-Papier
Lösungsmittelfreier Klebstoff
Drucklack auf Wasserbasis

1. Auflage 2021

Dieses Werk wurde vermittelt durch die Literatur Agentur Hanauer
Umschlaggestaltung: Christian Keller
unter Verwendung von Motiven von iStock / simonkr / Ekaterina Romanova
Lektorat: Marion Perko
Druck: CPI, Leck
ISBN 978-3-7348-5413-2

www.magellanverlag.de